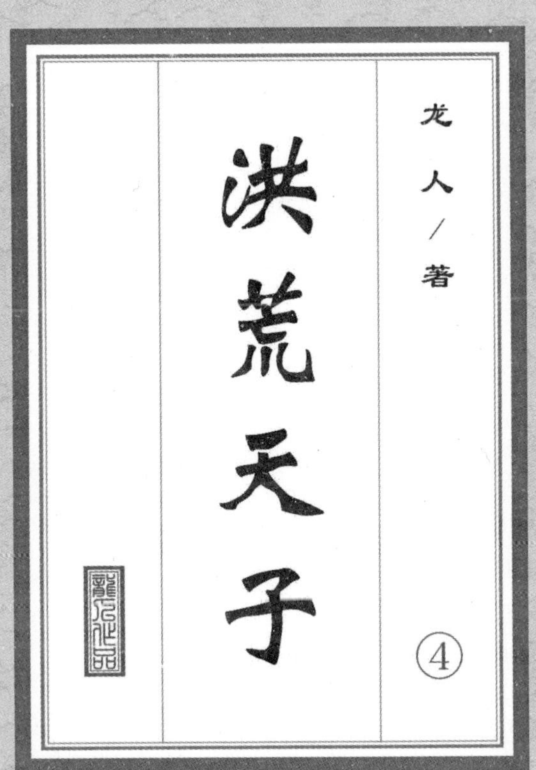

二十一世纪出版社集团
21st Century Publishing Group
全国百佳出版社

图书在版编目（CIP）数据

洪荒天子：全10册/龙人著.--南昌：二十一世纪出版社集团，2017.11

ISBN 978-7-5568-3103-6

Ⅰ.①洪… Ⅱ.①龙… Ⅲ.①侠义小说—中国—当代 Ⅳ.①I247.5

中国版本图书馆CIP数据核字(2017)第243742号

洪荒天子：全10册　　龙　人著

责任编辑　敖登格日乐

出版发行　二十一世纪出版社集团

（江西省南昌市子安路75号　330025）

www.21cccc.com　cc21@163.net

出 版 人　张秋林

经　　销　新华书店

印　　刷　北京龙跃印务有限公司

版　　次　2018年2月第1版　2018年2月第1次印刷

开　　本　710mm×1000mm　1/16

印　　张　160

字　　数　1731千

书　　号　ISBN 978-7-5568-3103-6

定　　价　498.00元（全10册）

赣版权登字—04—2017—745

目　录

第四十六章　脱困而出 …………………………………………………… 1
第四十七章　唤醒灵魂 …………………………………………………… 18
第四十八章　九黎鹿骑 …………………………………………………… 34
第四十九章　猎杀使者 …………………………………………………… 52
第五十章　脱胎换骨 …………………………………………………… 69
第五十一章　正面抗衡 …………………………………………………… 82
第五十二章　重战故人 …………………………………………………… 101
第五十三章　危机重重 …………………………………………………… 117
第五十四章　七彩花蟆 …………………………………………………… 134
第五十五章　遁土而行 …………………………………………………… 150
第五十六章　霸意十足 …………………………………………………… 166
第五十七章　自暴身份 …………………………………………………… 182
第五十八章　族门圣器 …………………………………………………… 199
第五十九章　无畏之战 …………………………………………………… 215
第六十章　圣器金铃 …………………………………………………… 232

第四十六章　脱困而出

叶帝是两天前派去九黎本部汇报情况，如果是在今天晚上赶回来，绝不值得怀疑，因此，帝恨在这假叶帝突然出现之时，并没想得太多，而且剑式也几乎相同，加之轩辕的一些造势，使得帝恨一时给蒙住了。不过，此时他后悔已经迟了一些。

“你一开始便知道他是叶皇?”帝恨不相信轩辕能够在如此黑暗的林间这么准确地分辨出叶帝和叶皇，是以才有此一问。

轩辕深深地吸了几口气，立起了身子，还剑入鞘，笑道：“你忘记了叶皇一开始的那个起手剑式，那是叶帝绝对不会的!”

帝恨经此一说，几乎气昏过去，但到了这一刻，他还能说什么呢?

“你们到底想怎样?”帝恨似乎一下子苍老了很多，落寞地问道。

叶皇将剑向他脖子上一横，道：“当然是要你为我们开道喽!”

“你以叶帝的身份本就可以进出自如，还需要我干什么?”帝恨怒恨地道。

“但轩辕却不可以，是以，我只好让你陪我们走一遭，也好防个万一!”叶皇淡然一笑道。

帝恨不语，此刻他穴道和经络尽封，根本就没有反抗的余地，自然没有讨价还价的余地。

轩辕拾起抛出的利刀，却发现卷口卷得更厉害，几乎都快成为一块顽铁了，不由得摇头苦笑。

“走吧!”轩辕深吸了一口冬夜的凉气，淡然道。

“轩辕！总管……”守在林外的九黎族人不由得全都惊呼，他们怎么也没有想到连总管帝恨也不是轩辕的对手，反成了轩辕的阶下之囚，这的确有些出乎他们的意料。

“如果你们希望帝恨快快死去的话，便进攻吧。”轩辕横剑于帝恨的脖子上，充满无限杀意。

“不要乱来，不要伤了总管……”叶皇装作惶急的样子在一边向那群弓箭上弦的神谷众人吩咐道，俨然又成了九黎族巡察使的身份。

九黎族人并不知道这乃是冒牌的巡察使，全都听“叶帝”的话不敢乱动。

叶皇并不是和轩辕站在一起，反而是握剑在侧面做出一副伺机进攻轩辕的样子，这般演戏法差点将帝恨气昏过去，但轩辕的剑抵住了他的脖子，他只能强忍心中的怒意，不敢作出任何反击。

“让开，谁敢阻拦我，我就杀了他！看你们谁能够担负起这个责任！”轩辕威胁道。

“听他的，不要伤了总管……”叶皇吩咐道。他和轩辕一唱一合竟有着极好的效果，那群挡路者全都不自觉地分开，让出一条道来。不过，也的确没有人敢为帝恨的死负责，除非风骚亲自出面，但谷主殿与客卿殿相隔极远，而且没人敢去惊动谷主。平时便是各殿闹得再凶，风骚都不会轻易出面，皆由各殿之主解决，或由帝恨与敖广去解决。是以，如果重大事故不是发生在谷主殿的话，风骚一般是不会亲临的。因为整个神谷的面积极大，便像是几座串联而起的小岛，每一岛中都有负责人，都有做主之人和高手，根本就不必每一件事都让谷主出手。

当然，帝恨成了人质，除了风骚可以做主之外，只怕不会再有任何人敢胡乱发言了。

敖广闻风而至，但他也只得为轩辕让路，他有些不明白，以轩辕的武功怎会制住神谷的总管帝恨？如果说连帝恨都不是轩辕的对手，只怕唯有谷主风骚或是四大供奉出手才能够胜过轩辕了。但他想到轩辕所说的那式同归于尽，心中便禁不住发寒。是以，他并不敢紧逼轩辕，如果激得轩辕使出了那式同归于尽，第一个吃亏的人可能就是他。“虽然在囚室中轩辕说他并未完全领悟那可怕的一招，但此刻谁又能保证轩辕没有领悟呢？否则轩辕怎能胜过帝恨？不过也好，这样自己可将所有责任全都推到帝恨的头上，说不定还可以扳倒这个对头！”敖广心中这么想着，反而积极地为轩辕开路，何况又有“叶帝”附和。敖广自不知道眼前之人是叶皇而非叶帝，心中还在暗自奇怪今天叶帝怎会这般配合。

叶皇也知道敖广诸人早已将他当成了叶帝，包括那一群九黎族人，只看这群笨蛋的架势，他便想大笑一场。其实轩辕也想笑，但是却必须忍住，至少，在这一刻他还不能笑。

客卿殿直接通向谷外，是以面积极大。轩辕很快便冲到了谷口，神谷的谷口却是一条窄小的狭谷，险峻异常，当然这并不是唯一的出口，至少谷中那些河流之中的水总会有一个方向通出去。而那个方向应该有入谷的通道，哪怕是一条河床，只是轩辕并没有时间去想这些问题，他必须尽快离开这个鬼地方。

“慢！”敖广突然停身，阻住狭谷口。

“你想怎样？”轩辕冷冷地逼问道。

“你要什么时候才会放下我们的总管？”叶皇却抢先一步向轩辕质问道。

轩辕暗赞叶皇的机智，但却冷冷地道：“这很好说，只要我安全了，自然会放了他！”

“哼，谁知道你说话算不算数？”敖广不屑地道。

“这很好说，你们立刻为我在谷口准备几只战鹿，我上了鹿背自然便会放他。”轩辕记起帝十的那一群经过训练可以负人的战鹿。

敖广眼珠一转，打个哈哈，笑道：“好，我便在谷口为你准备几只战鹿，但你如果到时候不守信诺，我也只好宁为玉碎不求瓦全了。”

“如果你们在鹿身上要什么诡计的话，到时候别怪我手下无情！”轩辕冷杀地道。

敖广的脸色微微一变，道：“你放心！”说完立刻吩咐人去准备。

轩辕向叶皇使了个眼色，叱道：“你在前面给我开路，我不希望发生一点点的不愉快！”

叶皇对这条狭谷似乎极熟，但仍装作极为不忿地冷哼一声，这才领头向狭谷中行去。

狭谷之外，是一片起伏的丘陵和凋零的树木，这里的确深具冬季萧瑟的气息。

轩辕忍不住深深地吸了几口凉爽的气息，一种逃出生天的感觉的确让他心神为之大畅。

此时仍是深夜，天上的星星极为稀朗。狭谷之中却是神谷中举着火把赶出来的人。

火把的光亮将远处林间的黑暗照映得更阴森可怕，便如同森罗地狱一般。

远处，偶有虎啸狼嚎及鸮啼，使得这片起伏的丘陵显得更为静谧幽森。

让轩辕感到意外的却是当他们走出狭谷之时，十多只战鹿已经准备妥当，证明轩辕所猜并没有错，神谷通向谷外，绝对不止这一条通道。

“很好！”轩辕向敖广投去赞赏的目光，然后对着叶皇道，“你带一人将这群战鹿牵远些，我不想在这里爬上鹿背，这里还在你们箭矢的射程之内！”

敖广脸色微变，轩辕精得犹如一只狐狸，竟连一点机会也不给他们，但帝恨的命捏在轩辕的手中，使他投鼠忌器，毫无办法可想。

叶皇自然明白轩辕的意思，是以很自然地遵从轩辕的话意将那十多只梅花鹿远远地牵开。

“再远些！”轩辕道。

敖广心中不由得有些急，那群战鹿越远对他们的局势越不利，是以，敖广心中有些急。

“你们不许跟来，至于帝恨便由他们带回来好了……”

“不行……呜……”帝恨一直保持沉默，这时他又怎能再缄默？这本来就是一件极为丢脸的事，他之所以一直不出声，是希望事情有所转机，可是此刻见轩辕和叶皇将这群人耍得像一堆傻子，再被耍下去，可能依然是没有转机，结果可能仍只是死路一条。是以，他不得不出声，但轩辕早料到他会说话，才说出了两个字，他便被一掌击昏过去。

“你想干什么?”敖广和众神谷人以及九黎战士怒问道。

“放心，他死不了，只是不想听他一张臭嘴说话而已，而且他是我的俘虏，根本就没有资格说话!”轩辕冷冷地道。

敖广虽然有些怒，但却又无可奈何，唯有寄希望于“叶帝”身上，如果此刻他知道“叶帝”并不是叶帝，而是叶皇时，不知道心中会是怎样一个想法?

轩辕露出了一个高深莫测的笑意，夹着帝恨便向叶皇走去。

叶皇嘬嘴一声尖啸，只让所有人都觉莫名其妙，敖广更是不明所以。

轩辕嘴角间的笑意不断扩大，他想到了桃红和春韵，心中又多了一丝歉意，但是他又能如何?他能够杀出重围已是一种侥幸，又如何能带桃红一起出逃呢?当然轩辕心中生出的歉意并不是因为未能与桃红一起冲出神谷，而是对桃红的怀疑和不信任。

轩辕心中始终存在着一团阴影，而这团阴影却是因为春韵的字条，所以他不敢完全相信桃红。这也是轩辕为什么不告诉桃红他什么时候越狱的原因，否则的话，桃红此刻应该可以与他在这里相会了。

轩辕来到叶皇的身边，竟对那与叶皇一起牵鹿的汉子吩咐道:“杀鹿，只留两只!”

那汉子不由得呆住了，他没有想到轩辕的第一个吩咐竟是如此。不过，他也明白轩辕的目的。

“杀!”叶皇也道。

那人见叶皇开了口，也就不再犹豫，挥剑便向鹿头斩去。

敖广在那边看得大惊，竟欲阻止，但轩辕却高呼道:“如果你们不听话，我只好不客气了!”

敖广和众神谷高手也便只好看着那汉子屠鹿了，只看得敖广心痛，不仅心痛，而且不安。而在此时，敖广在叶皇所举的火把光亮之中，发现了两道极为高大的身影疾掠而至，陡然间，叶皇手中的火光一灭，轩辕和叶皇诸人立刻被黑暗吞没。

“呀……”一声凄厉的惨号划破夜空，只让敖广众人心头发寒。

敖广十分恼怒，隐约之中，他知道已经发生了什么事情，不由大吼一声：“追！”同时也发出一声尖啸。

轩辕已经不见了，包括帝恨和叶皇，地上十二只鹿尸和那屠鹿者的尸体静静地躺在血泊之中。

屠鹿者的火把已熄灭，滑落在地，致命处是后心一剑，透穿胸膛。轩辕和叶皇并不是乘鹿而去。敖广提供的十二只战鹿全部被屠杀，是以敖广刚开始那声唤鹿的尖啸根本就没有起到作用。

敖广愣愣地有些发呆，他最终还是失算了，他本以为轩辕会乘鹿而去，如果对方是乘鹿而去，这些经他一手所驯出的战鹿便是他对付轩辕致命的撒手锏，可是他低估了轩辕的智慧，反而被轩辕愚弄了。

打一开始，轩辕所做的一切都是有计划的。他之所以提出要战鹿，似欲乘鹿而去，只是给人一种假象，以麻痹敖广的注意力，使敖广还自以为一切都在其控制之内，实则一切都在轩辕的算计中。

让敖广不解和气恼的却是叶皇的失踪。当然，在他的意识里自然认为叶皇是叶帝，直到这一刻犹未曾醒悟，如果让轩辕和叶皇知道这一点，定会笑掉大牙。

“给我搜！一定要找回总管！”敖广气急败坏地吼道。其实他心中何尝不明白，找回轩辕和帝恨的希望太渺茫，因为刚才他看到了两个高大的身影向轩辕处掠至，那是两只巨大的猿人，也就是说，那是接应轩辕的。此刻，敖广才意识到，问题一定是出在那个“叶帝”身上，但他却无法得知究竟是什么问题。

天色渐亮，轩辕只感到从未有过的轻松，两只猿人奔行的速度极快，此刻也不知道离神谷有多远了，一切的一切似乎都已是过眼之云烟，不再现实。

贰负的大部队人马早已等在黄河之畔，见到轩辕和叶皇赶回，简直是大喜过望，整个营地都为之沸腾了起来。

重回这群兄弟之中，轩辕确有一种再世为人的感觉。

“见过大首领！”所有奴隶兄弟尽皆欢呼，像是对待最值得尊敬的英雄一般行跪拜之礼。

“起来！起来！”轩辕一时之间竟有些难以适应，但心中的欢慰却是无与伦比的。

“今天，是我们的新生，上苍可怜我们，才能保佑大首领平安归来，是黄河之神眷顾了我们。兄弟们，让我们来感激黄河之神吧！”贰负声音激昂地呼道，说话间，便率先面向黄河，对着奔涌的河水虔诚地跪下。

数百奴隶兄弟也为贰负的话所感，全都面向黄河虔诚地跪拜。

轩辕和叶皇也被这数百人的激情所感，也快行数步，与贰负并排跪在最前面。轩辕忍不住高声道：“来，让我们祈祷，为我们的族人，为我们的妻儿，为我们的父母兄弟，也为我们自己和美好的将来，祈求仁慈的河神降福吧！”

“河神呀，大自然之神呀……”一时之间数百人各以自己族中的语言虔诚地祈祷起来，两只猿人全都傻愣愣地，只知道紧紧地抓住手中的帝恨，莫名其妙地望着这数百人祈福，它们并不懂得人类的思想和情绪。

半晌，轩辕和贰负诸人全都起身，刹那间胸中充满了万丈豪情。轩辕只感疲惫一扫而空，仰天长啸一声，声裂云霄，经久不绝，只让众奴隶兄弟心神摇曳。

“兄弟们，从今日起，我们便得以新生，有幸能得黄河之神的眷顾，就让我们一同沐浴在河神的怀抱中接受新生的洗礼吧！”轩辕说话间，大步来到黄河之畔，望着清澈的河水，掬起一捧送入口中，然后再淋到自己的脸上。

“哦……哦……”众奴隶兄弟欢呼不已，激情飞扬，每人都学着轩辕的样子，也不管冬日的河水那刺骨的冰凉，捧起便浇到自己的脸上头上。

叶皇和贰负也大感兴奋，为这热烈的气氛所感，情不自禁地融入到众人的行列中。

轩辕意兴未足，竟挥去身上已破烂不堪的衣衫，露出一身刻满伤痕，如铁一般的肌肉，双手平贴在胸前，闭目虔诚地吟道：“大自然之神和仁慈的河神呀，接受你的孩子吧！”说完竟如一只入水之蛙般纵入黄河之中。

“大首领……”有人忍不住惊呼，就要下水捞人，却被叶皇喝止。

贰负有些担心，黄河水流如此湍急，河水如此冰寒，轩辕那伤疲之躯如何能够承受得了？

哗……轩辕如一条欢快的鲤鱼般跃出水面，然后又整个身子钻入了河水之中，如此反复三次，只看得岸上的奴隶兄弟目瞪口呆，但很快就爆发出了一阵汹涌的喝彩之声。

哗……轩辕再一次冲出水面，身子已距岸边五六丈之远，不过这次不是全身破水弹起，而是上半身直立在水面之上，便如同水底有块平台托住他一般，稳健无比，甚至不随波涛摇晃。

“看哪，水神之子，是水神在保佑着大首领，庇护着我们……”有人呼道，然后呼声越来越高，便连叶皇也被众人的情绪感染得激动起来。

轩辕感受着河水彻骨的冰寒，感受着众奴隶兄弟的激情，只觉得体内的热流自丹田升起、游走，所有的冷意全消，感觉舒泰无比，他不由得感激腹中的龙丹，忆起龙丹，便不自觉地记起往昔的岁月和人物，竟在刹那间感动得热泪盈眶。这一切的一切，全都是由那条巨龙改变的，轩辕的这一生也因那条龙而复杂起来。而此刻巨龙的躯体也不知是否已经在那地下河中腐烂，忆及此处，他不由得高呼：“兄弟们，我们都是黄河的子孙，是神龙赋予了我们好运，自今天起，我们信奉黄河之神，信奉大自然的神龙，我们是龙族的儿子，龙族的战士……”

“龙族战士！龙族战士！龙族战士！……”几近疯狂的人们不住地呼喊着这个激动人心的称号，每一个人都变得激动无比。

激昂的情绪似乎激发了每一个龙族战士的斗志，每一个人便像是脱胎换骨似的神采奕奕。这是贰负怎么也想不到的结果，不过贰负却需要与轩辕商量一些更重要的事情。

轩辕并没有休息，他的精神似乎比任何人都好，很难想象他是昨晚经过了极为惨烈的厮杀而逃得性命的人。不过，他身上的剑痕刀疤却清楚地告诉了人们一个残酷的事实。

此刻轩辕正身披着一件虎皮静思着，叶皇闭眸养神，却可以看出他并无心思静坐。

“你来得正好！”轩辕见贰负行来，不由开口道。

贰负并不感到意外，只是安静地坐在轩辕的对面，他知道有事情困惑着轩辕。

“他们还没有回来吗?”轩辕问道。

“没有!”贰负轻轻地摇了摇头，因为他知道轩辕所问的是何人，但他也没办法。

“会不会是他们尚不知道大首领和叶兄弟已经回来了呢?”贰负惑然问道。

“不会，我在临走之时，发出的那声长啸便是暗号，他们也应和了，绝对不会不知道我们已安然离开了神谷。”叶皇突然睁开眼睛道。

轩辕抬头望了望帐外的天空，时已近正午，此地距神谷只不过十多里路，昨晚前去接应的人马应早就回来了，可是到现在依然没有人影，不仅仅是叶皇急，轩辕也急，如果柔水真的出了什么事的话，他们都无法向共工交代。尽管轩辕并不需要向共工交代，但心中也绝无法安稳。

“我看，还是先将兄弟们安顿好吧，如果九黎凶人追了上来，我们之中有许多病弱的兄弟只怕很难相抗!”贰负提议道。

“嗯，这的确是个问题。不过，就按照我们刚才所商量的办法去办，愿意回到自己部落中的兄弟自行离去，而部落比较近的兄弟可以先回各自的部落，我们暂时只需要留下一百五十名体质好、经验丰富的人加以训练就行了。”轩辕道。

“可是，愿留下来的兄弟还多了近百人，他们都愿意跟随大首领成为龙族战士!”贰负无奈地道。

轩辕不由讶然，但心中却很欢喜。毕竟有人愿意留下来这是一件很好的事情，也正是他所需要的。

“那好，你将兄弟们集合起来，大家一起商讨一下吧!”轩辕也顾不上柔水的事，必须先将眼下的事情解决再说。

“我们必须保证自己身份的隐秘性，在各自的族人面前，不要提及龙族战士这个字眼，只要我们心中明白就行。另外，既然大家相信我，便希望大家能够保证行动的统一性和灵活性，能聚能散，能在最短的时间内作出最快的决定！”轩辕向团坐在周围的数百名奴隶兄弟认真地说道。

顿了一顿，轩辕又激昂地道：“这并不是我刻意要让大家分散，我之所以要大家分散，是为了能将我们龙族壮大，将我龙族战士变为一支更灵活更强大的队伍。你们分散了，回到了各自的族中，并不等于从此解脱了，而是你们的任务更重了，你们需要为龙族的壮大去努力地强大自己，强大自己的族人，团结自己的邻族。当有一天，你们各自都强大起来了，我们所有的龙族战士再次组合，在你们的支持和团结之下，我们龙族便等于拥有了千千万万的战士，有了千千万万的兄弟姐妹，有了千千万万的父母儿女。到那时候，我们的血脉便像黄河一样奔腾不息，我们的实力便像黄河洪流一样无物可阻，到时候别说是九黎族，便是东夷族，我们也不会有丝毫的惧怕！”

所有人都不自觉地鼓起掌来，脸上更充满了向往和希翼的神采，似乎每个人都已经看到了那美好的未来。

“大自然之神给了我们智慧，是神龙赋予了我们的灵魂，我们仁慈的黄河之神希望人类能有永远的和平和幸福，作为龙族的战士，都应该用自己的热血和生命去维护和平，与邪恶作斗争。我们要让世间不再有奴役，不再有不平。因此，我们必须壮大，壮大至可以压倒一切的邪恶，一切的不平，这才是最后的结果。但在我们没有可与邪恶势力作抗争的能力时，我们要忍，要学会保护自己，这便是我要你们不要暴露自己身份的原因，也是你们强化自身、强化族人、团结邻族、共抗强敌的原因！”轩辕说到这里顿了一顿，又接着道，“但，我们绝不能置身于抗争之外，我们绝不能眼睁睁地看着邪恶势力壮大，我们需要暗自地去与邪恶相斗。不过，我们必须讲究方法和策略，这便是为什么要统一指挥，反应快速的原因。

“今天，我会挑选一百五十名兄弟留下，其他人都要各回自己的部落，但每个人都有任务，更要随时准备接受我们龙族的号召。至于具体怎么安排，我将会另行通知。现在，请十四位队长配合二首领去安排事宜，待会儿我另有吩咐。”轩辕说完立身而起，向贰负望了一眼。

贰负敬服地向轩辕伸出大拇指，然后走入人圈之中。

“春韵怎么知道你会在子时前往神谷救我?”轩辕疑惑地向叶皇问道，神色有些严肃。

“是她来找我的。你一被带入神谷，她便在神谷外四处留下暗记，而我也苦于没办法入谷，在谷外发现了以前我们所约定的暗记，大感奇怪之下，我找到了她。我本以为是花猛或猎豹他们留下的暗记。”叶皇神色有些黯然。

想到花猛和猎豹，轩辕的一颗心也情不自禁地揪紧了。

“她见到我后，便告诉我你囚禁在哪里，而且似乎功力尽失。我看她那焦急的样子，应该不会说假话，她还跟我说了这些日子她在神谷中所受的遭遇。不过，她让我不要对你说。”叶皇语气之中有些伤感，也有些悲愤。

“为什么?”轩辕不由问道，但心中却浮起一丝阴影。

“咳……”叶皇长长地叹了一口气，眼中隐隐泛出一丝泪花，道，“她怕你看轻她，怕你鄙视她!”

轩辕的心隐隐作痛，叶皇不说，他也知道那是怎样一种遭遇，想到往日故作冷傲的春韵，轩辕心中不由得涌起了无限的愧疚，他没能好好地保护她们!当然，这不是他的错，可是他心中仍有一丝难安。

“秋杏和冬宁已永远地离开了我们，不堪受辱而自尽。不过，她们死的时候咬破了敖霸和敖江的鼻子，春韵活了下来，她说她要报仇，要为两位妹妹报仇，她也说了对不起你。其实，她们早就知道伏朗的事情，只是一直都没有说，是圣女不让她们说的。她还说，只要我能救出你，她便无憾了，可以安安心心地报仇。我看得出来，她爱你，只是一直都不敢说出口。”叶皇听到轩辕指骨的爆响，但其表情却平静得骇人。

“我本不该说这些的，因为她不让我告诉你，但如果我不告诉你，对她太不公平。我也相信你绝不会看轻她，更不会鄙视她……”

“别说了!你放心，我绝对不会放过任何欺辱过她的人，你应该知道我的为人，无论是什么时候，我都会尊重她!”轩辕坚决地打断叶皇的话。

“很好，如果春韵听到你的这番话，她一定放心了。”叶皇欣慰地道。

“待这里事了后，我便去找她，我要让她离开神谷……”

“不，她不希望你去找她，她相信你无论是有武功或没有武功，都能够崛起。是以，她很早就跟我说了，如果你真的想为她报仇的话，便让她在神谷给你做内应。她会好好珍惜自己的生命，更会学着保护自己。她希望你尊重她的意愿。”叶皇打断轩辕的话道。

轩辕又呆住了，鼻头竟有些微酸的感觉，一颗心好痛，但他还能说些什么呢？只是呆痴地注视着远处的山麓。

“其实，你不必为她难过，事情已经过去，只要她仍活着，只要你能理解她，相信她是幸福的，因为总有一天她会走出黑暗！”叶皇安慰道。

轩辕苦涩地笑了笑，问道：“那你怎会决定子时行动？”

叶皇笑了笑道：“说来也巧，刚好风骚让叶帝去九黎族本部通报你的事情，而春韵自风扬口中探得这一消息，于是便与我商量了这个移花接木的计划。而为了安全起见，我将叶帝囚禁了，他的一行人，我也尽数杀了，然后我决定以叶帝的身份去赌一把，没想到你竟神通广大地杀了出来。”

“哦。”轩辕也不由得暗自庆幸，因为他知道，叶皇即使能够成功地巧扮成叶帝，如果在自己功力尽失的情况下，也不可能救得出他来，反而会连累人。

“我们本来安排柔水和郎氏三兄弟他们在外接应，却不想这个时候他们仍没有回来。”叶皇又表示出自己的担心。

轩辕的心头也泛起了一丝阴影，而此时，贰负已领着十多人走了进来。

“已经分配好了！”贰负道。

“好，我们现在所要讨论的问题是如何将这分散的众人训练成一流的战士，而且让他们成为各自族中的领头人，带动着自己的部落强大起来！”轩辕立刻出言道。

贰负和那十多人一呆，但很快坐定，他们的心中仍在咀嚼着轩辕的这句话。

叶皇也对轩辕这随口提出的问题感到有些难以应对，不过，他相信轩辕定然已经想好了方案，有了确切的方案，那才是真正的轩辕。

贰负似也有些了解轩辕，这也是他佩服轩辕之处。于是所有人的目光全都集中在轩辕的身上，等待着他的说话。

“我们作为龙族最先起步的人，应该毫无私心地帮助他们，教化他们，我要你们当中有能力者驻入他们部落之中承担起训练他们及其族人的义务。同时，你们也要隔一段时间来接受我的训练，然后再将所学传授给他们，这只是我的基本意思，以达到无论是集中训练的龙族战士还是分散于各地者都能够共同进步的目的。”轩辕认真地道。

贰负微微颔首，表示赞许，轩辕的办法的确可行，而且听起来应该是很有效的。

“你们的任务很重，你们是龙族战士的领头人，是以，不仅要自己首先强壮起来，还要为龙族的强大出谋划策。因此，你们不仅仅要起到教化他们的作用，还要从他们之中发现人才，从他们的族人之中发现人才。你们每个月都可带上几个你们认为有潜力的年轻人来接受我和二首领的训练，力争使我们龙族在一两年之中变成一支强大的劲旅。到那时候，我们便有能力、有资本与九黎族周旋了。同时，我们还要确立自己的本营，这将是你们每月接受训练的地方，也是我们龙族暂时的栖身之所。当然，这一切必须另行安排。”轩辕分析道。

“大首领，我知道一处绝秘之地可作为我们暂时的容身之所。”一名汉子立身而起。

“哦，跂云所说的容身之所有多大?”轩辕仍记得这汉子是一个极为优秀的猎手，也是一个很有头脑的人物，不过却是这群奴隶兄弟中唯一一个跂踵族的人。

“我想，那里应该可以容纳三百余人居住，只是那里进出都不是很方便。”那个名为跂云的汉子道。

“可容纳三百人居住？够了，我们先只是将之作为一个容身之所，其他的日后再说吧。不知那里距此地有多远?”轩辕问道。

“那是离我族不远的一个地方，距这里有近两百里的路程!”跂云有些担心路程太远而使轩辕拒绝，但却没想到轩辕一口认定。

“好，这个距离正好，也够我们休养生息一段时日了，而且跂踵族所在的位置正好可与各部落的兄弟遥相呼应，如果出了什么事情，也可以在两天之内聚齐所有的兄弟，这个位置最理想不过了……”

“大首领，大首领……”

“什么事？不是已经吩咐过不得来打扰吗？”贰负向那个小跑而来打断轩辕说话的汉子叱道。

那人为贰负的气势所逼，不由得一怔，怯怯地道：“有个女人要找大首领，我们都挡不住她，公主也在她的手上……”

“什么？她们来了多少人？”叶皇和轩辕同时立身而起，神色变得极为难看。

“就一个人，还是个很美很美的女人……”

“一个人？女人？”轩辕和叶皇相视愕然，这的确是有些意外。

“满苍夷！”叶皇似乎想起了这个可怕的女人，不由脸色变得很难看。

“不，不可能！满苍夷怎会是很美很美的女人呢？而且她已不再是以前的她了。”轩辕肯定地道。

“公主怎么样了？郎大他们呢？”叶皇不由有些急切地问道。

“公主似乎昏迷不醒，但并没见到郎老大他们，也不知……”

“那女人现在哪里？”

“不用急，我来了！”一个娇脆而柔媚的声音传了进来。

轩辕只觉得脑子嗡的一声响，犹如遭到雷击一般，神情古怪至极。

“大首领，你怎么了……”跂云和贰负为轩辕这突如其来的表情吓了一跳，不由得惊问道。

轩辕不答，快步夺门而出，只觉眼前一亮，但表情显得更为古怪：“桃红，是你？”

叶皇也跟着赶出来，却见柔水静静地倒在一个极为美丽妖冶的女人怀中，的确已不省人事，他正欲出声，轩辕却已伸手制止了。

“你将她怎样了？”轩辕疑惑地问道，他怎么也想不到这个不速之客竟是昨日与他极尽缠绵的桃红，这在他心中不由多了许多疑惑。

桃红似乎不敢正视轩辕的目光，只是不自然地笑了笑道：“她很好，我只是让她暂时不省人事罢了。”

轩辕逼近一步，欲伸手去握桃红的手，但桃红却退了一步，软弱地道:“你先别动!”语调之中显然包含着许许多多的无奈和酸楚，更似乎有些恳求之意。

叶皇心头松下了一口气，直觉告诉他，轩辕与这个女人之间有着一种别人无法明了的特殊关系。因此，柔水绝对是安全的。

“究竟发生了什么事?你怎么会找到这里?有什么事情你说出来呀?”轩辕连连发问，脸上更显出了一丝关切之色。

“你别问了好不好?让我说。”桃红被轩辕这样一逼问竟似乎有些混乱。

“你们都退下，各就各位，小心敌人偷袭!”轩辕沉声向四下的龙族战士吩咐道。

贰负也似乎明白了这之间涉及个人私事，很知趣地退了出去，并领着十四名队长积极地在四周设伏，更伐木造筏。

“我们进去说吧!”轩辕吸了口气，极力使自己的声调放得平缓一些。

桃红犹豫了一下，又望了叶皇一眼，咬咬牙夹着柔水跟在轩辕的身后走入了这临时搭起的木棚之中。

“放下公主，有什么事情我们好好地谈，如果是我可以办到的，绝对会帮你处理好。没有什么是我们不可以说的，对吗?”轩辕目光之中多了无限温柔。

桃红又犹豫了一下，但还是放下了柔水，出言道:“还有几个人昏迷在对面的那山冈顶上。”

叶皇忙接过柔水，闻听此言，不由得愕然，他自然知道那定是郎氏三兄弟和几位共工氏的护卫了。

“你去让贰负派人将他们找回来!”轩辕吸了口气，向叶皇吩咐道。

“只需用冷水就可泼醒她，不过，我将她交给你是有个条件的!”桃红向叶皇淡淡地道。

“什么条件?”叶皇又愕然地问道。

“条件可待会儿再说。”轩辕插言道。

叶皇知道先去找回郎大等人重要，不然在这野兽出没无常的山林中，会发生怎样的后果都不堪设想。

“你顺便告诉他们，敖广已经朝这个方向搜寻过来，也许过不了多久，便会找到这里来。”桃红又补充道。

“谢谢！”叶皇行出门外，仍不忘转头说声谢谢。

“你是怎么找到这里的？又怎知道我在这里呢？”轩辕惑然地问道。

“因为你身上有一种特殊的气味，所以我便找到了这里。”桃红淡淡地道，眸子之中闪动着智慧的神采。

“我身上有特殊的气味？”轩辕不由得又好笑又觉得荒谬。

“你不要以为我是在开玩笑，你可记得圣母河边的那根木料？”桃红语出惊人地道。

轩辕不由怔怔地望着桃红，心头涌起一种怪怪的感觉，惊讶地问道：“那块木料是你放在那里的？”

桃红神秘地一笑，不无骄傲地道：“不错，我早知道你晚上会有所行动，但若要通过圣母桥，那几乎是不可能的。因此，我便为你设下了那块木料。当然，很侥幸的是没有人在你之前发现它，否则的话一切都前功尽弃。”

轩辕心中不免又多了一丝感激，桃红的布设倒真是极为用心，也可看出她绝对是一个心思细密的人。当然，如果桃红没有些实力，敖广又怎会对她如此敬畏？但他却不明白那块木料与气味又有何关系。

“也许你会问这又有什么关系。其实，我早在那块木料之上涂抹了一种粉末，而这种粉末一触碰肌肤便会立刻被吸收，然后散发出一种特殊的气味，这种气味留在空气中三天不散，而我算定你一定会以手去触碰木料。因此，你身上便有了这种特殊的气味，这也只有我才能够嗅得出来。”桃红自信地道。

轩辕不由得心下骇然，桃红的厉害之处的确有些超乎他的意料，但幸亏这不是敖广所设下的陷阱，否则的话，只怕这一群龙族战士将会全军覆灭了。

轩辕苦笑了笑，道：“我还自以为是天助我也，运道十足，原来一切全都被你算计了。”

桃红妩媚地笑了笑道：“的确，你乃得天之助，运道十足，你能够杀出神谷确实出乎我的意料，你是第二个杀出神谷的人。但你却是让神谷损失最大的人，竟连帝恨也被你所擒，如果是在之前打死我都不会相信，是以，我不得不承认你运道十足，福大命大。”

“可是如果你是我的敌人的话，此刻只怕我又要死上一百次了。”轩辕笑道。

“可是我是吗?”桃红苦笑道，顿了一顿，又道，“其实，我也希望自己是你的敌人，在我最初的计划中，我是准备将你们一网打尽，直到你真的冲出了神谷，我才发现，自己根本就狠不下心来。也许，主动接触你，一开始便是一个严重的错误，也是在作茧自缚!”

第四十七章　唤醒灵魂

轩辕心中暗叫侥幸，忍不住伸手将桃红搂了过来，狠狠地痛吻了一阵，直让桃红喘不过气来。

“这是给你的教训，你居然说接触我是一个错误。”轩辕笑道。

桃红如喝醉了酒一般，但还是挣扎着推开轩辕，似乎费尽了所有的力气，求饶道：“放开我好不好？你知道我是没有办法抗拒你的，我今日来是有事相求。”

轩辕不由大感得意，但仍怜惜地道：“说吧，你要我帮你什么？”

桃红的神色间有些黯然，叹了口气道：“我想求你放掉一个人。”

轩辕眉头一皱，沉声问道：“帝恨？”

桃红回避开轩辕的目光，眸子里涌动着一丝深切的无奈，却轻轻地摇了摇头。

轩辕松了口气，不解地问道：“那是谁？”

“其实，我本想用共工氏的那个女人和你的几个弟兄与你交换的……”

“所以，你制伏了他们？”轩辕讶然地打断桃红的话。

桃红点了点头，又道：“但是我知道这么做实在是对不起你，可我又怕你在我提出这个要求后再也不理我，才会出此下策，可当我见到你后，我便知道，一切都已不是由我控制，因为我无法对你产生一点抗拒的心理。”

“究竟是谁？”轩辕若有所思地问道。

桃红怯生生地望了轩辕一眼，犹豫了半晌，却小心地道：“如果我说出来了，你不许生气，也不要不理我，好吗？”

“好吧，你说。”轩辕认真地注视了桃红半晌，心头竟生出一丝失落感，他已隐隐猜到了桃红将会说出口的名字。

“他是叶帝！”桃红咬了咬牙，终于低头说了出来，但像是一个犯了错误的孩子，只是低头把弄着自己的衣角，不敢正视轩辕的表情。

“你怎么知道他在我这里？”轩辕顿了顿，极为平静地道。

“其实，自他失踪后的几个时辰，我便已经估到是叶皇出的手。我发现了与叶帝一起前往九黎本部那几人的尸体，包括他们身上的剑痕，我都仔细研究过，其剑法与叶帝同出一辙，而我更在现场发现了叶帝的随身之物，因此我可以判定这些人不是叶帝所杀，而且叶帝一定是遇伏了……”

“你怎知他不是去了九黎本部呢？”轩辕质问道。

“昨天上午我收到了九黎本部亲信的汇报，叶帝并没有去九黎本部，于是我便证实了自己的估计不会有错。”

“于是你便定下了自我身上入手的计划？”轩辕淡淡地问道。

桃红不语，只是点了点头。

“那你为什么不向帝恨或风骚汇报而要自我这个废人身上着手呢？”轩辕不解地问道。

“因为他们只求成败，根本就不会在乎别人的死活，不管怎么说，叶帝只是九黎族的一个外人，虽然名为巡察使，却是虚职，在关系到有些事情的时候，他们仍会毫不留情地牺牲他。因此，我不相信帝恨和风骚，只不过在遇到你之后，我的计划竟然一改再改。”桃红直言不讳地道。

轩辕想到春韵所留的字条，心中的失落感更盛，似乎是受到沉重的伤害，半晌才愠怒地道：“你很爱他？”

桃红似乎是被轩辕的语气给惊到了，如一只受惊的兔子般望着轩辕，怯怯地小声道：“我也不知道，也许是吧，你是不会明白像我们这种女人的心理的。在我几乎没有光泽糜烂的生活中，他是第一个走进我内心的男人。也许，那不是爱，是感激。”说到这里，桃红嘘了口气，露出一丝茫然而呆痴的笑，在伸手拂了一下额际几缕发丝之后，以一种与其年龄极不相称的苍凉语调落寞地道，“像我这种女人，还配拥有爱吗？我不知道自己是否还有爱一个人的权利。”

轩辕的心中一痛，他想到了春韵，春韵会不会也会和桃红一般拥有这种想法呢？难道桃红也像春韵一样，只是一群被逼的可怜女子？想到这里，不由问道："难道你不是九黎族人吗？"

"如果我是九黎族人，也许便不会有今天。"桃红叹了口气道。

轩辕又多了几分怜惜，也多了几分情，问道："那你又是什么族的人？你的父母呢？"

"我也不知道自己是什么族的人，自小我便是在奴隶群中长大，直到父母死后被圣姬看中，于是也便开始了我这一生最黑暗的日子，而在黑暗中，叶帝走了进来，还有你……我已经深深地厌倦了那种生活，可我又如何能摆脱那种生活呢？别忘了我只是一介女流之辈。"桃红凄然道。

"我答应你，我会还你一个活生生的叶帝。"轩辕深深地吸了口气，诚恳地道。

"我很矛盾，我知道，也许我选择错了，但我已经实在无法再忍受那种虚伪而又荒唐的生活……"

"我知道，当一个人在梦中惊醒，突然发现自己一无所有的时候，那种感觉的确很痛苦，也很无奈，愿你们能够幸福。"轩辕无可奈何地道。

"我也许不会和他一起走……"

"为什么？"轩辕不由讶然问道。

"我明白他的为人，绝不会甘于过一种平淡的生活，而他也绝不是真心爱我……"

"那你为什么还要救他？"轩辕不由得有些气恼。

"人有时候会做出许多连自己都不会明白的事情。也许，只是为了感激他唤醒了我那埋藏心底深处的灵魂，唤醒了我几乎已经泯灭了的感情，让我麻木的心又能重新看清楚人世的一切。所以，我要救他。"桃红叹了口气，幽幽地道。

轩辕呆了一呆，他不由得对桃红刮目相看，他越来越发现这个女人的不简单，但这一刻却只有同情和怜惜。

"如果我请求你留下来帮我一起建立我所组织的新部落，你愿意吗？"轩辕伸出一双大手，紧紧地握住桃红那有些冰凉，犹如玉雕般的小手，恳切而认真地道。

桃红没有挣扎，但表现出了片刻的激动，很快又变得异常平静："我只是一朵已近凋零的花，根本就不配拥有这片沃土……"

"不，你说错了，就算你是一朵已近凋零的花，只要你的根仍植于这片沃土，它将会重新绽放！"叶皇突然打断桃红的话，与柔水大步走了进来。贰负也在二人身后，表情庄重而又恳切。

"我们欢迎你留下！"柔水欢快地赶上几步，真诚地伸出双手，似乎已经忘了昨夜被桃红算计之事。

桃红不由望了望轩辕，却发现轩辕一脸的期盼，再将目光转向叶皇，叶皇也向她友善地点了点头。

"我们欢迎你留下！"贰负也诚恳地道。

桃红的目光再落到柔水那停在她面前的双手之上，然后将目光移至柔水那雍容而美丽的脸上，对视着那坦诚而热切的目光，禁不住眼睛湿润起来。

轩辕松开了桃红的手，期盼地道："大家都希望你能留下！"

桃红的手颤抖地移动着，终于塞到了柔水的手中，然后紧紧相握。

啪啪……轩辕和叶皇及贰负情不自禁地鼓起掌来，叶皇更想到当日在有邑族的野火会上轩辕拉起他的情景，禁不住又一阵感动，缓步行至柔水的身边，赞许地将双手搭在柔水的肩头，而轩辕也不约而同地搂紧了桃红。

"哈哈哈……"轩辕和叶皇同时爆出一阵欢快的笑声，柔水也笑了，贰负也挠着脑袋傻笑，只有桃红忍不住激动地滑下两行热泪。

叶帝的表情有些愤怒，只是因为他竟被叶皇给伏击了。虽然叶皇的武功最初是来自他，但在满苍夷三年的调教之下，叶皇的剑法比他的更诡异，而且这一路与轩辕并行的日子，叶皇更自青云剑法和轩辕的剑法之中学得一些极好的东西，融会贯通之下，武功比叶帝更要胜出一筹，而且以有心算无心，叶帝竟成了阶下囚，这让叶帝有些愤怒。他三番五次地救叶皇，却换来叶皇如此对待，他自然有些怒恨。

“你是来杀我的吧？你杀呀！”叶帝见叶皇行了过来，不由愤怒、鄙视地道。

“你可以走了。”叶皇有些心痛，他也不想让他们兄弟间的关系弄成这个样子，但天意如此，并非人力所能抗衡的。

“哦，你终于良心发现了？你不怕我回去把轩辕剁成十截八段吗？”叶帝没好气地讥讽道。

“如果你还能回去的话，你便祈祷九黎人不要将你剁成十截八断吧！”叶皇也不屑地道，说话间挥剑削断叶帝手上的牛筋，更为他解开被制的穴道。

叶帝一呆，不明白叶皇说的是什么意思，定定地盯着叶皇半晌才醒悟，怒道：“你，你是不是以我的身份去神谷捣乱了？”

叶皇露出一个得意的笑容，并不否认地点了点头，只气得叶帝眼里直冒火。

“你竟一点也不念兄弟情分，如此陷害我！”叶帝狂怒挥拳便向叶皇击去。

叶皇并不还手，只是身形一晃，闪开一拳，淡淡地道：“你胜不了我，你也该醒悟了，天下这么大，你有很多可做之事，根本就没有必要为虎作伥！”说话间接连躲过叶帝气势汹汹的六拳。

叶帝突然住手，怒吼道：“你知道个屁，你就知道一些假道义，一个劲地为我添乱子，什么是为虎作伥？我只是在以我自己的方式创下自己的一片天地，你却在这里瞎捣乱，天下间哪有你这样的兄弟！”

叶皇心中微酸，叹了口气道：“其实，以你的智慧并没有必要寄身在九黎凶人的手下，完全可以以别的形式去开创天地，你为什么要为九黎族去欺压别人呢？”

“你明白什么？在这个世间，本来就是弱肉强食，我只是顺应天命，顺应自然而已，又有什么不对？你根本就不了解我，你知道我这些年在做什么吗？你知道我这些年是怎样活过来的吗？我比你更知道弱肉强食的原则，这是大自然之神所定下的人世法则，你能改变吗？……”

“你不必说了！”叶皇打断叶帝越来越激动的话，淡淡地道，“也许，我并没有你懂得多，但我却知道人人平等，每个人都有自由选择生活方式的权利，没有人可以奴役他们，没有人有权利去毁灭自己的同类。因此，我绝不能让人去破坏这个世界的宁静与和平。”

“哼，你以为就凭你那单薄的力量就可以维持这个世界吗？你以为就只你一人存有正义感吗？你以为你是仁慈的神，是万物的救世之主吗？你凭什么去消灭不平？你凭什么去对付九黎族数以百计的高手和数千二级勇士？你凭什么去面对沙漠大神的力量，去平服数以万计的东夷子民？哼，不自量力！这个世界只有武力才能解决一切，只有强者才能生存，也只有依附强者才能够壮大，你懂吗？”叶帝似乎很激愤。

叶皇不由得怔了怔，事实上也许叶帝说得对，让他无法反驳。

“没话说了吧？我劝你还是不要痴心妄想仅凭几个乌合之众去救那半死不活的轩辕了，也许朋友的情义真的很重要，但没有了生命，一切都是空泛无边的。你是我的弟弟，你就听我一句劝，有多远便走多远，带上你的柔水公主，要么回有邑族，要么去共工氏也好，不要再与九黎人或神谷作对了。天下间已经没有谁能够与东夷势力抗衡，包括有熊、鬼方和三苗。因为太昊大神的身后还有一个足以毁灭天地的人物，我们与之相比，实在太渺小太渺小了。”叶帝说出这番话时，语调诚恳至极，在他的心中，并没有恨叶皇，仍然以一个兄长的身份关心着叶皇。也许，只有他才明白，这个世上就只有叶皇这么一个最亲最亲的人了，虽然叶放也是同父兄弟，但却并非同母所生，而且从小受尽欺辱使他心中已恨尽了世间所有人。而且作为一个兄长，他还带着一份父亲的情怀。

叶皇也大为感动，不由长长地叹了口气，道：“人各有志，我知道你是为我好，但你也知道我的脾性，你走吧，不过，我要告诉你，轩辕已自神谷中杀了出来，而且帝恨已被我们擒住，你若是还要执意回神谷，我也不强加阻拦，只愿你多多保重。”

叶帝大吃一惊，脸色难看地道：“这怎么可能？这怎么可能？”

“世上并没有不可能的事，只是你想不到而已，另外桃红姑娘让你多保重，请你不要担心她，她很好……”

“什么？她在哪里？你们也抓了她？”叶皇一把抓住叶皇的衣襟，厉声质问道。

“她让你不必去找她，她只想过一种新的生活，她相信自己的选择，并还让我告诉你，她不会忘记你，是你唤醒了她的生命。不过，此刻她已经找到了自己的归宿，希望你多保重。”叶皇平淡地道。

叶帝如遭雷击，愣了一会儿才缓缓地回过神来，却发出一阵狂笑，只震得石洞嗡嗡直响。

叶皇为之一阵心酸，暗自叹了一口气，他也不明白自己这么做是对还是错，但他却可以感觉到叶帝的心已经深深地受了伤。可是，这也许就是命，是宿命，无可逆转的宿命。

叶帝笑了良久才平息心绪，冷冷地望了叶皇一眼，整个人似乎在刹那间改变了，变得阴鸷而冷厉，更不表露出丝毫的情绪。

“很好，从现在开始，我便是一无所有了，也许今天就是我的新生，这个世界遗弃了我，我也会让它尝受我报复的滋味……哈哈……”叶帝浑身充满杀气，再次狂笑起来，身形迅速向洞外掠去，并拖起一路的狂笑远去。

叶皇不由得呆呆地静立着，心头涌上了千百种无法言喻的滋味。有痛苦，有失落，有伤感，有担忧……一切的一切，便在叶皇的心头种下了深沉的阴影，他几乎可以预感到将来的噩梦正在逼临……

“或许，这便是宿命，而我们都是顺应宿命而生的生命，自出生的那一天开始，便注定会是左右为难。”轩辕轻轻地叹了口气。

桃红不语，只是静静地望着叶帝消失的方向，似乎是在凭吊什么，又似乎是在祈祷，过了良久，才长长地叹了口气，淡漠而伤感地道：“也许正如你所说，我们自出生的那一天开始，便注定会是左右为难。也许，我已经一错再错……”

“生活是没有对与错的，因为永远都没有人知道自己以另外一种方式去生存的话会拥有什么结果。因此，生活只有现实而无对错!”轩辕拍了拍桃红的肩头，慨叹道。

桃红扭头向轩辕投了苦涩的一笑，轻轻地将头靠在轩辕的肩头，在轩辕的手紧搂住她的肩头之时，她的目光已悠悠地投向遥远的远山，两人同时长长地嘘了口气，又再相视苦笑。

而此时，叶皇已经落寞地自山头缓缓行下，犹如一只孤独的离群之雁，让人感到一阵清寒幽冷。

柔水飞奔着迎了上去，叶皇却只是伸手将其拥住，然后对着蓝天白云长长地嘘了口气，良久不语。

“不好了……”跂云快步赶上山头，慌乱地呼道。

“发生了什么事？”轩辕沉声问道。

“帝恨跑了，还杀了三名看守的兄弟！”跂云脸色都变了，惊慌地道。

这次轮到轩辕和叶皇色变了。

“快让二首领指挥众兄弟渡河北上！”轩辕说着向叶皇望了一眼，接着道，“他被我以透骨针锁住了七成功力，不足为惧，我们追！”

“你跟贰负他们一起渡河，在河对岸等我！”叶皇向柔水道。

“不，我也要去……”

“没用的，我们必须马上渡河，因为我来的时候，敖广已经循着断枝朝这个方向追来了，等我们追到只怕帝恨与敖广早已会合，到时候只怕逃都逃不了。”桃红肯定地道。

轩辕和叶皇相视望了一眼，又将目光投在桃红的身上。

“跂云快去，全力渡河！”轩辕再吩咐道。

跂云应了一声，飞快地向黄河边的营地跑去。此刻河中已经放入了近三十张大木筏，足够一次渡过所有人。

“不好！”轩辕低呼一声。

“他们来得好快！”叶皇顺着轩辕的目光望去，却见不远处林鸟惊飞，尘土扬起，显然是有大批的敌人掩至。

“怎么办？只怕渡河已经来不及了。”柔水急道，她知道，如果此刻渡河，只怕还未将木筏划出箭矢射程之外，敌人便已赶到，那时候将会变成活靶子任敌人射杀。

“你们走，快，我去引开他们！”轩辕急道。

“我也去!”桃红一挺身，坚决地道。

“你们两人都给我乖乖地渡河，让我跟轩辕一起去!”叶皇果断地道。

“不，这回我一人去，你们根本就不熟悉水性……”

“错，我们共工氏的每个人都可以在黄河之中追鲤鱼！皇，你和桃红快去与贰负会合，让庄夫他们来助我!”柔水果断地道。

“好，就依柔水!”轩辕想到柔水乃是共工氏的公主，天下有水的地方都可提供给她安全感，于是便欣然同意。

叶皇和桃红面面相觑，轩辕和柔水同时催道：“还不快去?”

叶皇无奈，只得向山下飞掠，难得的是桃红的身法也快得惊人。

轩辕和柔水并没有心情去评判桃红的身法，只是急速地向尘土飞扬、鸟雀惊飞之处掠去。成败就系于他们的身上，是以，他们根本就没有时间去考虑太多。

嗖……一支怒箭惊碎了虚空，也惊醒了疾行的敖广。不过，这一箭的目标只是敖广身边一棵大树上的松鼠。

好准好狠的一箭，透过松鼠的脖子一箭致命。

没有射人，但却让敖广和疾行的九黎战士吃了一惊，所有人的脚步不由得全都顿了顿。

“轩辕……”有人惊呼，因为他们发现轩辕如一个幽灵般安稳地立在一根粗大的横枝之上，肩负大弓，腰插利剑，神态极为悠闲。

敖广挥手喝停前行的九黎战士，变得谨慎起来。面对轩辕这样一个对手，他不敢有丝毫的大意，因为白虎神将和帝十已有前车之鉴，任何小视轩辕的人只会以惨败告终。

帝恨真的已经回到了敖广的队伍中，此时一见到轩辕那副散漫而得意的笑容，他便恨不得将之碎尸万段。

轩辕的脸上挂满了自信的笑容，向敖广斜斜瞟了一眼，相隔不过百步远，他竟悠闲地盘膝坐在那根粗大的枝杆之上，像是在看戏一般毫不在乎地道：“走啊，为什么停下来？我的箭头之上没有淬毒，劳烦哪位帮我将猎物拾给我。”

敖广倒真被轩辕这种态度给镇住了，他根本弄不清楚轩辕话中的意思，更无法猜透轩辕葫芦里卖的是什么药，竟不敢轻举妄动。

九黎战士全都暴动起来，显然是被轩辕的目中无人给激怒了，但他们却知道轩辕是个极为可怕的人物，便连总管帝恨也被其所掳，这样一个人自然是极为可怕的。

帝恨是仇人见面分外眼红，轩辕让他丢尽了颜面，此刻他憋了一肚子火，愤怒之下，搭箭便射。

轩辕哈哈哈一阵大笑，漫不经心地伸手在空中一抓，竟然将帝恨射来的箭矢抓住。

啪……帝恨的劲箭在轩辕的手中断成四五截，散落而下。

九黎战士又是一阵哗然，他们并不知道帝恨仅剩三成功力，是以，轩辕才能够轻松抓箭，但轩辕如此轻松地抓住帝恨的箭矢，的确起了一个震慑作用。

"帝恨，你可真会跑啊，我的兄弟正四处追捕你这逃窜的奴隶，你却这么快便找来了庇护之人，我的那几百兄弟大概全都是空手而归了，这全是你这背叛的奴隶惹的祸，再抓到你定要重重地打你屁股!"轩辕吊儿郎当地调侃道。

帝恨气得一佛出世二佛升天，差点鼻子没给气歪掉，轩辕是哪壶不开提哪壶。他身为神谷的总管，何曾受过如此侮辱？狂吼一声，便要扑向轩辕，但却被敖广拉住。

"总管，冷静一些，这小子诡计多端，就是想激怒我们，好让我们进攻，我们岂能中计，走进他的圈套?"敖广提醒道。

帝恨的确领教过轩辕的诡计多端，他便被轩辕激怒过两次，更中了轩辕的诡计，此刻隐痛犹未平，而且此刻功力被封，他实在是对轩辕有些心有余悸，也不敢太过冲动。

"轩辕，你为何要一直与我们九黎族作对呢?"敖广一边问着这个连他自己也认为是废话的问题，一边目光仔细地扫视着空寂的山林，他身后的九黎战士也迅速散开，占好最有利的位置，以防止遭遇突然的袭击。

"哈哈……"轩辕笑了笑，道，"这是我今年听到的最狗屁最没趣的话，真是只有什么样的人才说什么样的话呀！”

敖广脸色一红，但心中却暗呼侥幸，因为他发现了轩辕附近和远处有许多处极为可疑的地方，那些可疑之处全是在树干之后和灌木丛中。

敖广发现了那是人的衣服的一角，有两处是人的大弓的一角，还有几处是露在外面的鞋尖和手肘。这些东西的露出，是因为树干不够粗，枝叶不够密和灌木有些疏稀，如果不仔细看绝对无法发现这么多的破绽和疑点。是以，敖广深深地庆幸自己并没有被怒气冲昏头脑而贸然进攻，那样还真会陷入轩辕所设的陷阱之中。而轩辕刚开始说自己的箭头没毒，但在对付帝十时，全都用的是毒箭。如果自己被伏击，在毒箭的攻击之下，实在没有谁敢保证不被杀得伤亡惨重。

意识到此点的敖广更不在意轩辕调侃的辱骂，反而是跟轩辕对骂，同时，也小声地吩咐身边的人自侧面包抄过去，更再三叮嘱这些人要小心，不能惊动轩辕，更要小心中伏。

轩辕似乎没有注意到敖广的这些举动，只是坦然自若、毫无所惧地与敖广、帝恨相互辱骂，偶尔也射出一两箭表示在向敖广和帝恨挑衅，而九黎族人也会放出几轮劲箭，但这些举动对轩辕根本就不起作用。

敖广为了拖延时间，以便让自己的人从侧面包抄，也就不进一步挑衅，而他派去包抄之人却需按其叮嘱绕远一些，不要就近行动，若惊动轩辕都要受到严惩。而且这林间灌木荆棘极多，想自侧面包围也不是一件容易的事。

帝恨知道这里已经快到轩辕所居的营地，因为，他可隐约听到黄河的浪涛之声，如此接近轩辕的驻地，轩辕自然有可能埋下众多的伏兵。是以，在敖广的提醒下，他也暗自庆幸没有因一时愤怒而误入对方的圈套之中。

双方相持了约一盏茶的时间，但敖广却没有前进一步，轩辕似乎有些耐不住性子了，骂声更烈。

敖广心中暗喜，他也似乎感觉到轩辕耐不住性子，忖道：“果然是年轻人没有耐性，哼，再等一会儿，老子让你全军覆灭！”

“他娘的，那只松鼠送给你们这些龟儿子吃好了，老子不跟你们这群没胆量的龟儿子玩了，先去找口水来喝喝再对付你们！”轩辕骂得已有些不耐烦，自树干上跃下，拖着大弓大摇大摆地向林子深处走去。

这一招大出敖广的意料之外，敖广大急，正要准备下令出击，不让轩辕走掉，轩辕却又突然转身，望着敖广嘻嘻一笑，拍拍脑袋，故作记起了什么似的道：“唉，想了想，还是没有什么比逗龟孙子更好玩的事情，你们他娘的全在那里喝西北风都不跟进半步，真熊，怕我都怕成这样了？”

敖广见轩辕又突然转身回来，不由得心中松了口气，忖道：“看来这小子还是在故意诱我们进攻，险些上了大当，被他这个假动作迷糊了。”

帝恨与敖广相视望了一眼，他和敖广一样暗叫侥幸，心中却忖道：“这小子真狡猾，要是他迟一些转身，我们还真上了当。”

“好，老子便进，看你有什么能耐！”敖广手一挥，身后的九黎战士全都借树干的遮掩进了数步，但旋即又停了下来，却是敖广的命令。

“好，好，好，再进嘛，我又不吃人，你们那么多人，还不敢再进这么一段路，咱们一起叙叙旧多好？”轩辕拍手叫道。

“要叙旧，你何不过来？”敖广道。

“那可不行，我还有事，先走一步了！”轩辕说着向敖广挥了挥手，潇洒地说声“再见”，便大摇大摆地向林深处行去，似乎根本就不怕敖广率人追击。

敖广对轩辕再次做假动作不屑一顾，只是像看戏一般的等着轩辕转身再走回来。

“我真的走了哦？”轩辕再次回头又道。

“不送了！”敖广对轩辕的这一番动作更是不屑，这似乎表明轩辕真的不想走。

轩辕再也没有回头，只是悠闲地走人。

当轩辕的身影完全没入林子深处之时，敖广才感到事情有些不对劲，心头更深深地植入了一层阴影。

轩辕没有回头转身，他的行动全都没有在敖广和帝恨意料之中。

侧翼的九黎战士出现，敖广立刻下令进攻，但他被所发现的结果气蒙了。

林间空寂，没有一个敌人的身影，倒是发现了几张挂在树杈上露出一角的破弓和几块被撕裂的衣衫，这便是敖广最初所发现的可疑之处，只是那最初露出手肘的地方什么也没有，显然那才是一个真正的大敌人，其他的地方全都是惑敌的杂物。

“我们中计了，快追！”帝恨立刻明白，轩辕自始至终都只是在虚晃，根本就没有设下伏兵。而轩辕故布疑阵只可能有一个目的，便是拖延时间！

想到自己刚才还在自鸣得意看穿了轩辕的圈套，这一刻的结果只让敖广脸红，更有些恼羞成怒，他本来是极力不想让自己落入轩辕的圈套，但偏偏还是被轩辕当傻子耍了，怎叫敖广不气？不怒？他狠狠地把那几张惑敌的破弓拆成八截，吼道：“给我追，我要将这小子碎尸万段！”

柔水只笑得花枝乱颤，想到敖广在轩辕临走之时仍然说上一句“不送了”，就无法保持淑女的模样。

庄夫是庄戈的兄长，此刻他若非要掌桨，只怕也会笑破肚皮。

共工氏的几名护卫一边奋力划桨，一边放声欢笑，轩辕的这一手耍得的确太漂亮了，漂亮得无可挑剔。

贰负和叶皇的大木筏已经越过河心的激流，在另一边望着轩辕和柔水在大木筏上笑得直打跌，他们有些不明所以，但见轩辕和柔水诸人安然无恙，心中不禁大为放心。

当敖广领人赶到黄河之畔时，却见数十张大木筏已渡过河心，不由气恨得差点昏了过去，贰负诸人的大木筏自是驶出了箭矢的射程之外，便是轩辕那张大木筏也快驶出射程。

“敖副总管，你无须客气，不要送了，咱们后会有期！”轩辕向岸上摇手高呼，浑雄的声音并未被浪涛所掩，清晰地传入了敖广的耳中。

所有的神谷高手都变得极为沮丧，有些人举箭射击，但箭矢还没接近轩辕时便已无力地坠落，根本就无法对轩辕等人造成任何伤害，反而换来了轩辕的放声大笑。

“再见……”柔水和轩辕及大木筏上所有共工氏兄弟们一起向岸上的

敖广放声高呼。

帝恨气恨交加之下竟然狂喷出一口鲜血，望着大仇人如此潇洒而去，他几乎快要发疯了，但又无可奈何，谁也无法在一时之间备齐这么多的大木筏，若等调来大木筏，只怕轩辕等人早已走得无影无踪了，是以帝恨气、怒、恨。

“总管……”

帝恨返回神谷便大病了一场，加之本身有伤在身，功力被封，最后被风骚解除禁制，却也元气大伤，功力所剩不到六成。于是被迫返回九黎本部闭关修炼，神谷的总管一职便由敖广接替。

叶帝没有再返回神谷和九黎本部，没有人知其下落，而桃红的行踪也成了神谷中的一个谜。

轩辕和他的奴隶兄弟似乎已自这个世界中消失，在很长一段时间中九黎族和神谷的高手都未曾探知到轩辕和龙族战士的行踪。直到第二年春天，在一个冬天的沉默之后，九黎族人似已忘记了轩辕所赋予他们的惨痛，又开始了新的征伐。而这一切，只是因为另一个与圣女一样重要的人。

这个人便是圣女风妮的兄长——龙歌！

跂踵族进入了紧张的备战状态，这或许是他们生存至今所遇到最大的一次危机，族中所有人都明白这一点。

拘缨族只在三天之中尽数降敌，这对跂踵族不可否认是一个强大的打击。少了拘缨族这块强盾，跂踵族人感到自己犹如赤身坦露在敌人的目光之中。

这种感觉当然不好受，但谁又能改变这种局面？谁又是九黎族那群虎狼战士之敌？

跂踵族族长跂蚂，今已是六十余岁的长者，向来与世无争的生活方式，在这种情况之下，也不得不改变。

跂蚂的眉头皱得很紧，他明白九黎族的实力是何等的强大，拘缨族的投降，他并不怪缨庞，而这一次若不是缨庞向九黎族说情，只怕帝十连三天的考虑时间都不会给他。

“毕竟，缨庞还念着昔日的情分。”跂蚂心中极为苦涩地自我安慰道。

缨庞，拘缨族的族长。拘缨族与跂踵族本是兄弟之族，有着很深的交情，但是，此刻这段交情全都变了，可能会成为的，只是敌人。

跂蚂能理解缨庞，因为他此刻也处在这种艰难的抉择之中。

降，则全族四百余口，尽数被人奴役。

战，全族人将会死绝。

也许族人并不能理解他的心情，因为所有族人将思考的任务全都交给了他，而他的决定将左右着整个族人的命运。是以，这使他的心中很痛苦。

跂蚂叹了口气，他是不在乎生与死的，毕竟他已是行将就木的人了，生与死对他来说并不重要，但是他又不能不为其他人考虑。族中那么多的年轻人，他们还正处在花一样的年华，跂蚂又怎忍心将之推入战火中洒尽热血呢？可是……跂蚂又叹了口气，心忖道：“难道我要将他们的大好年华葬送在异族的奴役之中？”

“爷爷，我和阿华他们都商量好了，宁死不降！”一个娇脆而又有力的声音打断了跂蚂的思路。跂蚂抬头，这是他最疼爱的七孙女跂燕，这个春天过后，便是十八岁了。

跂燕之所以最受跂蚂的疼爱，是因为她最有个性，有着最能代表跂踵族的性格和身材。高挑而匀称，清秀而英气逼人，妩媚却不让人感到怯弱，那是一种温和而又高不可攀的美丽。虽然，跂燕才十七岁，但族中没有人会不信服她的决定。不仅仅是因为她的美丽，更是因为她天生便具备让人仰慕的气质，使得族中的年轻人愿意为她牺牲一切而无怨无悔。也不会有人敢奢望获得美人的芳心，在族人的眼中，跂燕根本就不应该属于任何人的，而是天降之神，只有这个世上最优秀最伟大的英雄才能够配得上她。是以，族人愿意为她无条件地牺牲，更不敢有半点非分之想。

跂燕的目光之中显出无比坚决之色，似乎没有任何事情可以改变她的决定。

跂蚂又叹了口气，他知道跂燕口中所说的阿华是谁，那又是另一个年轻人的代表，是族中唯一一个长老跂发的小儿子跂华。

跂华是一个极聪明的小伙子，也是族中极优秀的猎手。当然，族中最优秀的猎手是跂燕，这很出人意料，但事实的确如此。跂燕无论是在机智还是武技上，在同辈年轻人当中，是没有人可与之相提并论的，包括跂华。不过，跂华也是一个极不错的年轻人，这一点跂蚂是知道的，他还知道跂华一直暗恋着跂燕，但在跂蚂的眼中，族中的确没有一个年轻人可以驱驾跂燕的野性。看在跂发的面子上，他本想促成跂华和跂燕的婚事，但跂燕却先一步向他坦白，说她将跂华当好兄弟看，跂华并不是她想要的男人。跂蚂也就只好作罢，他太理解这孙女了，也知道她有自己的打算，更傲气得紧。

“爷爷，你别太过操心，既然事情已经逼临到头上，我们就必须坦然面对，我们跂踵族是高贵的一族，绝不接受别人的奴役，我们可以战死，却不可以受人污辱！”跂燕斩钉截铁地道。

跂蚂的眸子里闪过一抹异样的光彩，眉头尽舒，蓦然间发出一阵欢快的大笑。

跂燕似已知道跂蚂的意思，意气风发地道：“我已将族中一百多名可战之人分成三组，正整装待命，随时可以对来敌进行攻袭。而妇孺老弱，我们已准备由后路将之送至范林中的安全之地。”

跂蚂讶异地望了跂燕一眼，他没有想到跂燕竟已经将一切都准备好了。当然，先转移族中妇孺这是极为必要的，只要这些人得以安全，便算全族勇士战死，也不会绝后。

“爷爷，请你出去发号施令！”跂燕认真地道。

跂蚂望着跂燕背上那张黑木大弓和腰间的佩剑，那消失了多年的豪气重新涌起，不由得向跂燕喝道：“去将爷爷的破山斧拿来！”

跂燕脸上绽出一缕比阳光更灿烂的笑意，不失顽皮地应了声：“遵命！”

第四十八章　九黎鹿骑

跂踵族，人数并不多，但大多数人的身材极为高大，体态威猛，都是很优秀的猎手。

青壮年一百四十七人，每人都备大弓长枪，也有使斧之人，十四岁以下皆不参与战斗，年老体迈的也不参与战斗。

跂蚂与跂燕并肩行至族中的广场之上，一百四十七人分成三组，而全族的妇孺已牵着猪羊，背着口粮作远行之备。

跂蚂心中隐隐作痛，这块居住了几百年的沃土难道便要这般沦为九黎凶人的奴役之地？而他们又要开始背井离乡的生活。

跂蚂知道，如果全族人一齐走的话，可能根本就逃不过九黎鹿骑的追捕，只有自己留下来阻止鹿骑，才有可能让族人安然地抵达范林。

范林方圆三百里，林密洞多，在范林之中，九黎凶人极难找到潜居于其中的人。是以，范林是跂踵族人唯一的希望。

跂蚂曾去过范林，只不过是去狩猎，那里并不是一片乐土，而是处处充满了死亡的气息。不过，他知道范林之中有一个极为安全的谷地，里面生长有许多甘桫树，猛兽嗅到树叶的气息便不敢入。因此，那里并无毒蛇猛兽，倒是食草的小兽极多。这块地被称为平丘。

不过，进入平丘并不是一件容易的事。当年因各族的战争，跂踵族为给子孙后代找到这处避难之所，族中的四大长老因此损去其三，唯剩跂发。但跂发也因被毒蝎所蜇，左腿变成残废，这个代价也实在是太大了。

此次去范林，最安全之处莫过于平丘，领队之人便是跂发。

跂发是族中唯一的长老，但却是个残废，虽然自身的功夫不弱，可却没有发挥的余地，此刻由他带人去平丘是最合适不过的了。

“族长好，燕子好！”族人见跂蚂和跂燕并肩行出，不由同声请安。

“嗯！”跂蚂向众人淡淡地点了点头，表情极为肃然地来到广场中心的一块大石头平台上，以一种极为沉重的语调道，“孩子们，相信大家都知道我们所面临的困境。”

“知道……”数百人齐声高呼，气氛极为高昂。

“知道就好，我们跂踵氏是值得骄傲而神圣的一族，神赋予我们生命，便赋予了我们自由的权利，在我们尊贵的血液里，有着神赋予的不屈之灵魂。所以，孩子们啊，我决定要与所有的入侵者决战到底！”

“好……决战到底……决战到底……”跂蚂的话还没说完，便被一片激昂的呼声给淹没了。

跂燕心中也升起了无穷的斗志，她知道跂蚂的话已经激起了族中所有人舍身保族的斗志。

“孩子们啊……”跂蚂的声音依然是那般悲天悯人，温和而有力，双手在虚空之中轻轻地按了按，做了个“静一静”的手势。

众族人立刻静下声来，而在此时，一个稚气而焦急的声音传了过来。

“燕子姐姐……不好了……”

众人的目光向声音传来之处望去，只见一个八九岁的男孩自荒草林中跌跌撞撞地冲了出来。

“童儿！”跂蚂和跂燕一惊，低呼一声，跂燕忙跃下平台，快步奔过去，立刻有几名壮汉跟着围了过去，他们都认识这小男孩正是跂蚂的小孙子。

“强哥哥跟……跟……”

“慢慢说，到底发生了什么事？”跂燕一把扶住踉跄的跂蚂，极力缓和口气道。

“强哥哥跟一个奸细打起来了。”跂童终于说清楚了一句话。

“什么？”所有的人全都大大地吃了一惊。

“你说强儿跟奸细打起来了？”跂燕和跂蚂都有些不敢相信这是真的，他们当然明白跂童口中所说的强哥哥是谁，那正是跂蚂的第十二个孙子跂强，今年才不过十岁，如此一个小童怎么可能跟奸细打起来？而奸细又是什么人呢？

“是真的，强哥哥叫我来告诉你们，他缠住了那个大胡子奸细，我怕强哥哥打不过那个大人……”

“在哪里？快带我去！”歧燕见歧童脸都急变了色，立刻明白事情的严重性，不由得急忙问道。

“在西边的乱石林中，快……”歧童一手拉着歧燕，拔腿便向西边的乱石林方向奔去。众人心中不由得升起了一层阴影，他们更无法想象一个才十岁的幼童如何能够与一个大人相比？何况，能潜入歧踵族做奸细的人又岂是普通易与之辈？

乱石林，如狼牙凸起，怪石林立，杂草横生，并无大树相掩，偶有蛇鼠窜行，倒不是个怎么好的地方。不过，好地方也有，那是穿过乱石林之后的飞瀑。

越过乱石林六里之外的飞瀑谷便是巨瀑所在之地，那本是无名谷，但既有飞瀑流泉，也便被歧踵族人称为飞瀑谷。

飞瀑谷的溪水自乱石林流过，然后流入歧踵族聚居之地，向南流四十里路便汇入黄河之中。

乱石林并不小，共有数十亩方圆，若没有歧童领路，歧燕一时之间还真难找到歧强的位置，值得庆幸的是，他们很快便听到了歧强的呼叫声。

那稚嫩的声音，竟让歧燕和歧蚂有着莫名的激动，能听到歧强的声音，也便说明他仍活着，只要他仍活着就行，所有人都松了一口气，停住脚步。

“强哥哥……”歧童第一个发现歧强，而歧强像一个凯旋的将军一般爬上了一堆乱石之顶，挥舞着手中不过尺许长的小刀正向歧燕诸人叫唤着。

歧蚂有些生气，他竟被两个小孩子给耍了，而这个时候所有人都有这种感觉，他们被两个小孩子给耍了，在这紧张备战的时刻又多了这样一场闹剧，使得他们有种哭笑不得之感。

跂童似乎也有些讶异，跂蚂和跂燕诸人减缓脚步之时，他敏感地觉察到这群大人心理的变化，不由得用圆滑唧溜的眼睛望了众人一眼，一脸委屈地道："我说的是真的，真的有奸细，是个大胡子……"

"小孩子要诚实，你再这样，姐姐要生气了。"跂燕停住脚步，低头对跂童认真地道。

跂童气势一窒，小脸涨得通红，道："我走的时候，还看见强哥哥拔出猎刀去砍那个人呢。"

"童儿!"跂童的父亲也赶了上来，叱道。此刻众人距跂强所立的乱石堆只有二十多丈远，已经可清楚地看到跂强欢快的样子，还有谁会相信跂童所说的话呢?

"爷爷，姐姐，我抓住了他，快来呀……"跂强那得意万分的声音自乱石堆顶上飘过虚空，传入跂蚂和跂燕的耳中。

"你听，你听，强哥哥抓住了那个奸细……"跂童天真未泯，惊喜地道，似乎跂强这一句话便可证明他没有撒谎似的。

跂蚂不由得摇头苦笑了笑，并不责备，只是伸手摸了摸跂童的脑袋，慈祥地道："真是两个顽皮的孩子。"

"强儿，快下来，别再闹了!"说话的是跂强的叔父跂平，也正是跂童的父亲。

"好了，爷爷，我过去看一下，让大家都回去吧!"跂燕对这两个淘气的小弟弟也似乎没辙了，提议道。

"这孩子，父母去得早，没能好好管管他……唉，我这做爷爷……"

"爷爷!"跂燕打断跂蚂充满沧桑的话，她并不想跂蚂想太多过往的伤心事，"过去的事便让它过去吧，何必去想那么多呢?今后再对强儿多教导一些不就行了吗?"

"姐姐，你快来呀，我把他打倒了……"

"咦，不对，我看到强弟手中的猎刀上似乎有血光!"跂华心思极为细密，相距虽有二十余丈，但在骄阳的辉映下，他仍捕捉到了那柄猎刀之上些微的血光。

"血光?"跂燕也有些惊讶，仔细地望了望跂强手中挥舞的猎刀上那若有若无的血光。

“阿华，我们去看看！”跂燕向跂华吩咐了一声，放开跂童快速地向乱石林间纵跃而去。

跂强在跂燕赶到时，欢喜之下竟自两丈多高的石头上飞跃而下，只惊得跂燕和跂华目瞪口呆，远处的跂蚂和众族人也都忍不住惊呼。

“姐姐，我用藤条把他捆住了！”跂强望着合不拢嘴的跂燕，似乎有种说不出的得意，稚声道。

惊魂未定的跂燕和跂华望了望跂强跃下那高达两丈的乱石堆，又望了望若无其事的跂强，终于发现了跂强手中猎刀之上那仍在滴淌着的血迹，却不明白究竟在跂强身上发生了什么变故。跂燕实在想象不出跂强才不过十岁，便是跂华也不敢肯定能够如跂强那般潇洒利落地自这般高度跃落。

跂燕和跂华面面相觑地跟在跂强的身后转过两堆乱石，却发现地上血迹殷殷，一片零乱，倒像是一个野兽的屠宰场。而此时，更有一阵呻吟之声传入了他们的耳中。

“起来，别给我装死，有胆做奸细就别这副熊样！”跂强那张稚气的脸上竟布上了一层浓浓的杀意。

跂童并没有撒谎，果然是个大胡子，只不过此刻大胡子的身上缠了一大堆藤条，那种笨拙的捆人手法相信是跂强的杰作，因为实难让人想象这样的捆法也能捆住人。跂燕想笑，不过她没有笑出来，她实在笑不出来，只因为大胡子身上的刀痕。

大胡子没有逃掉，并不是因为捆住他的藤条，而是因为身上的刀伤。

刀痕都不深，更难致命，但跂燕稍稍数了一下，这大胡子至少中了八十刀之多，一个中了八十多刀的人，再怎么有力气也大概跑不动了。

跂华望着满身流血的大胡子，心中禁不住多了一丝怜悯，这个人等于是被活剐了，所谓杀千刀，也不过如此。

“是你干的？”跂燕有些不敢相信。

跂强似乎对跂燕的这个问法表示深深的不屑，极不服气地道：“当然是我，我认识他，就是上次跟缨庞族长一起来耀武扬威的大胡子，那次我就想杀他，今天遇到我，算他倒霉！”

跂燕和跂华面面相觑，这是一个不容置疑的事实。跂蚂和众族人也赶了过来，因为他们刚才见跂强自石堆顶跃下，由于不放心，只好全都赶了过来。然后所有人都将难以置信的目光投向了跂强。

“快给他止血！”跂蚂最先回过神来。

“没用的，他身上有八十九道刀伤，血早流得差不多了。”跂燕仔细地数了一下，这大胡子竟中了八十九刀之多，这是多么惊人的一个数字，她不明白跂强是怎样杀伤这个人的。此刻她倒有些怀疑跂强是在对方不还手之下出刀的，可是，这种推理是绝对不成立的。

跂蚂再次呆了呆，口中喃喃地念道：“八十九刀，八十九刀！”质疑地望向跂强，但跂强脸上竟显出一缕与其年龄极不相称的冷漠，给人一种高深莫测却又极为怪异的感觉。

“童儿，你知道你强哥最近都干了些什么吗？”跂蚂慈祥地问道。

跂童突然间变得警惕起来，像一条被草梗触动了一下的蛇，缩了缩身子，怯怯地道：“不知道，我出去玩了。”说完就要走。

跂蚂心中又升起了一团阴影，以他老成了精怪的人，又怎会被一个小孩骗过呢？不由认真地道：“如果你不回答，爷爷会生气的。”

跂童又不得不一脸无奈地望着跂蚂，却不出声。

“是你强哥哥不让你说吗？”跂蚂问道。

跂童更显得惊慌，怯生生地望着跂蚂，小心地点了点头。

“你说，不要紧，爷爷不会告诉你强哥哥的，有什么事也不会怪你和你强哥哥。”跂蚂尽量使口气变得缓和一些，笑着道。

“爷爷真的不告诉强哥哥？”跂童小心翼翼地问道。

“当然，爷爷什么时候骗过你？”跂蚂认真地保证道。

跂童想了想，又望了望跂蚂，半晌才道：“强哥哥说，他很快便会成为族中最好的猎手，而且比燕姐姐还要厉害。我说不相信，他说今天带我去一个地方，他天天去那里，说我去了就会相信，但我却不能跟任何人说！”

“连爷爷也不能说？”跂蚂问道。

“不能，他说跟爷爷说了，便一定会有很多人去打扰他练功，那他可能就会改换到别的没人知道的地方去练功，如此一来强哥哥便找不到他了。”跂童说话有些含糊，语意不清，只听得跂蚂直皱眉头，如果不是仔细听还真难分辨出跂童话中“他”的意思。

“他是谁?”跂蚂出声问道。

“我不知道!”跂童肯定地回答道，连半点犹豫都没有。

“那你强哥哥说的地方是哪里呢?”跂蚂又问道。

“好像是飞瀑谷，我还没去，但我想强哥哥说的多半是真的，连那大胡子他也杀得了。”跂童眼里充满了崇敬。

跂蚂也立刻明白，跂童所说练功之人，不是指跂强，否则的话，跂童怎会说不知道呢？但那个“他”究竟是什么人呢？竟能让一个十岁的童子拥有如此惊人的刀法，居然在一个一流猎手的身上留下了八十九刀。

跂蚂刚才问了跂强，但跂强什么都不肯说，无论怎么问都不开口，便只好自跂童口中得到答案了，可是跂童根本就不知道那个神秘的人物是谁。

“爷爷，强儿不见了!”跂燕脸色难看地跑进来道。

“什么？强儿不见了?”跂蚂一惊而起。

“肯定是去飞瀑谷了!”跂童肯定地道。

“飞瀑谷?”跂蚂和跂燕讶然地同声反问道，然后又面面相觑起来。

飞瀑谷，犹未入其内便闻有若万马齐啸的瀑布声。

一股幽冷潮湿的风自谷中飘了出来，带着花香和泥土的气息，确有让人心旷神怡之感。

此际已是春天，红花绿草沿溪流而生，并无参天古木，但林木依然极盛。

一路上，跂燕并无心情去欣赏这鸟语花香。其实，在这洪荒之时，每处的景色都是差不多的，见得多了自然腻了，正如一个吃蜜者，偶尔食之，味甜，顿顿食之则不过如此。

不过，今次的飞瀑谷口令人感觉有些不同，凭猎人的直觉跂燕感到这里一定发生了什么事情。

“有血腥气！”跂华的鼻子触动了一下，肯定地道。

的确，跂燕也嗅到了，在自谷中涌出的潮湿的空气中，不仅仅有花香，还有一股淡淡的血腥味。

“小心一些！”跂燕对身后的十多名族中猎手叮嘱道，她并不是第一次来飞瀑谷，往年的夏天，每晚都有族人成群结队地来这里洗澡，只是到了冬天这里便显得很冷清，基本上没人来。此刻春天已过了两个多月，天气渐热，族人又开始注意飞瀑谷了，但在这个冬天，飞瀑谷中究竟发生了什么变化呢？没人知道。

或许有，但跂燕却不知道，跂华也不知道。

每个人都很谨慎，他们皆是猎手，优秀的猎手，知道如何在危险的环境之中保护自己，当他们一个个小心翼翼地行入谷中之时，禁不住呆住了。

跂燕和众猎手的震撼是无以复加的。

他们看到了跂强，如老僧入定一般盘坐于水潭旁边的一块青苔被刮去的平石之上，任水雾润湿身上的衣衫，而在跂强的身边围放着七颗人头。另外有七具无头的尸体静静地躺在离跂强两丈远的地上，鲜血流淌了一地。

当跂燕和跂华自震撼中清醒过来时，都感到手心渗出了冷汗，像是置身于一种虚幻的梦境之中，一切都显得那般不真实。

跂华等人欲向跂强逼去，却被跂燕拉住，跂燕做了一个“噤声”的手势，几人便只好静静地散在周围看着跂强静坐，他们实难想象竟会在如此环境之中看到跂强，而且是如此诡异的场面。

跂强的左掌竖于胸前，右掌平托着左掌手腕之处，一呼一吸都显得极有节奏，绝不像是受了伤和断了生机的模样，是以跂燕并不主张跂华去打扰跂强，她倒想看看跂强在干些什么。

“这些人都是刚死不久！”一名猎手伸手蘸了一点血迹，判断道。

“可以看得出来。”跂燕小声道，她发现跂强身边的头颅仍在淌血，显然这些人是刚刚被杀不久，但这又是谁杀的呢？这七个人又是什么来历呢？跂燕心中禁不住多了几许疑惑，如果说这七个人都是跂强所杀，任谁都难以相信。毕竟，跂强不过才十岁。

这一等竟足足等了一炷香时间，跂强才睁开眼来，长长地嘘了口气，见到跂燕等人并不感到惊讶。

跂华有些生气，不由质问道：“这是怎么回事？这些人又是谁杀的？”

跂强自石头上站起来，笑了笑道：“是我师父，他们都是九黎凶人派来的奸细，于是师父便将他们杀了。”

“九黎凶人？”跂燕和众猎手不由得全都吃了一惊。

“那你为什么将这些人的首级放在身边？”跂燕一本正经地问道。

“师父知道你们会来，说要把这些送给你们做礼物，我怕它们丢了，只好放得近一些喽。”跂强仍童真未泯地笑道，似乎根本就不把杀人当一回事般，只听得跂燕直皱眉头。

跂燕扭头四处再打量了一遍，问道：“你师父呢？他是什么人？现在哪里？”

“当然走喽，至于什么人嘛，我只跟燕子姐姐说，不知你要不要听？”跂强人小鬼大，居然懂得卖关子，顽皮地向跂燕道。

跂燕又好气又好笑，但又拿这小鬼头无可奈何，只得依言凑上前去，道：“说吧。”

跂强自石头上跨下，将小嘴凑到跂燕耳边，小声地道：“别让阿华哥听到了，否则他会吃醋的。”

“去你的小鬼头，胡说什么？”跂燕哭笑不得地叱道。

跂华竖着耳朵却没听到跂强说些什么，不由道：“说大声点嘛。”

“说大点才怪。”跂燕没好气地道。

“嘿，还是燕子姐姐好，我说啰。”跂强嬉笑道。

“说吧，啰里啰唆！”跂燕不耐烦地道。

“师父说，只有你亲自问他，他才告诉你他叫什么。我觉得也应该如此，我看师父是喜欢姐姐了，嘻嘻……哟……”跂强一句话还没说完，便挨了一栗暴，使得后面的笑声发不出来了。

跂燕满脸绯红地笑骂道：“好大的狗胆，姐姐的玩笑也敢开？快说，你师父是谁?”

跂强一脸无辜地摸了摸挨了栗暴的头部，嘟着嘴道：“姐姐好凶呀，我其实也不知道师父叫什么，但刚才说的那些是真的。只不过师父说，很快你们便会见到他了，到时候他会告诉你他是谁的。”

跂华和众猎手全都有些莫名其妙，也不知道这人小鬼大的跂强在弄什么玄虚。

跂燕本以为来到飞瀑谷，便能够弄清真相，却没想到越来越糊涂，心中更隐隐觉得有些怪异，但知道想要自跂强的口中获得什么很详细的情况，恐怕是不能够了。她明白跂强那倔强的性格，如果不是他愿意说出来，谁逼他都没用，只得没好气地白了跂强一眼，佯装愤然地道：“好了，不说便不说，回去吧!”

跂强也根本不在意跂燕是否是真的生气，向跂华和几位猎手道：“几位叔叔、哥哥，麻烦你们把这些垃圾搬出谷外好吗？我可搬不动。”然后凑到跂燕的身边，小声地道，“你会喜欢他的。”

跂燕的脸难得地又红了红，连她自己也感到有些莫名其妙，为什么会因为跂强这莫名其妙的一句话而脸红呢？而跂强只不过是个十岁的小孩，也许真的是童言无忌才会有意想不到的效果。

跂蚂仔细地审视着那七具尸体的脖子和断头之处，脸上的表情变幻不定，只看得一旁的跂燕有些摸不着头脑。

“爷爷，你看出了一些什么没有?”跂燕惑然问道。

跂蚂茫然地摇了摇头，口中喃喃道：“好快的刀，好沉的力道!”

“好快的刀？好沉的力道?”跂燕不解地问道。

“你看，这些人的表情，不是一种痛苦的神色，而是一种惊讶和骇异的表情，这说明他们死的时候并没有感受到痛苦，只是感觉到震惊和难以置信。可以想象杀他们的人一定有着一式极具震撼力的刀招，而且这人的刀快得让他们断了头也感觉不到痛，这不正说明这人的刀快得让人难以置信吗?”顿了顿，跂蚂又道，“你再看这断口，平滑而无瘀痕，如果不是一刀而断的话，肯定中间会有一些瘀痕，但这没有，说明这刀断头之时，从头到尾的速度都没有改变，中间无丝毫的停顿，这需要的力道绝对不小!”

“爷爷怎知道他是用刀呢?”跂燕不解地问道。

“你仔细看他们的瞳孔，虽然他们死了，瞳孔放大了，但他们的眼睛仍留下了最后所看到的那点东西。据种种迹象推测，杀死他们的兵器是刀。如果是斧的话，他们的颈骨定会被震碎受损，但他们没有，甚至没有多大的震荡，这自他们脖子间断裂的血管可以看出。”跂蚂像是一个分析专家一般仔细地讲解分析着，只听得跂燕钦服不已，她并不是钦佩这刀手，而是钦佩跂蚂的推断，也难怪族人尊之为族长。

“那爷爷说他究竟是好人还是坏人呢?”跂燕疑惑地问道。

“这个嘛，就很难说了。不过，看这些尸体的穿着打扮和身上的饰物，应该是九黎族人没错，而且这七人应该是二等勇士级别，如今他杀了九黎族的二等勇士，那么他应该是与我们一道的，当然这也不能判断对方是好是坏。”跂蚂分析道。

“嗯，不过只要他是九黎族的敌人便是我们的朋友，至少，他是强弟的师父，应该不会与我们为难。”跂燕语意倒有些中肯。

“但愿如此，如果我们再加上这个敌人的话，只怕这次真的是凶多吉少了。”跂蚂深深地吸了口气道。

“爷爷认为这个人跟三哥上次发现的那一批神秘人物是否有关系呢?”跂燕似乎想起了什么，突然问道。

“你是说那神秘的龙族战士?”跂蚂也突然记起了数月前跂达提到的一群神秘人物，顿了顿，又泄气地接着道，“或许是，或许也不是。”他从未见过那群神秘人物是什么模样，也不知道那群神秘人物在什么地方，自然无法作出判断。不过，两者似乎有一个共同特点，那就是神秘，犹如神龙见首不见尾。也许，那群人正如他们的氏族之名——龙族。

这是一个跂蚂往日从来都没有听说过的氏族，后来跂燕和跂蚂特地寻找了半月有余却再也没有发现那群神秘的龙族战士，但据跂达所说，那群龙族战士攀岩上树捷若灵猴，个个箭术超卓，武功极为了得，虽然告诉了跂达他们的身份，却并未让跂达知道他们所居之地，不免是美中不足的地方。

“如果我们能找到那群龙族战士，说不定便可以杀败九黎凶人……”跂燕说了一半却又显得有些颓丧，因为她记起自己曾花了很多的力气去找那群神秘的人物，但是却一无所获，此时又去哪里找龙族战士呢？

吱呀……木门被跂强推了开来，然后跂强又反手将门关上，便像一个经验老练的猎手。

跂蚂和跂燕不由讶异地望了望这个变得有些高深莫测的童子，不知道他又会想出什么花样来。

“我知道爹还活着。”跂强以一种极为愤然的语气沉重地道。

跂蚂和跂燕同时一震，跂蚂吃惊地道：“你听谁说的？”

“我知道爹还活着，他是因为犯了错误才被逐出族门的。我想知道，爹究竟是犯了什么错误？”跂强语意极为坚决，一张小脸更显得激动起来，竟有着与他年龄极不相称的成熟。

“你是怎么知道的？”跂蚂像是吃了只苍蝇似的，此刻他感到所面对的不再是只有十岁的孙子，而是一个老辣的敌人。

“我不说！不过，我也不问这些，我只是想问，如果现在爹再回来，你们还会不会赶他走？”跂强眼里的神采极为怪异，便连跂燕看了也有些心寒。

“强强，别胡说了……”

“我没胡说！我见过爹了，我知道他就是我……我不说！”跂强毕竟是个小孩，一时说漏了嘴，立刻画蛇添足地补上一句。

跂蚂又惊又喜，一把抓住跂强的肩头，蹲下身来，喜道：“强儿，告诉爷爷，他在哪里？”

“你还没回答我的话呢。”跂强倔强地道。

跂蚂一愣，心中又如打翻了五味瓶一般不是滋味。

“爷爷，事情既然已经过去这么多年了，你又为何仍不能够原谅他呢？何况五叔又不是故意的，他也不想这样啊。”跂燕也热切地道。

跂蚂长长地叹了口气，道：“好吧，孩子，我答应你，不再追究你爹所犯的错误，你说吧！”

跂强大喜，竟在跂蚂的老脸上亲了一口，道：“谢谢爷爷！”

跂燕实难想象这是一个才十岁的小孩应有的思维，或许，这是她一直都忽略了这个小孩的缘故。

“你的武功是你爹教你的？”跂燕突然想到一个问题，不由问道，心中却暗自思忖五叔是自哪里学得如此好的武功，竟能力杀九黎族的七名二级勇士。

跂强摇了摇头，道：“不，我说过，我师父跟姐姐一样年轻，怎会是我爹呢？”

跂燕和跂蚂吃了一惊，她本以为跂强只是在敷衍她的问话，看来跂强所说有些果然是真的。

“你师父是男是女，是不是用刀？”跂蚂问道。

“当然是男的。不过，他不让我叫他师父，我倒不知道师父用什么兵器。”跂强遗憾地道，一副小大人的模样。

“难道你没有见到他杀这七个人吗？”跂蚂又问道。

“见是见到了，但我哪看得清楚？只见亮光一闪，这些人的脑袋便断了。”跂强也迷茫地道。

“那你爹现在在哪里？”跂蚂知道无法问出什么，又转个话题问道。

“我也不知道，但他说要什么将功折罪，去提九黎凶人的脑袋来见爷爷！”跂强摇摇头应道。

“族长，族长……”三人正谈着，门外突然传来了一阵焦灼的呼喊之声。

“发生了什么事？”跂蚂拉门而出，却见几人气急败坏地拖着一具尸体奔了过来。

“族长，小叶被九黎魔鬼给害死了。”一位年长的猎手悲愤地道。

跂蚂心中咯噔一下，他立刻意识到九黎族人已经在四面布下了一张大网，而危机也紧紧地逼到了他们的头上。

“他是在哪里遇害的？”跂蚂吸了口气，踏上几步，问道。

“我们在山坡下巡查，当发现小叶时，他便已经死了，凶人还留下这张字条！”

“三天已近，只待明晨，再不答话，举族歼尽！”这十六个字全是以鲜血书于衣衫之上，而小叶的致命伤只是咽喉一道剑痕。

“吩咐族人，全神戒备，巡视不必走远，更要结队而行，以免被敌所乘!”跂蚂悲愤地吩咐道。

夜，静得发涩，唯虫啾鸟啼不绝于耳。

跂蚂未眠，也无法成眠。明天，便得面对无情的杀戮，面对虎狼般的九黎族凶人。

能胜吗？能够保住族人的安全吗？只有天才知道。

跂蚂已经感到危机四伏，至少小叶的死是一个提示，而那大胡子奸细、七名九黎族的二级勇士都告诉他一件很重要的事，便是此刻在他们的周围已经布满了九黎族人的眼线，说不定自己所有的行动早已落在九黎族人的眼中，是以对方才会杀死小叶示威。

跂蚂从没有想到脑子会乱成这样，所有的事情似乎在一天之中全都凑到一块儿来了，以至于本来直接的事情变得复杂起来。

蓦然间，跂蚂似惊觉到了什么。

窗子开了，月光透窗而入。窗子开得无声无息。

跂蚂想也没想，身上的被子如暗云一般掀出，同时整个身子向宽大的床后一缩。

嘶嘶……那被掀出的被子竟绞成了碎片，咚咚……一串疾箭钉在跂蚂刚才身子所躺之处。

跂蚂的大斧挥出，他的斧便在床后，在他缩身之时，就已将斧紧握在掌中。而此刻，他已经看清了房中的一切，更看清了那借月色掩进的蒙面人物和蒙面人手中绞碎被子的剑。

刺杀！最明显不过的刺杀。

当……那蒙面人在绞碎兽皮被之时，便发现了那横空而过的巨斧，更发现那一串袖箭也尽数落空。不过，他的剑挡住了跂蚂劈出的一斧。

跂蚂并没有半丝欣喜，因为他发现自己的斧头竟无着力之处，而对方的剑上更带着一股怪异的牵引力，使他施于巨斧上的力道卸至一边。

重兵刃并没有占到重兵刃的半丝优势，而蒙面人的剑轻灵快捷若灵蛇一般自斧底划过，直袭跂蚂的前胸。

剑未至，锐利的剑气已经透体，冰寒刺骨。

跂蚂连呼喊的机会都没有，他甚至不能有半点分神，否则他根本无法躲过蒙面人那犀利至极的剑招。

蒙面人绝不会是跂踵族之人，这一点跂蚂可以肯定。在跂踵族中，根本就没有如此可怕的剑手，那么，这个人只可能是来自九黎族。

九黎族终于行动了，而且一动便是蛇打七寸。当然，对于九黎族人来说，任何手段都不会过分，只要能够达到目的就行。

当……蒙面人的剑切中跂蚂的左手，但却发出一声金铁交鸣的声音。

跂蚂在百忙之中抬起左手相挡，自然不是仓促之举，因为他的左腕之上有一柄短剑，而在他挡住那致命的剑时，左手乘势划出，剑尖便顺着指尖直切向对方的咽喉，而右手的巨斧回撞，狂袭蒙面人的腰际。

砰……跂蚂仍忽视了一样东西，那就是蒙面人的脚，蒙面人的攻击不仅仅是手中的剑，更有底下的脚。是以，跂蚂的身子不由自主地倒跌而出，所有的攻势不攻自破。

蒙面人的身法绝快，根本就没有半刻停顿，手中的剑再次划出，追着跂蚂的咽喉直逼而上。

跂蚂在小腹剧痛之下，仍然强自挥剑而挡，但他的挡势显得是那般脆弱。

“呀……”跂蚂左腕被挑出一道血口，而蒙面人的剑毫无阻碍地逼入跂蚂的防护范围之内。

跂蚂退无可退，因为他的背后是墙，一堵厚实的墙。

死！跂蚂确实没有想到自己竟会是这样一个死法。当然，他绝不怕死，生与死对于他来说并没有多大的意义，只是他放心不下自己的族人。如果九黎凶人每个人都有眼前这杀手的一半厉害，那跂踵族唯有灭族一途。自始至终，跂蚂都没有还手的机会，甚至连呼救的机会也没有，可见这蒙面杀手的攻势是如何的紧密而凌厉。

其实，这杀手能够躲过所有的哨口来到这里，便知他的功夫早已不是这群猎手所能及的。

哗……跂蚂正欲闭目受死之时，突感背后一阵巨震，随后便听到一声大响。

蒙面人惊退，放弃击杀跂蚂的机会而惊退，这并不是他仁慈，而是因为跂蚂背后的厚墙倾塌，几块方岩以雷霆之势向他撞到，是以蒙面人不得不退。

正当跂蚂莫名其妙之时，突觉身子一紧，在他身后竟伸出了一只手。

那是一堵厚墙，可是这只手便是自厚墙之间透过抓住了他。

哗哗……整堵土木结构的厚墙在顷刻之间倾塌，土石飞扬，声震四野。

跂蚂发现自己已经置身屋外，夜风仍寒，他连衣服都来不及穿，只有薄薄的睡衣，此刻竟感到有些冷。不过，他尚来不及仔细打量四周的事物之时，便见一道暗影如一只破空的夜鸟自倾塌的墙后暴射而出，凌厉的杀气如水银泻地一般密布于每一寸空间。

剑，依然不依不饶地直逼跂蚂的面门，跂蚂吃惊非小，这神秘的杀手实在是极可怕，竟如此快地便自塌墙之后攻出，而且攻势更加凌厉。此刻他的巨斧已经丢失，手中的短剑也已丢失，赤手空拳如何能挡这样的雷霆一击呢？跂蚂是个有自知之明的人，是以，他退！

跂蚂退，这才发现他的背后竟有一个壮实的躯体挡住了他的路，那是一种感觉，跂蚂感觉到他身后的人便像是一堵厚实的墙，一道巨大而陡峭的山梁，那铁一般的肌肉让他想起了刚才在黑暗中的那只手——那只将他自塌墙之下拉出的手。

跂蚂相信，那堵厚墙之所以坍塌，是因为那只手。

剑，似乎不受空间的限制，跂蚂还来不及眨一下眼睛，便已逼至眉前一尺许。

跂蚂依然没有眨眼，但庆幸没有眨眼，如果眨了眼的话，他便可能看不到那精彩绝伦的幻弧。

那像是一颗灿烂的流星，在月光的映衬下，闪过一抹幽蓝的光，一闪即逝！

叮……那横空扑至的蒙面人身子禁不住倒翻而出，在虚空之中连翻筋斗，这才落入尘土飞扬的坍塌的废墟之中。

跂蚂像是做了一场梦，他竟发现一道刀锋劈中对方的剑尖，在十万分之一的偶遇之中，那一刀竟化偶然为必然，这种震撼确实让跂蚂以为自己置身于梦中。而刀锋与剑尖那一点的接触竟能将蒙面人震退，这之间所需要的力道是跂蚂想都不敢想象的。

跂蚂仍未看清他身后之人是什么模样，但却发现了蒙面人眼中露出了惊骇莫名的神色。不过，那种神采一闪即逝，然后跂蚂眼中便失去了蒙面人的身影。

蒙面人消失了，突然得让人心惊，但虚空之中却多了一片尘雾，由沙石、砖块、碎木所组成的尘雾，弥漫了所有跂蚂能看到的空间。

其实，跂蚂所能看到的空间很有限，因为他的眼神被那蒙面人和坍塌的废墟所吸引，因此，他所视的范围的确极为有限。

呼……尘雾所过之处，响起一阵怪异的尖啸，似是碎石碎木摩擦的声响。

有惊呼，是赶来的跂蚂族猎手，他们也听到了墙壁坍塌的爆响，此时见到这般惊人的气势，他们也忍不住发出尖声惊呼，甚至不知道这片尘雾之中掩藏着什么妖魔鬼怪。

火把的光亮全被这尘雾带起的气旋吹灭，天地依然一片黑暗，苍凉、凄惨，但跂蚂却看到了一些东西——脚影！

脚影，不错！那是一片织成一张密网的脚影，好狂好野，那片尘雾便是这一片脚影所搅起的。

脚影，像是一场暴风骤雨般掩来，成千上万，然后茫然一片，充盈着每一寸虚空。在跂蚂的眼下，是脚叠脚，影重影，那种压力几乎让他生出一种窒息的痛苦。

这是什么武功？是梦还是醒？跂蚂禁不住也想惊呼，但他发现自己连呼喊的力气也没有，因为他似乎已经自这一个空间抽走。面前脚影顿消，并非是因为那暴风骤雨般的攻势已停，而是因为一个高大魁梧的身影挡住了他所有的视线。

这背影正是将他自屋中拉出来之人的，跂蚂那猎人的直觉告诉了他这一点。

跂蚂发现他面前的人也同样出脚，但却优雅而飘逸，像是在闲庭信步，不过，他感觉到了一种强大如大江东去的气势正自四面八方涌向这优雅而飘逸的一脚。

轰……满天尘土飞扬，碎石断木如炸开的蜂窝般四处狂舞。

惊魂未定中，跂蚂发现那漫天的脚影真的飘散了，无影无踪，只有那蒙面人的身子如一只夜鸟般投向远方，还听到了许多族人的惊呼。

跂燕也带着一群人飞速赶来。

“怎会是他？怎会这样?”跂蚂惊魂未定中，听到他身前那背影高大的人正喃喃自语，声音却极为清越而脆嫩，应是一个十分年轻的人。

“他是谁？恩公又是谁?”跂蚂仍面对这位出手相救的神秘人的背部，讶异地问道。

那神秘人物淡然转身，却也蒙着面，但跂蚂却为神秘人物那深邃如海的眼睛所震撼，虽是黑夜，但那双眸子里竟闪烁着如星火一般神秘而清冷的神采。

第四十九章　猎杀使者

跂蚂想到了夜空，淡漠、空洞、幽蓝的天幕，只有两颗寒星点缀其上的夜空，似乎将人引入了一个极为深邃莫测的异度空间，便像是做了一场梦。

跂蚂醒来，神秘人已经不见，像他来的时候一样，毫无踪影，眼前只有惊慌的族人，与坍塌的废墟及飞扬的尘土。

跂燕见跂蚂没事，心中暗自松了口气，但看到那坍塌的厚墙，又禁不住心中升起了一丝寒意。

“他走了，怎会走了呢?”跂蚂的思维竟有些混乱，喃喃自语道，随即环望了四周的族人一眼，根本就找不到那神秘人的身影。

“他是谁?谁走了?”跂燕好奇地问，旋又担心地道，“爷爷，你没事吧?”

“我没事，你们没有看到刚才那出手击退蒙面人的人吗?”跂蚂惑然地向周围赶来的众人问道。

那群猎手显然有些迷茫，摇了摇头，刚才他们的火把被一股强风吹灭，更为蒙面杀手暴风骤雨般的一脚所震撼，根本就没有发现那神秘的人物。

“不是你击退杀手的吗?”跂燕惑然不解地问道。

跂蚂不由得苦笑着摇了摇头，道：“你爷爷便是再练十年也不是那杀手的对手，怎么会是我击退他的呢?”

众猎手不由得愕然，更感到一阵莫名的心寒。

“都是我们的疏忽，竟然让贼人进来了还没有发现!”跂华自责地道。

“不关你们的事，就算你们防守得再严密也挡不住这蒙面杀手的行动，大家只要不分散就行了。”跂蚂感到有些颓丧，一个杀手便将跂踵族闹得鸡犬不宁，要是整个九黎族大举来犯那还得了？可是他心中又在疑惑：“那神秘的相救者又是什么人呢？怎会如此巧地出手相救？而相救者似认识蒙面杀手，但那杀手又是什么人呢？”想到这里，跂蚂禁不住感到头大。

跂燕感到跂蚂的答话有些古怪，但却又不知道究竟发生了什么事，当她闻声赶来之时，刚好是那杀手抽身退走之际，而跂蚂的卧房已经损毁得一塌糊涂，根本就找不出蛛丝马迹，唯一值得庆幸的却是跂蚂仍活着，只不过是手受了些伤而已。

跂蚂还活着，这当然让跂踵族人为之庆幸，因为在最初的火光之中，并不止一人看清了那有若惊涛骇浪般的尘雾，他们自然没有当事人看得清楚，也便不知道这是因为杀手那惊世骇俗的一脚造成的。如果他们知道了这些，只怕更会惊得斗志尽失。

跂蚂惊魂甫定，立刻有人为他自废墟之中寻回了巨斧和短剑，只是他竟望着手中的巨斧发呆发怔，他在巨斧之上再也找不到一点安全感。

“爷爷，你怎么了?”跂燕见跂蚂这个样子，不由急切地问道。

“没事，爷爷只是有些累了，先扶我去休息一会儿吧。”跂蚂心神恍惚地道。

“阿华，这里没事了，让所有弟兄把守好各关口，有任何异动，及时联系，无论敌友，凡觉可疑，则格杀勿论!”跂燕语气之中充满了杀意，肃然道。

跂华一怔，但对于跂燕的命令他从来都不会有半点违抗，迅速领着一群人返回进入寨子的各道路口。

敖广脸色铁青地步入装饰极为考究的木制房屋，他已经知道这次任务的失败。

木屋之中，蒙面人卓立于厅中，对于敖广的进入似乎丝毫未觉，这正是刚才刺杀跂蚂的蒙面人。

“怎么会这样?”敖广对蒙面人任务的失败表示极度不满，不由得出言有责备之意。

“因为我遇到了更厉害的高手!”那蒙面人直言不讳地道。

“更厉害的高手是谁?”敖广对蒙面人的这种答法更恼，冷漠地道。

“这个人相信总管并不陌生！他就是轩辕!”蒙面人深深地吸了口气道。

“轩辕?!”敖广的脸色更为难看，他怎么也想不到，在这里竟会再一次碰到轩辕。

“怎会又是他？他怎会在跂踵族呢?”敖广自言自语道。

“其实，总管应该感谢轩辕才对。”蒙面人嘿嘿一笑道。

敖广的脸上也显出一丝高深莫测的笑意。是的，他应该感谢轩辕才对，如果不是轩辕那么一闹，他又如何能排挤神谷大总管帝恨而代之呢?如果不是因为轩辕那一役使得神谷损失过半高手，且又让圣女凤妮安然返回了有熊族，少昊绝不会在大怒之下撤掉神谷大总管帝恨的权力，而敖广因风浪的关系竟乘机当上了大总管，圆了他多年的梦想，这不能不说轩辕帮了他很大的忙。

那一役，九黎族的确损失惨重，奴隶走失不算，前后竟失去了六百多名战士，之中还包括一些高手，可算是九黎族有史以来败得最惨的一次。而这些只是因为一群在他们眼里比狗还贱的奴隶。一群乌合之众杀败他们五六百名精英战士，任谁都不服气，而且最后还让圣女凤妮安然返回有熊族。这对于心高气傲的少昊来说，的确是无法接受的事实。因此，所有受到此事牵连的人全都或多或少地受到了处罚，包括帝十在内。不过，对于敖广来说这反而是件喜事。

敖广不想再多一些节外生枝的事，虽然这次主攻之事全是交由帝十主持，但他也有配合帝十的义务。这是他派出的杀手第一次失手，但会不会还有第二次，或更多的次数呢？毕竟，轩辕绝对不是一个易与的角色，便连帝十也无法占得丝毫便宜，他实在想不出神谷中有哪位杀手能够胜过轩辕，除非……想到这里，敖广不由得苦笑了笑，他岂会不明白，神谷中的四大供奉怎会为一个小娃亲自出手？只怕他这个总管也没有能耐请得动四人中的任何一个。若是谷主或是少昊大神亲自开口，那倒不是问题。但轩辕算什么东西？怎么可能惊动得了谷主或少昊大神呢?

“这么说来，那失踪的七名二级勇士也是被轩辕所杀啰?”敖广问道。

“很有可能！”蒙面人也不敢肯定。

“你跟轩辕交过几次手？”敖广神情一肃，冷然问道。

“一次，便是今晚！”蒙面人淡淡地道。

“但是你曾经见过他出手，难道不是吗？”敖广又反问道。

“当然！”蒙面人并未否认。

“你对他的武功有什么看法？”敖广在屋子里缓缓地踱了几步，负着双手思索着问道。

“我只能说他每次与敌人交手之后，武功都在进步，今晚所见过的他与往日似乎根本不在同一个档次，只怕在我们的队伍之中，还没有人能够胜他！”蒙面人毫不避讳地道。

“他真有这么厉害？”敖广悠然反问道。

蒙面人并不为之所动，只是淡淡地道：“是不是如此，总管亲自去见识一下就会知道。”

“你是说我不敢与他交手？”敖广一听这话，不由得怒问道。

“我没有这个意思，总管何须惧怕任何敌人？何况，总管又何须自己亲自出手？”蒙面人竟不惧敖广那汹涌的气势。

敖广狠狠地瞪了蒙面人一眼，有时候，他恨不得杀死这群根本不把他这个总管放在眼里的杀手。但是，他却知道这群杀手还有很大的利用价值，而且又是谷主和狐姬供奉的宠物，他也不敢对这群杀手无故乱来，何况这群杀手的武功都极为惊人，也绝对不好对付，而立在他眼前的蒙面人，正是几大最优秀的杀手之一——猎杀五号！

这个名字听起来有些怪，但谷主却极喜欢这个名字，觉得这样的名字别具一格，也很有韵律。是以，在他精心挑选出来三十六大杀手后，便废去他们原来的名字，然后以数字为他们编好序号。自猎杀一号至猎杀三十六号，这也成了神谷中的一道风景。

三十六大杀手可说全是狐姬供奉的面首，没有男人会抗拒得了狐姬的魅力，但却没有男人希望被狐姬看中。这三十六大杀手可以说是幸运，也是不幸。幸运的是他们能成为狐姬的入幕之宾，不幸的是，他们全成了狐姬石榴裙下的奴隶。因为，凡尝过狐姬滋味的男人，永远都不想背叛狐姬，即使为狐姬去死，他们也心甘情愿，这是无数的事实所证明出来几乎等于真理的结论。

没有人明白这之间存在着什么样的原因，或许这个世上只有狐姬一个人才知道，但任何人都休想自她的口中得出什么，就是少昊大神也不例外。这是一个连九黎王风绝也畏若蛇蝎的女人。是以，狐姬能成为四大供奉之首，这一点无人会争议。试问，天下间，谁能挡得住狐姬一笑?

敖广身为神谷的总管，他只见过狐姬三次，每一次见到狐姬后，他都会食量大减五日，一个月不能成眠，即使怀中搂着娇妻美妾，也觉得如同抱着一截朽木，让他感到与这些女人交合毫无乐趣。这一个月中，他不能练功，因为一坐下来，满脑子便会出现狐姬的一颦一笑，那勾魂摄魄的眼神，他知道，如果强行练功的话，一定会走火入魔。

狐姬的美，充满着张狂而邪异的魔力，绝不是人所应该有的，那是一种凝聚了世间所有可以让人心醉的诱惑而成的精灵之美。是以，敖广渴望见到狐姬，却又害怕见到狐姬，他绝不想沦为一个女人的奴隶。可他知道，只要狐姬向他多抛一个媚眼，他便会无所抗拒地臣服，所以，他不敢有半点得罪狐姬，连想都不敢想。

“其实，跂蚂那老不死的杀不杀都无所谓，只凭他还弄不出什么大的乱子，杀他便像是捏死一只蚂蚁一样容易。”帝十悠然地道。

“那长老的意思又是什么呢?”敖广自猎杀五号的房间里走出，并未休息，而是直接来到了帝十的营中。

帝十这些日子很少休息，似乎是时间太过紧迫，使得他不得不花太多的精力去考虑事情的细节。

“大神只是让我们将有熊族以南的千里之地完全掌握，包括各小部族的人口和领地，而这一切又是为了什么呢?”帝十向敖广反问道。

敖广一怔，半晌才恍然道：“难道大神是想赶在七夕前阻止龙歌和圣女凤妮会合?”

“不错，龙歌与圣女一旦会合，便可组成一份完整的河图洛书，而找到开启神门的钥匙，如果神门一开，龙歌和圣女就能号令众神族高手，那时，我们所有的优势将化为乌有，后果不堪设想……”

“为何我们不集中全力攻破有熊族？若由少昊大神亲自出手，结合我东夷千族之力，岂会攻不下有熊这没落的大族？”敖广不解地打断帝十的话。

“你说得倒容易，有熊族虽不足为惧，但它散落在各地的支系多得像蒲公英的种子，而这些支系之中又有多少高手岂是你所能想象到的？当初魔帝之役使得众神分散，更受到天、地、神、魔四大帝的咒语所限，神力尽封，但武功却依然存在。他们的后人自然也会存在着不少高手，虽然少昊大神在九阳玄冰中潜伏了二十年，躲过咒语一劫，但神力也因抵抗九阳玄冰的奇寒而损失了不少。因此，少昊成了世上仅有的一位保存神力的大神。涿鹿乃是咒语所凝之处，在咒语未解开之前，任何拥有神的力量之人神力都会大幅度减退，这便是有熊族得以幸存的原因。”帝十也有些遗憾。

敖广知道，帝十不仅仅是九黎族的红人，亦是少昊极为宠信之人，更是少昊大神童子的后人，其所知所讲之事都不会错。其实，他当初也听说过，天地神魔四大帝之争，使得神族大变，有熊族也大变，便连北部鬼方亦散化成十族。可谓是自盘古氏聚结众生后最大的一次变故，但具体关于咒语的传说却不是他所能知道的，而帝十却是少昊的亲信，对这段典故所知甚详。

敖广当然不是外人，如果是外人的话，绝对难以掌握实权，是以，帝十并不介意将这些秘闻讲给敖广听，因为他是绝对忠实少昊大神的人。

“如果我们只是要在有熊族之外截住龙歌的话，根本就没有必要如此大费周张地瓦解这些不堪一击的小部落，只要找准龙歌的行踪就行……”

“难道总管忘了圣女凤妮的教训吗？如果圣女凤妮没有失手的话，我们根本就不必大费周张，一个龙歌何足为惧？现在最不能发生的事情便是龙歌与凤妮在涿鹿会合。我们不想再有任何失误，任何失误都可能导致一败涂地的惨局。因此，我们必须封锁千里，而且还要降伏各部落，龙歌若想返回部落，那便会无所遁迹，在这千里之地中，有足够的时间让我们去安排一切。何况，降伏各部落最大的好处是能壮大自己的实力，能够有足够的人力去完成一项项工程，我们也就有了取之不尽的财富和女人。现在我们的目标，不仅仅是这千里之地的所有小部落，而是天下每一个角落，每一寸土地都应该属于我们伟大的东夷族，属于我们九黎人！”帝十说到后来，显得无比激昂。

敖广也禁不住斗志高涨起来。

“现在，你应该知道，对于这小小的跂踵族，我们实没有必要去一刀一枪地对付，我们完全可以不需要这群人，如果他们真的顽固不化，也没必要让我们尊贵的九黎战士去牺牲，我看过这里的地形，只要药粉自他们饮食的溪水上游投下，不出两天，他们便会毫无抵抗之力，到时就是有轩辕这个祸害存在，也无济于事……”

敖广眼睛一亮，他怎会还不明白帝十的意思，顿时眉头大舒：“我立刻派人去！”

帝十露出一丝淡淡的笑意。

“如果爷爷有什么不测，跂踵族的命运就交给你了！”跂蚂感到一阵从没有过的疲惫袭上心头，禁不住极为沉重地道。

“爷爷，不要说这些不吉利的话，你怎会有什么不测呢？我已经命令十名猎手在你的房外守护，敌人再也不可能来突袭了。”跂燕安慰道。

跂蚂露出一丝苦笑，道：“与九黎凶人为敌，无疑是以卵击石，也许这本身就是一个很大的错误，你是没有见过那杀手的武功，爷爷竟不是他两招之敌……”

跂燕脸色变得沉重至极，疑惑地问道：“不会有这么严重吧？”

“这是事实，如果不是那个神秘人物出手相救，爷爷即使有十条老命也已经丢了。”跂蚂觉得自己没有再隐瞒的必要，因为天已快亮了。天亮了，他便要面对那一群如狼似虎的九黎战士，隐瞒事实的真相实是一种罪过。

跂燕不语，她并没有看过那个什么神秘人，但她已经不止一次地听说过那神秘人的存在。她不明白，神秘人为何要救跂蚂呢？而且又如此神秘不与人相见呢？神秘人究竟是谁？

“那神秘人是爷爷所见到的人中，力量最强的人，爷爷卧室的那堵砖木所筑造的墙便是他的拳头击塌，在生死一线之际，他将我自坍塌的墙内拉出来，而解开了我的一剑之危……”

“爷爷说那堵墙是被拳头击塌的？”跂燕不可避免地吃了一惊，问道。

“爷爷怀疑他就是教强儿武功的人。”跂蚂突然有所悟地断言道。

“强儿的师父！”跂燕一惊，又问道，“爷爷怎么能够断定呢？”

“第一，他也是用刀的，而且他的刀法之精妙实在神乎其神；第二，他也很年轻，我敢断言他只是二十岁左右。这样一个神秘人物与强儿师父的出现同样神秘，而且有着许多的共同点，所以我才会有这般怀疑。”跂蚂淡然分析道。

跂燕立刻想起跂强在飞瀑谷所说的话，不禁脸上升起一片红润，心中却在暗自揣测，这神秘人物究竟是个什么模样？

“我相信他一定还会再出现的，既然他出手救了爷爷，就说明他也在关心着我们族中所发生的一切，因此，他绝不会对我们的事袖手旁观！”跂燕也断言道。

跂蚂苦笑道：“但以他一人之力，怎能抵抗得了九黎族数百勇士呢？而且，九黎族中高手如云，这一点，爷爷是很清楚的，除非能够找到那批龙族战士，或许只有龙族战士方能够一挫九黎凶人的气焰！”

跂燕也感到一阵莫名的沮丧，跂踵族世代以狩猎为生，若说对付野兽，设陷阱机关，可以说是极有独到之处，但是此刻所面对的敌人却不是野兽，而是一群极善于搏杀的九黎战士，而在九黎族仍流传着神族所创的武功。可是跂踵族人在武技与搏杀之术上与九黎战士要差上一截，这是绝对不可否认的事实。不过，此时跂燕的心中涌出了一个连她自己也感到意外的念头，似乎有些莫名其妙，但又极为具体，因此，她决定去做一件事。

晨曦初露，鸟雀争鸣，潮湿的空气依然有着些微寒冷的清爽。

借着天边的鱼肚白，已经可以看清天地间一切自梦中苏醒的生命。

昨夜，露水甚重，树枝花草之上都坠着点点晶莹，像泪珠。或许，花草树木的确曾哭泣过，在世人难测的静夜作无声的哭泣，为世人的愚昧，为这已经发生或即将发生的血腥而流泪。

生命，本是一种痛心疾首的悲哀，如果说活着便是为了生活，或者活着便是为了死去，那全都只是一种深沉的无奈和痛苦。

新的一天，有种莫名的悲怆驻留于跂燕的心中，踏着露水，她在思索许多问题。她是一个习惯于思考的人，是因为她天生聪慧，越是喜欢思考的人，越容易为自己添许多烦恼。只有浑浑噩噩的人方能够在麻木不仁、混沌无知中获得满足，而智者却永远都会发现自己和生活的缺陷，就像跂燕，她便感觉到了生命的无奈。当然，只是这几天感觉特别强烈一些，抑或是已有着实质的值得思考的事情迷惑了她的思绪。

此刻，跂燕独自一人离开了跂踵寨，而此际她所到的地方显然正是飞瀑谷。

作为跂踵族最为优秀的猎手，她自然知道如何去隐藏自身，她有信心可以避过九黎凶人所设下的眼线。当然，她的胆量也是绝对惊人至极，不过，跂燕并不想自飞瀑谷口入谷，而是自山崖上攀上飞瀑侧面的崖顶。这样，就算谷中伏有九黎族的凶人，也不可能发现她的存在。

爬上崖顶，天边已有几缕淡淡的霞彩，不过她耳中再也听不到鸟雀的鸣叫，整个听觉都被飞瀑的轰鸣声给充斥。

这是一道极有气势的飞瀑，它的水流乃是自一条地下河中而出，在山崖顶上积出一个似倾斜漏斗状的水潭，而这水潭之中的水流再以万钧之势倾入飞瀑谷，就形成了这起落近四丈、宽达三丈的巨大飞瀑。瀑布之底是一块如龟背般的玄石，这使水流冲击的声音更加喧闹。不过，那块玄石只有知情人才知道方位，因为它全都隐没在瀑布水流之中，唯冬季水缓之时方显出一角。

这里，跂燕不知来过多少次，不过，她今次来这里却只是因为心中存在着一丝侥幸。

跂燕有预感这次不会失望而归，可是当她放眼谷中时，心中禁不住一紧，因为她发现了几名九黎族之人。

不错，八个！这些人的着装并非代表着是几级勇士，而是在黑衣之上绣着一朵火焰形的花朵。

跂燕立刻想到爷爷所说的昨晚那名杀手，跂蚂在描述蒙面杀手时，便讲到过蒙面杀手的衣服上绣着一朵火焰花。昨晚是一个，而此刻却是八人之多，跂燕自然心神为之大紧，如果爷爷所说是事实，连那杀手两招都接不下，那此刻跂燕根本就没有半点与之交手的资格。当然，跂燕也不会傻得去送死。至少，到目前为止，这几人尚未发现她的存在，但是跂燕感觉到了一股浓浓的杀意。

杀意，与清晨这清爽的气息似乎极不协调，但却充斥了整个飞瀑谷。似乎每一寸空间里都存在着张狂的力量。

这是一个春天，更是一个早晨，但在这生机应该最为旺盛的时刻，竟充满着死亡的杀意。

跂燕的心中泛出了些微寒意，虽然她从来都没曾经历过这种场面，可是她也明白危机可能在任何一刻触发。其实，此刻即使是傻子也会知道将有一场血腥的风暴降临，但是受害者是那八名九黎族人，还是她呢？跂燕不敢想。不过，她看出了那八名九黎族人脸上惊疑不定的神情，也即是说他们也感觉到有些莫名其妙。

是人，都可以感觉得到这股杀气的存在，但是空荡荡的山谷之中，唯有一串倒挂的瀑布和几块根本就不能藏人的大石及几株古树。

九黎族的八人以最快的速度来回于几棵古树和大石之间，那种利落的身法，让跂燕为之咋舌，也更感到一阵心寒。她明白了爷爷的担心并不无道理，只凭这八人的身手，在跂踵族中根本就无人能及，更可以一敌十，若是九黎族人尽是如此，那跂踵族的这一仗的确是以卵击石。

"没人!"

"见鬼!"

"不要管这么多了，只要完成了总管所交代的任务就行!"一名汉子对着另外七个疑神疑鬼的同伴道。

"这药有效吗？这可是活水，放下去便会被冲走，这鸟瀑布的水不断地下冲，只怕这点药力根本就没有用。"

"管他呢，我们只要按照总管的吩咐完成了任务就行，到时即使药性不到位，也不关咱们八狼的事！”

“是啊，这也只能算是长老和总管的失误……咦，不对，老大，你看那瀑布！”一名汉子说着突然发现那道飞瀑有些异样，忙道。

“有什么不对？”一个年长些的汉子不解地问道。

“瀑布的水速似乎减慢了。”其中一人似乎看出了些端倪。

“也涨大了些……”另一人补充道，但众人脸上都显得有些迷茫，根本无法得知这是什么原因所造成的。

“怎么会这样？”那被称为老大的汉子茫然问道，但谁也无法回答他的问题。

“杀气，我感觉到了，杀气是自瀑布之中传来的……”那最先发现瀑布起了变化之人吃惊地自言自语道。

“人狼，你没感觉错吧？”另外几人全都惊疑不定地望着瀑布，齐声问道。

“没错，绝对没错！”被称为人狼的汉子鼻子嗅了嗅，眼里闪过一丝极为惊骇的光彩。

“大家小心一些，这瀑布有些古怪！”那被唤作老大的人提醒道。

“该不会是这瀑布也中了毒吧？”一个人异想天开地道。

“别瞎说，这瀑布又不是活物，怎会中毒呢？……看，那是什么东西？”人狼说到一半，又发出一声惊呼。

瀑布竟似个病人一般战栗起来，水线更向外疾速扩张。

“是人——不可能……”

人狼的嘴巴张得好大，其他几人也一样惊讶，他们看到了人，一个人形已经越来越清晰。

“有鬼！”人狼仍是最先惊呼，虽然他们身具极好的武功，但实在很难想象在瀑布如此强霸的冲击力之下，居然还会有人隐藏于其中，但他们肯定不是看花了眼。

“不，不会有鬼！”八狼的老大安慰众人，但他的声音也有些底气不足。

“拿，拿箭来！”此时竟有人的脑子转过弯来，想到了用箭。

“是，是，拿箭来……天，真是……”

轰……瀑布的水一顿，竟卷起了一层汹涌如怒潮般的浪头，向潭边的八狼迎头扑到，其势更如同一头发狂的猛兽，气势张狂至极，强大无匹的杀意更浓！

八狼惊退，他们一生之中大概还没有见过比这更奇、更让他们惊骇的事，心中更布满了无法抹去的阴影：“难道是水神发怒？难道这道瀑布真的有灵性？难道……”

哗……八狼的身形回避得虽然快绝，但仍不免被这巨大的水流冲得东倒西歪，魂飞魄散，此时他们发现了一个人。

绝对不是眼花，一个上身精赤的男人，浑身如铁一般结实的肌肉在早晨第一缕朝霞的映衬下，闪烁着让人呼吸困难的幽光。

这绝对是一具最为完美的躯体，就像是经大自然之手所成的鬼斧神工之作，如果谁能够在这具躯体上挑出半点瑕疵，那肯定是一件很大的怪事。

女人的躯体完美可以吸引男人的目光，但很难想象，一个男人的躯体竟也让八狼惊羡。

水珠自那如铁一般的肌肉上滑落，使得那精赤着上身的男子更有一种自然而清新的魅力，每一寸肌肤都似蕴藏着无尽的生机和力量，每个毛孔都似散发出逼人的气焰，生机与死气两种极为极端的气息竟然浓缩于一身。

人狼更清晰地感觉到杀气的存在，而杀气便是自这仅穿一条短裤之人的身上散发出来的，弥漫了整个山谷。这赤身而立之人手中所握一柄似剑非剑、似刀非刀的兵刃，它清亮如一泓泉水，长三尺八分，厚脊弯背，寒芒四射。

“你是什么人？”八狼中的老大伸手抹了一下脸上的水珠，无比惊骇却又惊疑不定地问道。他哪里还会想到眼前这年轻至极，但又诡异莫名的少年正是那自飞瀑中冲出的人，甚至是一直都在飞瀑之中。刚才他们之所以无法找到杀气的来源，便是因为他们绝想不到瀑布之中竟会有人，但此刻已成事实，他们却又不敢相信这是事实。

他们不敢相信，这很正常，在这力逾万钧的流水冲击下，有谁还能够在飞瀑之中待如此之久呢？而且他们根本就不知道飞瀑之下有块如龟背般的玄石，若是常人当然无法承受那强大无比的水流冲击力，就算有块可以立足的玄石，谁又能在玄石之上立稳足呢？可眼前这年轻人分明便是自瀑布之中冲出，怎叫八狼不惊？

“我是什么人，你回去问帝十就清楚了。”那年轻人神情极为冷漠，身上的杀气却越来越浓，那些水珠竟全在瞬间化为雾气紧笼住他的身子，那张平静而俊逸的脸若隐若现中，更泛起了一丝怜悯的神情。

八狼再惊，惊的是这年轻人一口便道出帝十的名字来，而且如此直言不讳，更让他们吃惊的是，这年轻人似乎肯定帝十对他极为了解一般，这确实有些让八狼吃惊不小。

“不过，你们是没有机会全都回去了，你们说吧，谁自动断去一臂，我可以放他一条生路，但只允许一个人回去带口信！”那年轻人不等八狼反应过来，又接着淡漠而冷酷地道。

八狼大怒，虽然他们在神谷中地位并不是很高，也不如猎杀三十六面首，但其武功上的造诣绝不落入庸俗之流，尽管他们明知眼前的年轻人武功有些高深莫测，但是他们何尝被人如此轻视过？

“哼，好大的口气，你以为你是谁呀？少昊大神吗？天帝吗？小小年纪不学好，却学人家不知羞耻说大话！”人狼最耐不住性子，抢先嗤笑道。

那年轻人并不怒，只是笑了笑，极为诡秘地笑了笑，眸子里尽是不屑之色，然后轻轻地呼了口乳白色的热气，道：“既然你们定不下谁断臂，那便让我手中的刀来决定吧！谁能撑到最后，谁便可以活着离开飞瀑谷。不过，请不要忘了告诉帝十，如果他欲以武力强行使人降服的话，轩辕不介意再让他尝一遍血的教训！”

“你是轩辕?!”人狼吃了一惊，八狼疑惑地打量了一下眼前的年轻人，他们实在想不出这个使神谷和神堡大乱且让帝十铩羽而归的厉害人物竟是如此年轻。

知道轩辕并不稀奇，神谷因之而易了总管，使帝恨含恨而去，更便宜了敖广。那段时间，轩辕乃是九黎族重点追杀的对象，但是后来派去追寻轩辕的高手要么是一去不复返，要么是毫无所踪，事隔数月，也只好作罢。而轩辕的名字却烙入每一个九黎族人的心中，是以，此刻这年轻人说出自己的名字让八狼都禁不住心中震撼了一下。

便在八狼惊问和心中震撼了一下的同时，轩辕的刀已经划到了他们的面前。

刀，快得如同本身就在八狼的鼻前从未动过一般，八狼根本就未看见轩辕自哪个角度出刀，甚至连自哪个方向挥来都不知道。反正当他们发现刀的时候，刀便已经在他们的眼前，而且亮起了一幕奇异的光彩。

朝阳的第一缕光线竟奇迹般被刀身所捕捉，而幻出如梦一般璀璨的光彩。

没有丝毫刀风，更没有半点破空之声，倒似所有的空气和风全被这一刀所吸纳，而凝成重逾泰山的气势和压力。

八狼在气喘的同时疾退，出剑，他们哪想到轩辕说打就打，竟无半点征兆，而且快到如斯境界。

轩辕一声冷哼，八狼眼前的轩辕如一道虚影般消失，像是一场怪异而离奇的梦。

八狼正惊愕之际，突觉背后的刀气已如怒海狂潮，疯狂地吞噬了他们，包括他们的灵魂，在惊骇若死的时刻，他们唯有惊呼。

轩辕的刀竟自他们的身后攻了出来，而轩辕的身子便如同幽灵一般快得无法以普通思维去推理。

叮叮……第一缕朝阳的光线却使飞瀑谷中亮起了一团凄艳的光球，而光球却紧裹了轩辕和八狼，更制造了一连串的声响，然后，光球在一刹那间崩溃化为点点萤火之光，直到完全消失——轩辕的刀再次出现在他的手中，依然犹如一泓清泉般清亮，八狼依八个方位静立如木雕。对于轩辕来说，似乎刚才什么都没有发生过，但在他转过身去的一刹那，人狼突地发出一声惊天动地的惨号，他的右手竟突然坠落在地上，鲜血也在刹那间狂涌而出。

“我的手，我的手哇……我……”人狼几乎痛得昏死过去，在轩辕收刀的时候，他竟没感觉到痛，甚至连手臂都未落，可是……他简直要发疯了，他实在无法想象世间竟会有如此快的刀，如此可怕的刀。

“滚吧！把我的话带给帝十，并带上你的狗爪子！”轩辕的声音冷得刺骨。

人狼咬牙为自己封住血脉，以左手抓住此刻仍握着剑却已断裂的右臂，拼命地向断臂口衔接，但却无法完全阻止鲜血的流淌，倒是一不小心，碰了一下身边的八狼老大。八狼老大那高瘦的躯体竟轰然仰天而倒，更恰巧倒在另外一狼的身上，除人狼之外的七具挺立的躯体竟在片刻间全都仰天而倒，此时，人狼才发现七人的咽喉，每人都有一道细小的血痕。

“魔鬼，你是个……砰……”人狼还没有来得及说完一句话，便被轩辕反背一脚踢得向谷口跌去。

“滚吧，让人来给他们收尸！”轩辕目光向飞瀑谷一旁的崖顶上投去，口中淡漠而无情地道。

人狼比哭还难听地惨号着爬起来，不停叫喊着“我的手呀”，竟然疯了，但疯了的人狼似乎对轩辕有着无比的惊恐，目光触到轩辕的背影，竟狂呼着“魔鬼……”向谷外直冲而去。

跂燕心中的惊骇绝不逊于八狼，处于高处的她，将一切都看得极为清楚，包括轩辕自瀑布之中掠出的情景。是以，她的惊骇无法言喻。

更让她吃惊的却是轩辕的目光，虽然此时二人相隔近二十丈远，但轩辕的目光似乎可以洞穿一切，不受距离的限制。跂燕知道，轩辕发现了她，这是一种直觉，因为她感觉到自己的目光与对方的目光已经在虚空中的某点相触，虽不是直接，但她心中有种感觉——轩辕知道了她的所在。

“姑娘何须如此鬼祟？”一个淡漠的声音让跂燕着实吓了一跳，整个人如同触了电似的一弹而起，迅速拔剑以对，却发现来人已在自己的五步之内，神态极为悠闲。

“如果我要杀你的话，你即使有一百条命也不够，因此，你无须这样对我！”来人依然极为平静。

跂燕心头泛起了一丝寒意，这人竟走进她五步之内而仍无所觉，如果对方真的要杀她的话，那她的确即使有百条命也少了。她不由得仔细打量起眼前这个如同幽灵一般的神秘人物，却无法看清其面目，因为这人的脸面有一大半被散披的长发所挡，剩下的半边脸上泛着冷峻而傲然的神采。

“你是什么人?”歧燕仍然惊疑不定地问道。

“你应该回去了，留在这里对你没有半点好处。”那神秘而至的人淡漠地道。

“你知道我是谁?”歧燕吃了一惊，讶然问道，不过她知道眼前之人应该不会对自己有恶意，是以也放心了不少。

“当然知道，否则的话，此刻你已不能站着好好跟我说话了，不过我希望你今日当什么都没有看见!”

歧燕松了口气，见对方没有太多的举动，也便显得大胆起来，反问道：“为什么?我已经看见了，难道这也怕人看见吗?”说话间扭头向飞瀑谷中望了望，轩辕的踪影已经全失，只余地上有一摊水迹在朝霞之中闪烁着如梦幻一般的光彩。

“他走了?”歧燕心中一阵失落，忙问道。

“你也该走了，这里不是安全之地……九黎族战士!”那神秘人突然有所觉地一带歧燕，根本就不容歧燕有任何挣扎反抗的机会，便把她拉至一丛灌木后。

歧燕发觉自己竟没有半点抗拒的力量，甚至连想反抗的机会都没有，那神秘人物的动作实在太快，不过，她很快便发现了神秘人所说的九黎族战士，更在神秘人身形掠移之时，发现了那张极为俊逸的脸。

那是一张散射出一种极为另类气息的俊脸，冷傲却又有着高原冰峰一般让人难以攀越的感觉。

“你叫什么名字?”歧燕禁不住问道。

那神秘人物深深地望了歧燕一眼，目光之中依然带着无法抹去的冷漠，没有丝毫感情地道：“叶皇!”他正是失踪半年的叶皇。

“叶皇?!”歧燕重复着这个名字，但旋即又想起了什么似的问道，“那他又叫什么名字?”

“你很想知道?”叶皇淡漠地问道。

“嗯!”歧燕对叶皇那冷漠的态度并不害怕，只是点了点头，想到轩辕那清澈得似可洞穿一切的眼神和那完美得让人惊叹的体形，她禁不住心头升起一丝异样的感觉。

“他叫轩辕，现在我该送你回去了。”叶皇淡淡地道了一声。

“轩辕？一定是他！”跂燕目光忍不住又向那飞泻的瀑布望了一眼，自言自语道。

叶皇见怪不怪地一把抓住跂燕的手，道：“走吧！”

跂燕正凝神想着轩辕的事，突然被叶皇抓住了手，不由条件反射地惊呼一声，但又立即捂住自己的口，因为谷中正准备收拾八狼尸体的九黎族战士已经听见了她的惊呼。

“他们发现了我们，快走！”叶皇对跂燕的反应有些微恼，但却并没太过在意，因为这几个人根本就不可能追得上他。

第五十章　脱胎换骨

跂燕的心都快提到嗓子眼上了，叶皇奔行的速度快得让她有些窒息，而且纵高跃低便如同驭风而行。这或许是她第一次遭遇的尴尬，不过，她却很高兴，甚至有些欣喜。至少，她知道有轩辕和叶皇这两个武功非凡的高手帮她一起对付九黎族。虽然，多这两个人并不一定能够挽回多少局面，但有这两人的存在，至少可以多一分力量，多一分机会。尤其轩辕那神鬼莫测的刀法，更使跂燕信心大增，她第一次发现，那群不可一世的九黎凶人竟是这般的不堪一击。

可以想象，救下爷爷跂蚂的神秘人物定是轩辕，跂燕对自己的猜测极有信心，正因为她对自己的猜测极有信心，这才会极早赶到飞瀑谷，而如此凑巧地发现了轩辕击杀八狼。

此刻跂燕更可肯定轩辕便是传授跂强武功的人，这一切都与跂强所说的极为相符，年轻、用刀、练功……“难道轩辕真的是在瀑布之中练功?”跂燕禁不住疑惑地自问道。

陡然间，她发现叶皇停下了脚步，一股几乎让她窒息的杀气紧裹住了她的躯体。

“叶皇，我们又见面了!”一个冷冷的声音让跂燕禁不住打了个冷战。

叶皇竟然笑了起来，极为悠然地笑了起来，而此刻，在他的四周站出了二十多名九黎族的二级勇士。

跂燕怎会不知道，此刻实已经坠入了九黎族人所设下的陷阱之中，她不明白叶皇为什么竟还有心情笑。

箭矢几乎指定了叶皇身上的每一个要害。

“如果我没有记错的话，你叫龙奇，可对?”叶皇语调极为轻松。

那人也笑了笑，道：“你的记性还真不错，不过，今日便是叶帝想救你也不可能了，你只好认命吧!”

叶皇环眼扫了四周那一张张冰冷而充满杀机的脸庞，以及黑沉沉的箭头，轻轻地叹了口气道：“我早该想到你们会在跂踵寨外设下伏兵的。”

“但你还是失误了!”龙奇极为傲然而冷酷地道，他对叶皇可算是极恨。当日不仅让白虎神将身受重伤，更使他们丢失了圣女凤妮，以至于被九黎王风绝重罚几十大板，他将之视为毕生的奇耻大辱。因此，他对叶皇和轩辕的印象特别深刻，但在此时此刻与叶皇相遇，实为偶然。

“是的，我的确失误了，但我认为今日之举其实对你并没有什么好处，你不觉得吗?”叶皇很意外地道。

龙奇的脸色微变，但很快又变得格外镇定，向叶皇冷笑以对：“我看不出对我有什么坏处，如果你喜欢自以为是的话，我并不反对，因为今日你休想活着离开此地。”

跂燕听着龙奇这充满杀意的话，心头禁不住生出一阵寒意，她实在不能想象叶皇如何能够自这二十多名九黎族二级勇士的手中闯过去，这简直是一个必杀之局。

“如果我死了，九黎人当然更欢喜，不过，九黎王定会很遗憾，也会很生气……”叶皇说到这里，目光却斜斜地瞟在龙奇的脸上，露出一个高深莫测的笑容。

龙奇的脸色立时大变，像是喝醉了酒，脸部呈现充血的骇人模样，浑身更散发出几乎让人窒息的杀气，便是那群九黎族的勇士也都大大地吃了一惊，龙奇的杀气之浓，气势之烈，似乎已成了另外一个人，一个让人心寒冷血的杀手!

叶皇也吃了一惊，但心中却更喜，龙奇的杀气之烈实有些超乎他的想象，但这证明龙奇也是惊怒至极，唯有惊怒，其思绪才会失去控制，将深藏不露的实力在不经意间暴露出来。能让龙奇失去控制的只有一个原因，那便是叶皇的话击中了其心病。

其实，叶皇只是一种猜测，这数月之间，他们并不只是死守一隅，而是大量深入九黎族，并分析这强大部落的内部情况，再根据种种消息总结出一些并不能肯定的结论，而此刻叶皇证实了自己的猜测并没有错。不过，脑中却在紧密地盘算着，该如何演完这出戏。

龙奇的杀意很快又收敛回去，恢复了平静，冷冷地盯着叶皇，似是饿虎在注视着自己的猎物。

叶皇却只是保持着一种让人迷惑的笑颜，在自然洒脱的背后，心弦却绷得极紧，他当然知道，生命的危机存在于每一刻，虽然他隐隐地把握到一些什么，但这并不能表示危险已经过去。

突然，龙奇笑了。龙奇笑得有些怪异，但叶皇却捕捉到龙奇笑声中的勉强之意，他本不该笑，但他却笑了。是以，这并不是发自内心的笑，只是在掩饰些什么。

但究竟是在掩饰什么呢？不知道，只怕龙奇自己也不太明白，叶皇的心神松了松，他隐隐地感觉到自己的危机已经过去。

果然，龙奇在笑过之后，冷冷地向身边的勇士们叱道："收箭！"

那二十多名九黎勇士有些愕然，但龙奇在九黎族中的身份极高，他的命令也只得听从，二十多支利箭迅速收回。

龙奇冰冷的目光如刀锋一般扫过叶皇的身上，似欲以"眼刀"将叶皇刺个遍体鳞伤，但他却发现叶皇的目光也同样冰冷无情。

跂蚂目中似乎要喷出火来，他悲愤，他恨，他怒！但他知道即使是自己亲自上战场也只会与族人一样，毫无意义地死去。

机关、陷阱、兽夹，面对这群比凶兽更凶，比魔鬼更厉的九黎杀手和战士，显得那般单薄，而跂踵族的战士们竟是如此不堪一击。

生命在战争之中犹如鸡卵一般脆弱。

毒箭，跂踵族唯一能够将战局维持下来的，便只有毒箭，这也是唯一能够对九黎凶人构成威胁的利器。若非如此，只怕跂踵寨已经陷落，近身格斗，跂踵族的战士们根本就不是九黎勇士的对手，为此，跂踵族已经损失了三十多名战士。

这次九黎族督战之人乃是帝十之子帝弘，发动攻袭的却只有一百五十名九黎族的二级勇士和杀手。对于跂踵族来说，这已经是一支足以致命的力量。

跂蚂并没有估错，天一亮便是九黎族大举来犯之时，这也是九黎族的最后期限。他更明白，降服便成奴隶，是一种耻辱。他不怕死，族人也不怕死，至少死不辱节，战死是一种高尚的死法。

跂踵寨并不大，能守之地仅有周长约一千米的护墙，而护墙之外已经沦为九黎的领地，败亡只是或迟或早的事情。

帝弘立于距跂踵寨两百多米外的一块大石之上，神态极为悠闲，望着箭雨纷飞的战局，眸子里升起一股狂热的神采，他像是在看一场极煽情的戏。

“吩咐百战，我要一个完整的跂燕，谁也不可伤了我的大美人，知道吗?”帝弘看着跂踵族的族人一个个自寨头翻倒，而九黎勇士也有二三十人伤亡，似乎想到了一些什么，出言向身边的护卫吩咐道。

“属下早就跟百战说了，相信百战一定会按照公子的话去做!”一名年岁稍长的中年汉子恭敬地道。

帝弘望了中年汉子一眼，露出一个满意的笑容。这是个极了解他的人，也是帝家一个极为忠心的臣子——九黎二级勇士教头百战的哥哥百变。

帝弘极为信任百变，因为百变似乎最明白他的心思，每每总会出些新鲜点子让帝弘享受到异样的刺激，是以，帝弘极喜欢这个善解人意的家臣。

帝弘的目光再次落在不远处指挥作战的百战身上，这是一个身材极为高大的汉子，有着黑熊般的力量，涌动着豹子般的生机，黑面庞，浓眉大目，拥有着绝对一流的武技，这是一个很受帝弘宠爱的人物。

身为九黎族中二级勇士的教头，这本身就是一个举足轻重的头衔，也是一个绝对有真材实料的人。

此刻，百战并没有抢着进攻，他只是悠闲地拈弓搭箭，然后射出，再便是跂踵族人被射下寨头。虽然跂踵族人借寨头上的木料作掩护，但百战总能出其不意地射中目标，虽不是百发百中，但也在这交战一盏茶的时间中射杀了十名跂踵族人，比那些来自神谷的杀手更凶更狠，这也是帝弘满意的原因。

遍野红花绿草，这是一个春天。山风清凉，清爽宜人。丛林间的跂踵寨却如深秋的最后一片黄叶，在这两种极端的感觉当中，帝弘想长啸、高呼。他喜欢杀戮，也喜欢看别人杀戮，飞溅的血水，比红花绿草更美，哭号惨叫声在他的耳中也是那般动听。

如果不是一声惊呼惊动了帝弘的思绪，他一定会欢快到最后，但很遗憾，帝弘还是听到了这声惊呼。

百变的惊呼，居然有令百变发出惊呼的事情。

当然，对于帝弘来说，惊呼也很刺激，但这个惊呼却不应该自百变口中发出，所以，他欢快的心情一下子减至零，然后他发现了百变惊呼的原因，不由大怒！

帝弘怒，是因为他发现了一个令他咬牙切齿、恨之入骨的人物——轩辕！

百变惊呼并不是因为轩辕，而是一支暗箭，自暗处射出，以极速和准确无比的角度射向帝弘的背心。

当然，这支箭并不能伤害帝弘，因为帝弘身边立着八名护卫，这些人皆为族中的一级勇士，在劲箭逼近帝弘两尺时便将之击落了，箭断成八截。但是，这却无疑让百变心神惊变，也是对帝弘的一种无言挑衅。

帝弘怒，不仅仅是轩辕的出现，更因为那射向寨下强攻的九黎族勇士的满天箭矢。

箭矢来得突然，其势比之九黎勇士射出的利箭更凶猛无比，那群正在抢攻跂踵族的九黎勇士怎么也没想到竟会有如此的攻势自背面而来，一时之间竟有数十人中箭。

轩辕手持大弓，一袭素衣，凛若天神，连射四箭，竟无一落空。

百战的目光最先盯上轩辕，但让他吃惊的是他射向轩辕的箭竟被对方当空射落，两支劲箭在虚空之中擦出一溜火花，同时坠地。这是百战从未经历过的事，但他却知道这个对手将是他所遇到的最顽强的敌人。

轩辕的身形好快，当帝弘抖直长矛之时，轩辕已穿过了数十支劲箭所织的护网，逼至帝弘五丈之内。

眉目依稀，帝弘并不觉得轩辕有什么变化，唯一让他觉得有些异样的或许只是轩辕的眼神。

帝弘仍记得当日轩辕与帝十那让人心惊的一战，但他不相信轩辕真的会有那么强大。

“杀!”帝弘一声怒吼，百变和四名九黎族的一级勇士已经飞扑向轩辕。

百变并不知道眼前之人便是让帝十也吃了大亏的轩辕，但他知道这个年轻人绝对是一个难缠的对手，只凭那快若鬼魅的身法，就足以让人心惊。

轩辕一声长啸，那张大弓已经向百变的面门疾旋而至，拖起一阵尖锐凄厉的风响，似欲撕毁世间的一切。

百变似乎没有料到轩辕一上来便将大弓当暗器使，而大弓的来势也让他吃惊非小。

叮……百变的长剑斩在大弓背上，而身形疾蹲而下，他想不出有比这更好的方法可以避过大弓的旋切，因为他根本就不可能阻止这张大弓的旋转之势，而那弓弦便会如刀锋一般割喉断身。

百变蹲身确是很及时，不过，那旋转的弓弦仍然削下了他的几缕头发，惊得他冒出了一身冷汗。再抬头时，只觉眼前一片苍茫。

轩辕的啸声依然未竭地自九幽飘然而下，但他整个人已经消失在一片茫然的刀光之中。

杀意似沸腾的气旋四散炸开，片刻间已使苍茫的虚空生出一种异样的寒意。

帝弘也清晰地觉察到那股浓郁杀机的侵袭，冰寒、阴冷、霸烈。

百变出剑，毫不犹豫地攻入那团灿烂的刀光之中，他身边的四名一级勇士也没有丝毫的犹豫，在他们心中根本就没有畏怯这个词，只是，他们扑空了。

是的，百变扑空了，那四名一级勇士也同样扑空了，他们攻入了那团灿烂的刀光中，但那只是一片茫然的虚无。

光只是光，而轩辕已不在。

最先发现轩辕身影的是帝弘，因为他正是轩辕攻击的目标，那团灿烂的刀芒只是轩辕制造出来的一个幌子，也只是为了吸引百变等人的注意力，他真正的目的却是穿过所有的封锁，对帝弘施行致命的一击。是以，帝弘第一个发现了轩辕和轩辕的刀。

轩辕的刀长三尺八寸，似剑非剑，单刃弧尖，清寒若一泓山泉，在霞光辉映之下，犹如一道长虹划过天际。

简简单单的一刀，没有半点花哨，但却幻出一道奇诡的弧迹，无可挑剔，甚至让人有一种无可匹御的感觉。

这种感觉很清晰，帝弘觉得自己无论自哪个角度都无法阻止这一刀的来势，无法消去这一刀的破坏力。在他的目光之中，只能注视着轩辕的刀一寸寸地割碎空间，一寸寸地割近，却无力相阻。

帝弘发现自己竟是这般脆弱，竟是这般孤单，天地之间，似乎除了轩辕那柄避无可避的刀外，便只剩下他这只待宰的羔羊。

"呀……"狂号是来自帝弘的身边，也惊醒了帝弘。

帝弘出矛，与他身边的四名护卫一起，织成了一道密密的护墙。不可否认，轩辕的刀对他们已构成了极大的威胁。

噗……叮叮……轩辕的刀依然长驱直入，刀身擦过那四名护卫织成网的剑身，身子犹如风中的柳絮，全不受力。

当……帝弘身子大震，闷哼着自大石之上跌下，庆幸的是他挡住了轩辕要命的一刀，但轩辕刀上那犹如山洪暴发的力量使他根本就无法立稳足，若非他的矛杆也是铁铸，只怕此刻已经矛毁人亡了。

轩辕一击即退，退与进一样，快若鬼魅，百变心中的惊骇无以复加，轩辕的可怕的确超出了他的想象，但他却刚好阻住了轩辕后撤的退路。是以，他必须出招。

嗖……一支劲箭呼啸而过，直射百变的后心，这一点自然瞒不过百变。在进攻与保命的选择之中，他自然不会选择前者。是以，他必须回剑反切，而在此刻，他又后悔了。

百变后悔，后悔不该回剑，因为轩辕的速度实在是太快，快得他不能有半点松懈。虽然轩辕是在后撤，但其攻击力依然能够任意发挥。在百变回剑之时，轩辕的脚已经乘虚而入。

百变没有机会享受后悔的苦果，因为轩辕的膝头已经撞在了他的小腹之上。

砰！百变的身子倒跌而出，并未能挡住自后射来的一箭，反而撞上了那支劲箭。不过，因为轩辕那一脚使得他身子歪到一边，那支劲箭也就偏开致命的方位刺入其肩头。

百变的惨叫只让那群一级勇士大为色变，而轩辕并未乘机再攻，只是长啸一声，径直朝跂踵寨下的九黎族二级勇士群中攻去。

与轩辕同来的正是数月前失踪的奴隶兄弟，但此刻的他们，一个个犹如生龙活虎，战意高昂，更凶狠异常，比之这群九黎族的二级勇士绝不逊色，而且每个人的身手和速度都极为利落快捷。

立于寨头的跂蚂见此情景大喜，整个跂踵族人都禁不住欢呼。

“龙族战士……是龙族战士……”不知是谁在寨头之上带头高喊，将寨下的激战又推上了一个高潮。

跂踵族也为之沸腾，是的，他们所期盼的龙族战士终于出现在他们最渴望得到帮助的时刻，而跂蚂更意外地发现昨晚神秘的恩人正纵跃在凶狠的九黎勇士群中。

“他们为什么不杀你？”跂燕几乎不敢相信这是事实，向叶皇问道，同时回过头朝隐去的龙奇望了一眼。

叶皇神秘地笑了笑，道：“世间并没有这么多的为什么，即使告诉你，你也不会明白，最好是你不要知道！”

跂燕满心疑惑，她不明白为什么对方竟然不杀她和叶皇，还放过他们。以那二十多名九黎勇士和龙奇的实力，欲杀叶皇，那绝不是一件难事，但是……此时，跂燕听到了喊杀之声，声音传自跂踵寨，她不由得心神一紧，催道：“快，快，他们已经攻寨了。”

“你以为多你一人便可以阻止对方的进攻吗？”叶皇反问道，说话时脚下却依言加速。

跂燕心中如火燎原，但她也不得不承认叶皇所说的是事实。就算多她一个人也是无济于事，又怎能抗拒如虎狼般的九黎凶人呢？但跂燕很快便发现，那九黎凶人正在仓皇撤离……

九黎族败退，只是因为帝弘吓破了胆。

帝弘实在是再也提不起丝毫的斗志，在乍见轩辕之时，他还有报仇雪恨的念头，但轩辕竟然能够在几名高手相护之中对他施以重击，其力量和刀法实已让他心寒。

虽然帝弘并没有受伤，但作为享惯了安乐的他来说，根本就没有拼死之心，一旦发现自己处于一种极为危险的境地，他最先想到的自然便是保命。

经过数月艰苦的训练，轩辕身边的这群奴隶兄弟似乎脱胎换骨，无论是在体能还是在格斗技巧方面不可同日而语，轩辕并没有藏私，将神风诀的上半部和青云剑宗的前半部剑术传授给了这群奴隶兄弟。

当然，在短期之中，受资质所限，这群人领悟也有限，而且神风诀和青云剑术都是极为上乘的武学，并不是每个人都能参悟的。不过，在一个大的环境和氛围之下，这些人在搏击技巧和力量运用方面都有了极大的长进，这是很正常的。也有些资质根骨好的，当然能参悟其中的一些奥妙，再加上贰负和轩辕所授的普通击技，也练成了一身不俗的武功。

此刻，这群奴隶兄弟再战九黎勇士，昔日的仇恨和压抑已久的战意在蓦然间迸发，竟杀得九黎勇士人叫苦不迭，且在人数方面又占着极大的优势。因此，九黎族人只得仓皇而撤，当他们摆脱轩辕的追杀时，仅剩下数十人而已。

跂蚂心中的欢喜无与伦比，不仅仅是因为九黎族人的败退，更因久别的儿子又重返族中。

跂云，跂强之父，当年因遗失了族中的重宝，而使得族中数大长老葬身范林，因此无颜返回跂踵族，但在数年之后的今天又重返跂踵族，而且解了九黎族入侵之灾，跂蚂当然高兴。

跂强也是欢喜无限，几乎是奔走相告，虽然跂踵族这次也伤亡了数十人，但胜利的喜悦使得全族之人忘记了死亡的悲哀，而沉浸在一种极度的欣喜之中。

跂燕返回寨中，族人正在收拾战利品，刚好赶上这场激战的尾声。

其实，这场激战从头到尾都没有花很多时间，毕竟，其规模并不庞大，人数也不多，是以来得快，去得也快。

“龙族勇士，龙族勇士……”跂踵族人夹道欢迎轩辕与众奴隶兄弟的返回。

轩辕依然是一袭素衣，但浑身散发出一股无法掩饰的霸气，似乎那掩于素衣之下的每一寸肌肤都充盈着张狂的生机。

“师父……”跂强蹦跳欢呼着自人群中冲出，向轩辕奔到。

“强儿！”跂云以极快的速度蹿出，一把带住跂强，而轩辕已大步向他身边走来。

“大首领，孩子不懂事……”跂云不好意思地向轩辕解释道，旋又转头向跂强斥道，“谁让你叫师父的？”

跂强委屈地望了轩辕一眼，又望了望父亲跂云，一脸的失望之色。

“算了，他只是个孩子。”轩辕伸手拍了拍跂云的肩头，淡淡地道。

郎大和郎二各领数人环护轩辕而行，而众奴隶兄弟全都驻扎于跂踵寨之外，这是轩辕的命令，他不想让跂踵族人感到威胁。

“你是强儿的师父？”跂燕也排开众人来到轩辕的身前，大胆而好奇地问道。

“我并没有让他叫我师父，也不欲为人师，燕姑娘误会了。”轩辕眼中一亮，悠然笑了笑道。

“燕儿，还不快请恩公入内？”跂蚂早已认出了轩辕正是昨晚将他自死神手中救出的神秘刀客，此刻见对方又救了自己的族人，心中的感激真可谓是无与伦比的。

跂燕深深地望了轩辕一眼，身子向旁边让了让，但却对轩辕那大胆而野性的目光有些不自在，是以并不是很客气：“请进！”

轩辕毫不介意地笑了笑，跂蚂已大步迎了上来。

“多谢恩公出手解开我族的灭顶之灾，请恩公受小老儿一拜！”跂蚂蓦地跪下。

轩辕吃了一惊，跂踵族人全都屈膝而跪，一时间数百人不论老少全都跪倒。

“快快请起！快快请起！”轩辕忙扶起跂蚂和身边的几位年长的猎手。跂燕本不欲下跪，但眼见族人全都跪下了，她也只好跪下，不过她还没有全跪下去之时，已被人扶了起来，这人正是叶皇。

“何用行此大礼？”叶皇露出难得的笑意。

跂燕根本就没有跪下去的意思，叶皇一扶，便自然立起，只是白了轩辕一眼，她对轩辕过去所做之事故作神秘的样子有些不以为意。不过，内心深处似还有另一点疙瘩，那便是跂强曾经说过的话：“你一定会喜欢他的……”似乎一直都回荡在跂燕的耳畔。所以，打一开始跂燕对轩辕便有种排斥的心理，毕竟，她也是一个极为心高气傲的人。虽然轩辕所表现出来的实力足以让人心服，但她却想赌气。

“要你管！”跂燕推开叶皇的手，转身离了开去。

跂蚂被轩辕扶起身子，便见跂燕转身而去，隐约感觉到什么，不由呼道：“燕儿，不得无礼，还不回来招呼恩公？”

“他有爷爷和发伯招呼就行了，我去看看受伤的兄弟。”跂燕并不停步，径直离去，便连跂蚂和跂发都为之愕然，不知道究竟发生了什么事。

“这丫头！”跂蚂自言自语道，但又想到轩辕，不由抱歉道，“这孩子不懂事，还望恩公勿怪！”

“哈，燕姑娘心系族中兄弟，乃一片善心，何怪之有？还望族中父老乡亲不要如此客气，否则的话，我们也会心中不安！”轩辕淡然道。

“哪里，恩公为我族驱走了九黎之虎狼，解救了我所有族人的性命，可谓是我们跂踵族再生之父母，受这点小礼又有何不可？”跂发诚恳地道。

“还没请问恩公高姓大名？”跂蚂不好意思地道。

“族长便叫我轩辕好了。”

叶皇迅速上前在轩辕的耳边低语了几句，轩辕的脸色微微变了变，向跂蚂道：“请族长立刻召集所有父老乡亲准备撤离此地，到一处安全之所，以免被九黎凶人再犯时所伤。”

跂蚂的脸色也微微一变，惑然向叶皇望了望，不解地问道：“九黎族人还会来攻吗？如果我们全力一拼……”

“族长太小看九黎族了，便是我们的人再多十倍也不可能胜得了九黎凶人，虽然我们暂时击退了他们，但当他们卷土重来之时，恐怕其结果会很难想象。而且，我们不宜与之正面相抗，因此，先应保全实力，而后再思良策！”轩辕认真地道。

跂蚂心中禁不住生出一股悲怆之意，他知道轩辕说的并不是假话，九黎族的数千精良战士再加上各依附的氏族，可战之人加起来逾万，又岂是他这小小的跂踵族所能抗衡的？即使轩辕身边的战士能以一敌十，又能如何？何况，龙族战士并没有以一敌十的能力。想到即将要背井离乡，跂蚂又岂能不伤感？

“阿华，立刻吩咐所有人准备好自己的东西，带好必需品去范林！”跂蚂无可奈何地道。

跂华一呆，望了轩辕一眼，又望了望父亲，只好转身而去，他也是个极明智的年轻人，是以，知道眼下的决定关系到整个族人生死存亡的大事，绝不能有个人感情夹杂其中。

说实在的，跂华并不喜欢轩辕，不知道是为什么，当他第一眼看到轩辕时，便感到一种潜在的威胁，那是来自感情上的。隐约之中，他明白轩辕很可能会夺走他最心爱的人，是以，他不喜欢轩辕。当然，此刻是关系到整个族人命运的时刻，他并不敢去为儿女私情分神。

“族长可能不能与众父老乡亲一起走，我还有借重族长之处！”轩辕淡淡地笑了笑道。

跂蚂一愣，轩辕却向他身边的木屋一指，道：“让我们去里屋再详谈如何？”

跂蚂没有出言反对，只是客气地道：“恩公请！”

轩辕老实不客气地跟着走入木屋之中，叶皇紧紧相随，而郎大和郎二则领着十多名兄弟驻守木屋。

“恩公是说让我们去君子国借兵？”跂蚂惊问道。

“不错，只有联合各族之力，方可一阻九黎凶人的入侵，而君子国传说有一千精兵，高手如云，如果能够得君子国之助，对九黎族定是一个极为沉重的打击!”轩辕认真地道。

跂蚂的神色很严肃，静静地沉默了半晌，才吸了口气道：“君子国之人从来都不会主动出击，更脾性古怪，只怕很难请动他们。更何况，这去君子国的路途极为凶险，也许我们根本就到不了君子国便被花蟆凶人所杀……”说到这里，跂蚂却住口不言，目光落在轩辕的身上。

轩辕扭过头向窗外静静地望了一会儿，再深深地吸了口气，目光再落到跂蚂身上，平静地道：“听说跂踵族与君子国有着极深的渊源，是吗?”

跂蚂又呆了呆，并不否认，沉重地点了点，叹了口气道：“实不相瞒，跂踵族与君子国的确有着极深的渊源，我们跂踵族本是君子国的一支落难别系，这才流落到这里，但经过多年之后，我们自成一支，已经与君子国失去了联系，他们根本就不承认我们与之是同一个祖先，只当我们是一群无知的乞丐。是以，我只怕也无能为力。”

“难道就没有办法让他们认你们?”轩辕对跂蚂的话并不感到有太多的惊讶，只是以极为平静的语气反问道。

跂蚂又叹了口气，道：“有是有，但那已是不可能，除非能找到神器，只有以神器为信物，交由君子国四大法王验收，他们才会承认我们的血统，但神器已经丢失了八年。”

轩辕也呆住了，他知道跂蚂并不是在说谎，也没有说谎的必要，但要想对付九黎族，如果无法争取君子国之助，他们只怕连挣扎反抗的能力都没有，除非能够调来有熊族的大军，但想到圣女凤妮，他的心中又泛起一阵阵隐痛。

轩辕不相信自己会喜欢上圣女凤妮，但不知怎的，他无法抹去圣女凤妮那超凡脱俗的绝世容颜。的确，那是一种任何人都无法抗拒的美丽，爱美之心人皆有之，轩辕也不能断定自己有没有被圣女凤妮的美丽所惑。

第五十一章　正面抗衡

轩辕对圣女并没有恨意，反而是对那从未谋面的伏朗多了一丝愤然，或许是因为他真的受了圣女美丽容貌的影响。

轩辕知道，圣女绝对不是一个简单的人，在那段时间中似十分依赖轩辕，但轩辕却知道，圣女凤妮是一个极有头脑的女人，是以到后来轩辕心中隐隐感觉到有些不妥。不过，他发现得还是太迟了。

如果说此刻再让轩辕去求有熊族，对于他来说，的确有些难以释怀，而且有熊族会帮他们吗？虽然九黎族的力量也是针对有熊族而来，但有熊族自顾且不暇，又何有时间来管这些？这是一件极为矛盾的事情。

“如果君子国能够出手相助，我们是否有战胜九黎族的希望呢？”跂蚂希翼地问道。

轩辕眉头皱了皱，摇了摇头道：“不能，除非我们能让济水以北的百族联合，方可能与九黎一战！”

跂蚂倒抽了一口凉气，脸色煞白，轩辕所说的简直是完全不可能的事情，谁能让济水以北的百族联合呢？如此一来，也便表示，根本就没有可能胜过九黎族人。

“当然，我们完全不必与九黎族正面决战，我们所做的只是牵制他们，与他们周旋，真正对付他们的人并不是咱们。”轩辕淡淡地道。

“不是咱们？”跂蚂有些不明白。

“对，不是咱们，而是有熊族和鬼方十族，如果鬼方十族出手的话，只怕九黎族虽强也不一定是其对手，到时候他们自顾都不暇，自然无法管咱们。因此，我们所要做的不是要胜过九黎，而是要如何保命，保存实力，如何等到鬼方和有熊出手来对付九黎族，这也是问题的关键所在！”轩辕坦诚地道。

跂蚂有些疑惑，轩辕似乎对整个局面极为清楚，甚至连各族之间的厉害冲突都有极大的把握。是以，他更弄不清轩辕究竟是一个什么样的人物，就如那群龙族战士一般，神秘而不可揣度，是敌是友，跂蚂甚至无法分清，但他隐隐地感觉到，眼前的年轻人绝不只是为了拯救跂踵族这么简单。

至少，跂蚂在轩辕的身上感觉到了那股不灭的斗志和掩饰不住的雄心，拥有这般雄心之人，绝对不会甘于沉寂，不会甘于受人欺迫。“这轩辕究竟是一个什么样的人物呢？”跂蚂心中根本就无法得出答案。

当然，得出结论那也是没有必要，至少，到目前为止，轩辕仍是与自己站在同一条阵线上，仍是与自己并肩作战的伙伴。

轩辕似乎看出了跂蚂的心思，不由淡淡地笑了笑，道：“也许在这件事上，我真的怀有一点点私心，但这也是唯一的办法。作为年轻人，作为龙族首领，我自是想名扬天下，不过，这也是因为我们龙族所有的战士都曾是九黎族的奴隶，因此，我们恨九黎族，更要阻止他们再去奴役其他各族兄弟，这便是我们此次出手击退九黎族的根本原因。如果族长不相信我，完全可以去问跂云兄！”

跂蚂面对轩辕这么坦诚的解释，禁不住有些不好意思起来，干笑道：“恩公误会了，小老儿怎会不相信恩公呢？我们一族人的性命都是恩公所救，此刻命运更与龙族紧紧联系在一起，自然只有坦诚合作方能多一点生存的机会，小老儿自然明白！”

轩辕再次露出了微笑，他知道跂蚂将会完全相信他，而这些也全都是必要的。轩辕对自己的未来充满了信心，他要让圣女凤妮看看，一个被忽视的人那绝对的强大！

当轩辕知道圣女一直在欺骗他时，他便已决定，一定要成为天下瞩目之人，或许，这之中有赌气的成分，但这也不能说不是一种极有效的动力，奋起的动力。

“如果恩公真的要去君子国，小老儿愿意带路一试，但是否能够让他们派出高手相助，我也不敢肯定。”跂蚂吸了口气道。

“如此甚好，也许是无功而返，但我们却不能连试都不试一下。至少，试一下会多一分希望，不是吗？”轩辕肃然道。

跂蚂涩然地点了点头，露出一个苦笑，没有谁比他更明白前去君子国的路途是多么艰险，那一片死亡的沼泽地几乎没有人能够活着走出来。当然，知道去君子国路径的人也就更少了，而君子国只是一个传说，他不明白轩辕为何能够如此清楚跂踵族与君子国之间的关系。不过，跂蚂也并不知道此刻的君子国究竟是什么模样，是否有了很大的变化。

“燕子姐姐，你看我师父是不是很帅？”跂强不知道什么时候挤到跂燕的身边，一拉跂燕的手，嬉笑着问道。

“去你的，人小鬼大！他是你师父吗？”跂燕没好气地甩开跂强的手。

跂强尴尬地笑了笑，道：“他总算教过我功夫，就算他不认我这个徒弟，我也会认他作师父。”

“你呀，也不害羞，去去去，别在这里碍手碍脚，妨碍我为乡亲们治伤。”跂燕没好气地道。

“我看燕子姐姐是被我说中了心思，恼羞成怒了……”跂强诡秘地笑了笑，嬉皮笑脸地道。

跂燕一呆，竟真的有些恼羞成怒的样子，愤然道：“看来真得好好教训你了，越来越不成体统，说话没一点分寸！”

跂强倒吓了一跳，似没想到跂燕反应这么强烈，不由得吐了吐舌头，转身不等跂燕出手便逃了出去。

“师父……”跂强刚欲出门，却一下子撞到跨门而入的轩辕身上。

“哟……”跂强一句话未说完便遭跂云一栗暴。

“再三叮嘱你还听不进！”跂云也有些微恼。

跂强有些委屈，但却不敢有违父亲的旨意，怯怯地叫了声：“大首领！”

“云兄何必责怪小孩子？”轩辕有些过意不去，旋又扭头对跂强温和地道，“这里没有你的事了，你出去吧，别跟你燕子姐姐胡闹。”

跂强望了跂云一眼，嘟着小嘴扭头便跑了出去。

跂燕埋头为伤者敷药，装作根本就没有发现轩辕进入的样子。

跂云的脸上有些尴尬的神色，倒是轩辕毫不在意地笑了笑，大方地走进屋中，也不去惹跂燕，只是专心地为痛苦呻吟着的伤者把脉。

“云兄，我的银针在哪里？”轩辕向身后的跂云问道。

“很痛吗？”轩辕向炕上咬牙呻吟的汉子柔声问道。

那汉子虚弱地点了点头。

“别动，我来替你镇痛！”轩辕接过跂云送来的几枚细长的银针，飞速在那汉子身上扎了数下，那汉子身体一震，眼中闪过一丝讶异而惊奇的神采。

“现在感觉怎么样？”轩辕问道。

“不痛了，比刚才好多了，多谢大首领！”那汉子竟然能开口说话，而且真的是精神好多了。

跂云眼中露出敬服之色，他也曾是九黎族的奴隶，但轩辕却使他重获了自由，更教他练成了一身功夫，成为龙族战士的一名队长。这对于他来说，的确是一种荣耀，是因为轩辕而骄傲。在他的眼里，轩辕的的确确是一个最好的领导者，能与众兄弟同甘共苦，更对众兄弟推心置腹，对武技也不藏私，最难得的是能将数百奴隶兄弟编排得有条不紊，纪律严明。从轩辕的身上，他似乎看到了辉煌的未来，这使他为自己能成为龙族战士的一名队长而自豪。

轩辕以银针替伤者镇痛止血，似乎都有奇效，便连闷头为伤者上药的跂燕也只是呆呆地望着轩辕一阵忙活，有种说不出的惊讶和钦佩。

跂燕当然认出了轩辕是自瀑布之中蹿出的那用刀高手，在她的印象中，轩辕除了武功深不可测外，就是喜欢故作神秘，但她此刻对这神秘的男子更是有种高深莫测之感。

片刻间，室内二十多名伤者几乎都没了呻吟之声，气氛变得很平静，这是任何药物都无法达到的效果，而轩辕却只用了几枚细长的银针便做到了，这对于跂踵族人来说，简直是一个奇迹。

“怎么会这样？”跂燕不敢相信地惑然自言自语道。

“这样才合情理！”轩辕笑了笑，肯定地道。

“你的针上有什么药?”跂燕问道。

“没有任何药，但我的针却有灵性!”轩辕逼视着跂燕，似笑非笑地道。

跂燕脸上泛起一阵红润，迅速放下手中的东西，大步自轩辕身边擦过，溜出门外，只留下跂云愕然色变。

轩辕转身望了望跂燕消失的背影，心头涌起了一丝古怪的情绪。再看看跂云，不由淡然道:“云兄不必心存芥蒂，我这就去找她!”

“大首领还望勿怪才是，她还小，不懂事……”

“我怎会怪她呢?你认为我是这样的人吗?你去吩咐众兄弟作好伏击和撤退的准备，其他的事就不用多管了。”轩辕淡淡地吩咐道，同时也大步向跂燕背影消失的方向行去。

丛林中跂燕蓦地停下脚步，生气地扭头瞪视着随后而来的轩辕，质问道:“你为什么一直跟着我?”

轩辕似没想到跂燕突然止步，而且回头如此反问，不由得老脸一红，大为尴尬，所幸周围并没有人，只是一片空寂的山冈，几棵叶密枝繁的大树更使这种场景显得幽静。显然跂燕也是对轩辕手下留情，否则的话，就不会选择一个无人的地方让轩辕难堪了。

轩辕本来想好的话在跂燕那目光熠熠的逼视之下，竟然不知道该从何说起，而且跂燕的质问使他大感无以应付。

“如果我说之所以跟着燕姑娘是因为惊讶于燕姑娘的美丽，燕姑娘相信吗?”轩辕突然一本正经地道，双眼坦诚地与跂燕的美目相对。

跂燕脸上升起一丝恼意，但却并没有生气，只是平静地道:“我为什么不相信?但你不觉得这样做实在有损你自己的身份吗?”

“燕姑娘如此说便错了，遇美而猎之是为勇者，爱美之心人皆有之，何谈有损身份?何况，我只是顺其本性而行，乃自然之意，顺乎天意，顺乎人心，可算是至真至性之举，这难道也有错吗?”轩辕平静地反问道。

跂燕不由得愣了愣，她倒是有些无法应对轩辕似是而非的答话，心中又好气又好笑，但神情已不如刚才那般冰冷了。

“狡辩，按你的意思是说已将我当成猎物了?”跂燕斜眼冷问道，同时伸手将被风吹乱的秀发向身后拂了拂，让其披于肩头。

“燕姑娘似乎对我成见颇深。”轩辕不答反问道。

跂燕淡漠一笑，道：“被人当作猎物看，试问这只猎物还会对猎人叫好吗?”

“我并没有将燕姑娘当猎物看呀，难道燕姑娘认为我此刻对你有什么不公平的对待?”轩辕反问道。

跂燕不语，只是将目光投向那正在树枝上栖留的云雀。

“不说话便是没有，既然没有任何不公平对待之处，那便是说在同等的条件下，你和我之间都平等以待，何谈狩猎与被猎？猎人对猎物是无所不用其极，为得猎物，不计手段，但我有吗？我只惊于燕姑娘的气质和雍容，欲以朋友相待，而燕姑娘却拒人于千里之外。”轩辕顿了一顿，吸了口气又道，“当然，任何人都有自己的喜好和选择的权利，也许我只是在做一厢情愿的美梦，可我的心意是真诚的。我不能勉强燕姑娘苟同我的观点，更不能强人所难，今日跟在燕姑娘身后，只是想对你说，你完全可以不必这样回避我，只要直说讨厌我轩辕，让我不要对你想入非非就可以了……”轩辕无奈苦涩地笑了笑，继续道，“我本不该说这些，如果说错了，燕姑娘便当我什么都没讲好了，我就不打扰燕姑娘了。”轩辕说完真的转身便向跂燕的反方向行去。

跂燕呆了呆，望着轩辕伟岸的背影，顿时生出一丝歉意。

“燕妹，你做得很对!”跂华的声音吓了跂燕一跳。

跂燕忙自轩辕消失的方向收回目光，扭头惊讶地望着自身后行来的跂华，讶然问道：“你什么时候在这里的?”

“我在这里很久了。”跂华嘿嘿笑道。

“刚才你都看到了?”跂燕心中有些不快，但语气却很平静。

跂华也许是心中极为痛快，是以竟没有觉察到跂燕语气中的些微变化，点头欢快地道：“我都看到了，燕妹做得很对，像他这样的人，自以为有什么了不起，根本就不把天下的女人看在眼里，燕妹给他点教训也好，让他知道天下的女人并非都是容易得手的。”

跂燕听得眉头直皱，望着跂华那一副兴奋的样子，她却找不到半点成就感，反而觉得跂华变得有些陌生。

“你怎么了?”跂华发现跂燕的表情有些落寞，隐隐地感觉到了一些什么，不由小心翼翼地问道。

“没什么，我只是有些累，可能是因为昨晚没有休息好，我想回去休息。”跂燕淡淡地道。

“我送你回去!”

“不用了，我自己走。”跂燕说完不再理会跂华，转身就走，只留跂华呆愣愣地不知是哪里做错了。

跂华错愕之时，心中竟升起了一丝莫名的恨意。

帝十十指爆出一阵脆响，又是轩辕！只是他有些奇怪轩辕的那群龙族战士是自哪里来的，怎会如此神奇地躲过了他们的视线而对帝弘进行攻击?

敖广根本就不管这些事，神谷与帝十的属下本就是两个群体，虽然在某些事情上是相互合作的，但却是各自为政，互不相干。是以，对于帝弘的惨败他并不需要承担任何责任。

当然，帝弘今日的出击只是试探性的攻击，并没有打算真的能够攻下跂踵寨，这只是为了实现九黎族三天期限后的承诺，以便不让外人小看了九黎族的承诺，更没想到轩辕竟能带人如此神出鬼没地对帝弘施以无情的打击，使得九黎族的战士铩羽而归。

帝弘不敢出声，因为打了败仗并不是一件光荣的事，而且，他是最先选择逃命之人，是以，他不敢出声。

其实众属下并没有反映帝弘最先逃命的丑事，事实上也只有帝弘的几个亲信才知道其首先逃离。

“此人不除，始终会是眼中之钉，也不知道这小子还会弄出什么乱子来!”敖广淡淡地道，顿了顿又道，“轩辕这小子绝不可小觑，听说连刑天之弟刑月都栽在他的手中。当初将圣女凤妮安全送到这里，也全是这小子的功劳，可见这小子的确有点门道，居然每次都能在危急之中将人救出来。”

帝十狠狠地瞪了帝弘一眼，冷冷地道："你立刻给我收拾东西，滚回神堡，如果在神堡之中不规规矩矩地练功，别怪我不念父子之情!"

帝弘噤若寒蝉，丝毫不敢有半点违拗。若说在这个世上还有帝弘心畏的人，那这个人便是帝十。

帝十很了解帝弘的性情，自然明白今日之惨败与帝弘不无关系，对于这个儿子，他的确很痛心，但毕竟是亲生骨肉，赶帝弘回神堡也只是他所能做到的最强硬的方式。

"还不滚?!"帝十叱道。

"是，孩儿这就去收拾东西。"帝弘怯怯地道，说完头也不敢抬地退了出去。

帝十又扫了室内所有人一眼，杀机涌上天庭，坚决地道："大举进袭歧踵寨，我倒要再去会一会那小子!"

"公子真的决定回去吗?"百变虽然受伤不轻，但依然正色地向帝弘问道。

"不回去又怎办？难道让我连爹的命令也要违抗吗?"帝弘没好气地道。

"我不是这个意思，只不过，公子这一回等于与歧燕那美人永别了，难道公子舍得放弃这块轻易便能到手的肥肉?"百变又道。

帝弘脸色微微有些愤然，但旋即又叹了口气："轩辕那小子的武功你又不是没有见过，除非是敖总管或爹亲自出手，否则谁还能在他的手中将美人夺回来?"

百变眉头微皱，心中却暗恨，想到轩辕的勇悍凶狠，他的确有些心悸，但轩辕那一脚之仇若是不报，他心中也有些难以释怀，想到帝十，他又计上心头，道："长老他绝不会放过轩辕的，而且长老定是很快便会对轩辕和歧踵族采取大的行动。这样一来，我们并不是没有可能自轩辕的手中夺到歧燕。"

帝弘的眸子之中也闪过一丝亮彩，深深地吸了口气，惑然问道："你是说让我假走，然后潜回来伺机而动?"

“公子真是聪明至极，一点就通。只要我们小心行事，长老是不会发现的，何况神堡方面只要我们小心安排一下，还不是轻而易举之事？只要不是长老亲自发现，这群兄弟们大概也只会睁一只眼闭一只眼。何况，便是长老知道你没走，也不会怎么责怪你的。”百变说到这里目光投到帝弘的脸上，似乎是在等待帝弘作出决定。

帝弘的脸色阴晴不定，但很明显有些松动，扭头望了望窗外忙碌的九黎战士，想到跂燕那充满傲意和灵气的绝美，心中填塞着无限的惆怅和不舍，不过，他倒真的是有些惧怕帝十。

半晌，帝弘才咬咬牙，狠狠地盯着百变，沉声道：“一切都由你去安排，如果有失，拿你是问！”

百变显得极为镇定，诡秘地笑了笑道：“属下保证会做到万无一失！”

跂踵族妇孺的行装其实早便已经收拾好，只是根本来不及走，此刻九黎族的攻势一瓦解，便以极快的速度在跂发的带领下向范林进发。而跂踵族的壮丁也依轩辕的意思轻装而行，一边撤走，一边掩护这群妇孺，只在一个时辰之内，跂踵寨像是完全变了个样。

跂蚂听跂云讲到这些年所发生的事，当然少不了在神堡之中发生的一切，便也真正相信了轩辕的善意，因为他相信跂云。是以，他答应留下来带轩辕前往君子国。

轩辕并不是第一次与帝十交手，他不惧帝十，但他却无法抗衡神谷与九黎族的众多高手。是以，他并不想与帝十正面交锋，虽然他身边的这群龙族战士经过一个冬天的强化训练，已经足以与九黎二级勇士相抗衡，但这群人他并不是用来牺牲的，而是用来为自己的将来作铺垫。因此，这群龙族战士的生命可算是极为珍贵的，绝不能随意浪费。

跂蚂的决定让跂踵族人全都有些错愕，但跂燕很快便知道是轩辕的原因。是以，她来找轩辕了。

轩辕微有些惊讶地望了跂燕一眼，放下手中由桃红亲绘的草拟地形图，道：“请坐，燕姑娘有事要找我吗？”

"是你让爷爷去死亡沼泽的吗?"跂燕气势汹汹地质问道。

"应该是去君子国，也可以说是让你们认祖归宗!"轩辕立刻明白跂燕所为何来，于是更正跂燕的说法道。

"这又有什么分别?去君子国便一定要经过死亡沼泽，只怕你们还没有到君子国便已死在了沼泽之中。"跂燕对轩辕的回答并不满意。

"你为何如此肯定?"轩辕反问道。

"你是不知道那片沼泽之中会有什么事情发生，我们跂踵族却是比任何外人都清楚其中的凶险，除非你穿过九黎族，再绕到君子国，否则的话，几乎没有人能够自沼泽中走出!"

"也许我们能够安然走出呢?"

"没有也许，如果你们要赌的话，这一切就都没有意义了，我不以为去君子国搬回那么几个援手就值得拿自己的生命作赌注，办法是人想出来的，人是活的，难道我们不能够另想他法来应对眼前的危机?"跂燕激愤地道。

轩辕默默地望了跂燕一会儿，无可奈何地笑了笑，道:"也许你说得很对，办法是人想出来的，人是活的，可是如果我告诉你，我之所以定要去君子国并非只是为了请来几个高手，而是另有目的呢?"

"如果是关系到你私人的问题，我觉得你让我爷爷陪你去送死，这是一种自私;如果是为大家着想，何不将问题摊开来，由我们共同商讨呢?"跂燕依然与轩辕对面而立，气势逼人地道。

轩辕倒有些招架不住跂燕咄咄逼人的词锋，他这算是第二次领教了这个貌美如仙的美人的厉害，但跂燕所说的也的确有道理，不由苦笑道:"我算是服了你。好吧，如果你能够去给我弄一张前往君子国的线路图，标出沼泽中的路径，我便不需要族长带路。"

跂燕得意地一笑，旋又有些不好意思，略带歉意地道:"你应该理解……"

"你不用再跟我说这些废话了，骂也被你骂了，你还是快点将功折罪，弄一张线路图来吧……"

"你真的要去君子国?"跂燕禁不住又为轩辕担心起来。

"那还能有假?"轩辕反问道。

“可是那沼泽之中处处都充满了死亡危机，你又何必要冒这个险呢？”跂燕劝道。

“我这人最怕的就是女人唠唠叨叨和流眼泪，至于死嘛，我还没有想过，何况我从不会改变自己决定的事。当然事有轻重缓急，那就要看时间的安排了。”轩辕没好气地悻悻道。

跂燕忍不住扑哧一声笑了起来。

“你笑起来可比板着脸好看多了，真不明白你为何老是喜欢板着脸。”轩辕调侃道。

跂燕忙又板起脸，毫不在意地道：“那要看是对谁了。”

“哦，还怕我偷走你的笑容吗？”

跂燕淡淡地瞟了轩辕一眼，道：“我去给你准备通过沼泽的路线图，待你有命回来的时候再开这些并无意义的玩笑吧。”说完转身便退了出去。

“云叔……”跂燕才走到门外，跂云刚好快步行来。

跂云有些意外地望了跂燕一眼，道：“你怎么还没有准备走？”

“我不走！”跂燕道，但又问道，“发生了什么事？”

跂云没有回答，只是快步行入了轩辕的房中。

“大首领，帝十和敖广分为两路已经逼近，大概再过一炷香时间他们便会发起进攻了。”跂云担心地道。

“有多少兄弟伏于路上？”轩辕问道。

“只有百余名兄弟伏击，其他的兄弟依照大首领之意已经撤离与二首领会合。”跂云道。

“很好，一切就依我最初的决定，今后好好地配合二首领，我将会把帝十他们引入沼泽之中。”轩辕沉声道。

“大首领真的要去找薰华草？”跂云担心地问道。

“不错，桃红说得没错，花猛他们的心志已被惑，成为了神谷中的杀手，唯一可以解除他们心灵禁制的便只有薰华草。因此，我必须亲去君子国一趟。”轩辕坚决地道。

“可是这沼泽……”

“你什么都不必说，我知道该怎么做，他们都是我最好的兄弟，为兄弟去冒险没有任何不值，你只需要好好地配合贰负将我们龙族战士壮大起来就行。我相信自己一定会活着回来！”轩辕自信地道。

跂云的眼里再次露出崇敬之色，他的确为拥有这样一个首领而自豪，虽然轩辕是那么的年轻。也许正因为年轻才会更具斗志，更具活力，行事更坚决果断。

“好了，去将为我准备的所有东西全都拿来！”轩辕双手合上摊在桌面的地图，浑身充盈着无尽的斗志。

“我也跟你一起去！”桃红没有一丝紧张地拉住轩辕的手道。

轩辕深深地望了桃红一眼，露出一丝柔和而自信的笑容，淡漠地道：“你如果希望我分心，你就去。”

“我完全可以照顾好自己……”

“在一个凶吉未知的世界里，谁能够称得上完全可以照顾自己呢？”

“但多一个人总会多一分力量！”

“你又错了，一只蚂蚁咬不死老虎，再加几只也同样没用，但如果蚂蚁多了反而多少会被老虎踩死一两只，你明白这个道理吗？”轩辕拍了拍桃红的肩头，笑道。

“可是你又怎能让我放心？”

“你要相信我，我并不是要去杀死这只老虎，而是在这老虎的爪下保住性命，这绝对不是没有可能。我的体质不同于常人，完全有一搏的可能，但是你却不行。因此，你便安心地等我回来吧。”轩辕自信地道。

桃红的眼中无法掩饰那缕担忧的神采。这几个月中，她为能成为轩辕的女人而自豪，一种新的生活使她感到了生命的充实，但是此刻又要分别，而且前途充满了危机，一下子让桃红的心中种下了深沉的阴影。但她明白，轩辕决定了的事情是绝对不会改变的，只好将一切需要准备的东西为轩辕披挂好。

“钩索、长枪和几种大些的东西都在沼泽边。”桃红幽幽地道。

轩辕坦然地一笑，在桃红的俏脸上轻吻了一下，但桃红却反过来将他抱紧，主动送上一阵疯狂的热吻，像是把所有生命的激情全部爆发在这一阵狂烈的热吻之中。

轩辕毫不客气地接受这送别的热吻，却被桃红的热情挑得欲火奔涌，若不是大战在即，轩辕定会如昨夜一般疯狂地缠绵一番，不过此刻一双大手也极不老实地四处揩油，直让桃红浑身发烫，喘息不已。

“好了，我该走了，你好好保重，等我回来，定会要你给我生个胖儿子！”轩辕推开桃红，重重地在其丰臀上拍了一下，笑道。

桃红一脸红潮，她永远都无法抗拒轩辕的挑逗，此刻虽然是依恋至极，但现实却使她不能不抑制春情。

“这是我们族先人所留下的一张沼泽路线图，我将它照原样摹画了一份，这是原样，你要多多保重。”跂燕说完将一张陈旧的羊皮交给轩辕，语气难得的缓和。

轩辕笑了笑，接过地图纳入怀中，道：“你放心吧，大自然之神和神龙会眷顾我的，我一定会平安归来。”

“是我误会了你，对不起！”跂燕小声地道。

轩辕讶然不解地问道：“你怎这么说？”

“我听了你和云叔的对话，原来你是为了救朋友才去冒险的，你是个了不起的好人。”跂燕低下头，偷瞟了轩辕两眼，幽幽地道。

“哈，你抬举我了，好人倒是真的，了不起却不见得。好了，这里已经不适合你再留下，带着族长赶快随你云叔撤离此地吧。我要去见见九黎族的老朋友了！”轩辕坦然地拍了拍跂燕的肩头，悠然一笑道。

跂燕抬起头来，轩辕已经转身向跂踵寨外行去，那高大而完美的背影像是一尊屹立的神。她第一次发现这个和她一般年轻的年轻人有着如此完美的体形，更第一次感受到来自异性身体的气势和自信，就像一团燃烧的烈火。

轩辕消失在跂燕的视线中，但跂燕心中似乎仍隐约地晃动着一团火，充满无限生机的烈火。当她回过神来的时候，竟有着说不出的惆怅和失落。

帝十十分小心地前进，轩辕留给他一段极难忘的记忆，也是他心中最为耻辱的一个印记。

帝十无时无刻不在想着将此烙印洗去，但他却明白轩辕绝不是个简单的人物，神堡和神谷的教训都是以血铸成，数以百计的九黎战士之死，还有帝十三、帝恨，轩辕可算是帝家的灾星，也是九黎族的头号敌人。

九黎族中欲把轩辕碎尸万段的大有人在，敖广也有此意。就是因为那日被轩辕痛耍了一记，让他遭遇了从未有过的尴尬。但，敖广也不能不佩服轩辕，比如，以如此年龄、如此薄弱的实力能够让强大如九黎族损兵折将，铩羽而归，那的确是一个奇迹。

在内心深处，敖广对轩辕存在惧意，不仅仅是因为帝恨的失手，也是因为轩辕那式神鬼莫测的剑法，使得他内心永存一个解不开的结。他总在想象，轩辕那式同归于尽是否已经练成？因此，这次的主攻他交给了帝十，让帝十去面对轩辕那惊天动地的杀招，他再随后捡便宜。不过，轩辕也的确让人觉得有些高深莫测，敖广至今仍然无法明了为何轩辕会突然恢复功力。正因为轩辕的身上透着许多神秘，才会使人更为担心，更为害怕。

帝十望着零乱的弃物，肃立远眺，却并没有发现仓皇而逃的跂踵族人。

“他们似是刚刚撤走！”帝放始终是帝十最忠心的战将，望着眼下有些零乱的弃物道。

“如果我们快速追击的话，相信应可追上他们。”百战也附和道。

“轩辕不战而退，你以为他会傻得留下这么多一眼就可看穿的杂物吗？而且，他身边有数百可战之人，为什么要仓皇而退？即使是仓皇而退，他也会留下人马来阻止我们的追袭。以他们的实力，如果正面迎战会不足为虑，但若是暗中伏击，你们认为我们会有多少成胜算？”帝十冷冷地分析道。

百战不语，对于轩辕的龙族战士，他比帝放了解得更多一些。因为在这之前他与轩辕的战士交过手，以轩辕身边众人的力量，若是在全力伏击的情况下，帝十所领的五百战士的确不会有大的胜算，这并非危言耸听。

帝放也不语，对于帝十的话，他从不表示怀疑。因为他也领教过轩辕伏击的本领，那次也同样是以弱胜强，使他尝到了有史以来最为残酷的一败。

“分成四组，百战，领一百兄弟前行探路；阿放和阿才各领兵八十于翼侧与百战呼应，发现任何敌人皆杀无赦！”帝十眼里充满了杀机，沉声道。

敖广不想见到轩辕，却偏偏遇到了轩辕，这似乎是命运故意与他开玩笑。

敖广一路上很小心，更派三十人一组的三组人马在前开路，可是轩辕竟一举将他的三组人马射杀两组，仅余三十余人，只得静伏不动。

一切都只是在刹那间发生，当他探路的三组人马发现轩辕的存在之时，已经完全走入了对方的射程之中，而且每个箭手都已找准了一个九黎族人作为目标。

轩辕身后的五十人全都是最好的猎手，箭法之准绝对是第一流的。是以，待敖广的那些人反应过来时，已经损失了五十多人。

轩辕只是站在高高的石顶上向敖广挥了挥手，然后与五十名箭手同时又消失在敖广的视线之中。

这里的石头太多，而且石头都很大，只要对方弓着腰，便很难发现对手的踪影。是以，才会有突如其来的偷袭。

敖广大怒，那群九黎人欲还击却已找不到目标。轩辕便像个幽灵一般，一击之后立刻潜匿，根本就不给敖广任何反击的机会。

敖广记起了轩辕在当初渡过黄河的时候也是这么挥手的，不由得怒从心起，大喝道：“追！”

轩辕走了，五十一道身影以极快的速度向跂踵寨的东北面奔去。

敖广怎肯放过轩辕？因为在东北面，帝十应该也是朝那个方向进攻，只要能够及时追击，说不定还能够与帝十夹击轩辕。

“给我全力追，绝不能放过对方！”敖广真是恨极轩辕，只是因为对方根本没有将他放在眼里，刚才那挥手的动作根本就是对他的一种挑衅，更是对他的一种污辱。

敖广身边很多人都是神谷中的好手，每个人都有着不俗的身手，在盯紧了轩辕后，很快便越追越近。

而此刻，轩辕又突然拐入了一片树林之中，因气候关系，这里的春天已枝叶茂盛，竟只能看到隐约的影子。

敖广心中大急，他怎能让轩辕就此逃逸？而此刻他似乎忘了逢林莫追的警语。

这绝对是一个失误，也是一个悲剧，或许是敖广早先曾中过轩辕的空林计，被耍了一场，此刻根本就不去想太多，是以，他领人冲进了树林。

敖广冲进树林，并没有发现轩辕，但却发现了一件让他惊骇至极的事情。

树林之中，竟蛛网似的牵系着许许多多的绳索，看似毫无规律，但却使敖广的心中注满了阴影。

“快撤!”敖广最先想到的便是这两个字。

“哈哈，迟了……”轩辕的笑声来自林子深处，而在轩辕笑声传出的同时，一支劲箭已穿过密密的枝叶，射断了一根横在虚空中的长绳。

哧……林间那如蛛网般四处缠绕的绳子似乎一下子失去了凭依，随着断绳滑散而下。

哗哗……呼呼……嗖嗖……哧……

整个林子在刹那间似乎全都沸腾起来，枝飞叶舞，似乎在林子里降下了一层密密的绿色云彩，大网下扑，陷阱下塌，箭矢如簧，更有粗大的树干轰然倒下……一切都显得那么突然，那么狂野和激烈，更是那般具有震撼力。敖广和众神谷高手一时之间根本就来不及退出，等他们作出反应时，那狂飞乱舞的枝叶和倒下的树干如罗网般将他们的阵形打得大乱，同时视线和听觉几乎全被这些枝叶扰乱，一个个都显得手忙脚乱。

“呀……啊……哟……”

惨叫之声不绝于耳，在这种情况下，敖广所领之人虽然功夫不俗，但又如何挡得了这些偷袭的暗箭？其中更有叶皇所设计的强大竹弓，数十箭齐发、杀伤力无比强大的竹箭。而且，在这林子的暗处，轩辕早已埋下了许多兽夹和铁钉，在这种混乱的场面下，这群已经乱了方寸的九黎勇士哪里还能辨别兽夹和长钉？

“轩辕，我要将你碎……哟……”敖广犹如发疯的野兽，一阵狂呼，但一句话还没有说完便发出一声痛呼，也不知道是踩上了什么东西，或是被暗箭所伤。

“哈哈哈……敖广，你在这里好好享受，等你出来后再讨价还价吧！”轩辕忍不住大笑道，同时搭箭射向一名刚自狂舞的枝叶中挣扎而出的神谷好手。

“呀……”那人本来就已经被扰得心神大乱，乍一钻出枝叶大阵，还来不及分清东西南北，便已中箭而亡。

轩辕的箭绝对没有分毫的偏差，而他身边的五十名龙族战士也是专找逃出陷阱之人放箭。

这群九黎人在这片茂林陷阱中已经乱套了，他们只能拼命地向外跑，拼命地分开头脸上的枝叶，以及躲避倒下大树的重击，在这样的情况下，根本就无法顾及到守候在一旁伺机而动的轩辕等人。

轩辕意气风发地连射十余人，却看到远处的跂云领着另外数十名龙族战士飞速奔来，于是向身后的人吩咐道：“准备撤！”

“帝十的人马已到，属下只能伤他七十余人！”跂云赶到轩辕身边，有些惭愧地汇报道。

“很好，我们只要给他们一个教训就足够了，相信他们永远都忘不了我们！”轩辕望着远处赶来的百战诸人，不由得笑了笑道。

跂云望着乱成一窝粥般的敖广和众神谷高手，不由对轩辕的布置佩服得五体投地。

“你们快撤！”轩辕命令道。

“大首领，难道你不与我们一起走吗？”跂云疑问道。

轩辕不高兴地道：“我不是早已说过了吗？你只需依计行事就行，没有必要让我重复许多遍。”

“是，属下明白！”跂云诚惶诚恐地道，随即迅速领着龙族战士向树林深处撤去。

轩辕依然像是在看戏一般，望着仍在陷阱中挣扎的九黎族众人，更箭不虚发地对侥幸爬出枝叶埋伏的敌人予以痛击，不过，他也为自己所布置的一切感到触目惊心。

那些最后侥幸自密叶间挣扎而出的神谷众人，脸上、头上像是生出一个个疙瘩似的爬满了一只只褐色的毒蝎，一个个都狂呼乱叫地惨号着，那绝望的神情让人毛骨悚然。

这些毒蝎全都是地蝎族的蝎王在这个冬天所培养出来的爱物，更是来自那片死亡沼泽的生命。蝎子在冬季都进入冬眠状态，但地蝎族却能够违反这一规律培养出一群剧毒无比的蝎子，这也是地蝎族的的绝密本领。

当百战赶到这片林间时，那些本来潜伏在枝叶间的毒蝎全都落地，四处乱爬，整个林间到处都是，只让那群九黎族的勇士们心惊不已。本来气势汹汹的架势，一下子变得缩手缩脚。

敖广显然是一个比较狡猾的人，不过也被毒蝎蜇了几口，但是却很侥幸地逃出了这片死亡区域，或许是因为他的功力深厚，才能够险死还生。

轩辕一箭射中了敖广的屁股，但却被百战和众九黎勇士及箭矢逼得自树干上落下。

“可爱的朋友们，再见了，我可没有工夫陪你们瞎闹。”轩辕向那群小心前进的九黎人漫不经心地调侃道，说完转身向沼泽的方向掠去。

帝十此刻也赶到了这片林子之中，眼见如此一片惨况，竟气恨得不知道该如何说话。

百战和帝放各领近百名九黎勇士尾随轩辕而追，如果这次仍让轩辕逃之夭夭，那不仅仅是敖广没有脸面回去面见风骚，而帝十也没脸回去向风绝交代。因此，他们一定要让轩辕死……其实，百战和帝放何尝不知道，在这种环境中若想抓到轩辕，那几乎是一件不可能的事情。但，他们还是要硬着头皮追，哪怕只是做个样子给帝十看。

敖广的脸面全都浮肿了起来，显示出这毒蝎的确剧毒无比，便连他这个总管此刻也顾不了身份地呻吟起来，那种痛苦是谁也无法承受的。

帝十望着敖广那副惨样，且屁股上还插着一支羽箭，他是又心痛又好笑，更有些幸灾乐祸。当然，他不能将之表现出来。

能够自陷阱中生还的人寥寥无几，而且生还之人或多或少地受了些伤，但树林之中的惨号之声却是越来越让人感到毛骨悚然。

帝十也不例外。面对轩辕这样一个对手，他的心中泛起了难以形容的寒意，他根本就不知道轩辕下一步将会以什么样的形式来对付他，他无法去揣测，但此刻见到那一群蠢蠢蠕动的毒蝎，竟不禁生出一阵恶心之感。

他不明白轩辕怎会弄出这许许多多的毒物来，如果轩辕具备驾驭这群毒物的能力，那实在是很可怕的一件事，前途也会更添许多凶险。

只此一劫，帝十和敖广所领之人便死伤近两百之众，就连敖广也在劫逃难。在这次交锋中，人员的损伤的确是太快了，如果像这样的情况再多出现几次，那后果可能还真的很难说。帝十现在有些后悔亲领九黎勇士前来与轩辕作战，他完全可以由其他依附的小部落前来为他打这一仗，那样九黎勇士也就不会损失这般惨重了。

面对轩辕，他似乎注定是难有胜利的希望，这也许就是一种宿命，难违的宿命。

敖广胡乱地在身上摸出一些镇痛解毒的药丸，一口气服下了很多，但那肿胀的脸上却涌起了比哭还难看的表情，这是他有史以来所受到最为狼狈的遭遇。面对帝十，他恨不得找个缝隙钻下去。

帝十望着敖广滴血的屁股，和那一瘸一瘸走路的样子，又是心寒又是好笑。

“送总管回营休息！”帝十吩咐道。

“长老，那阵中还有许多兄弟……”

“你能够躲过毒蝎的口吗？”帝十狠下心来，反问道。

那人立刻哑口无言，敖广心中却暗恨，知道帝十并不热心救神谷中的人，但他也没有办法，此刻神谷中的高手已经另行出动，他只能忍一时之气……

第五十二章　重战故人

轩辕驻足，似乎是在等待着百战和帝放的追来。但当百战等人进入了百步之内时，他便又起步而跑，完全是一副与百战捉迷藏的架势。

“就凭你们这样一群脓包，上山追猴子还差不多，想抓我，连门都没有！”轩辕讥讽之声不时地抛出，只让百战和帝放气得牙痒痒，但又难奈轩辕何。他们的速度始终追不上轩辕，在这深林之间，轩辕便像其中的精灵，飘忽而无法揣测。此刻他们之所以仍然继续追下去，只是为了争一口气，但内心也极度惶恐。他们根本就不明白为什么轩辕走走停停，似乎是在故意引他们深入。

最先忍耐不住的是帝放，他不想为这没有结局的结果带着这群兄弟们冒险，这绝对不值！是以，他首先驻足。

百战也驻足，并不是他们不想追，而是他们认为已经没有追的必要。

轩辕也驻足，却并非是为了引诱百战和帝放，而是因为他不得不驻足。其实，这种变故是出乎他意料的，但又是情理之中。当然，这便成了一种矛盾，是以，轩辕自嘲地笑了笑，顺手折下一根嫩嫩的树枝，无意识地在手指间绕了两道，自言自语道：“该来的，终还是来了。”

“是的，该死的，不能让他活下去！”一个冷冷的声音接着轩辕的话继续道。

轩辕的目光有些苦涩，这几人之中，至少有三个是他的旧识，竟是风大、风二和风五。他们曾是圣女风妮的护卫，也曾是轩辕的战友，但此刻却成了宿命的使者。

轩辕早就听桃红说过，叶七和风大诸人全都已成了圣姬的面首，更成了神谷中的一流杀手。更叮嘱过轩辕今后遇到这些人时，不要妄想对方会有丝毫的手下留情，因为在这些人的脑海之中，人性的一面已经完全被泯灭，被封存，所剩的只有一具野性的躯体和魔鬼一般的杀伤力……

“风大，你忘了圣女凤妮了吗?”轩辕心中仍有一丝侥幸存在，是以出声问道。

“我只知道，你是一个该死的人!”风大的声音极为冷绝。

轩辕笑了，笑得有一种轻松感，虽然他所面对的杀手共有八人之多，但他仍然很轻松地笑了。

没有人明白轩辕在笑什么，倒像是一个傻子在自导自演着一场闹剧。

轩辕笑，是因为他可以放手为之，绝不会再顾及曾经的情谊。他本就对伏羲氏来的人存有偏见，根本没有半点好感，就因为那个伏朗。若非曾经与风大诸人有过一段并肩作战的经历，他甚至想都不想便将其列入搏杀的对象之中。此刻既然风大说了这番话，轩辕自然不管对方是不是受了制约，他都可以毫无愧疚地攻击。所以，他才会感到一阵轻松。

“轩辕，你认命吧!”百战和帝放心中的欢欣自是难以描述的，他们与轩辕的交锋终于第一次占了绝对的上风。

百战心中十分清楚这群杀手的实力，这群杀手每个人都绝对不会比他逊色，这一点百战很明白。轩辕虽然厉害，但要在八名高手的合击之下占到优势，那是绝无可能的。

轩辕出刀，骤然出刀，没有半丝先兆，没有半点犹豫，在轩辕的笑声一停的当儿，刀已出!

刀出，犹如霹雳电火，以一种玄乎其玄的角度，以最野最狂的气势挥出。

轩辕便像一片暗云，一缕幽风，那种速度让百战心惊，让帝放胆跳，唯有那八名杀手的表情依然冷淡如初，他们根本就不会将内心的情绪表现在脸上，这便是杀手冷酷的本性，也是杀手的可怕。他们是经过神谷特殊训练才被选拔出来的拔尖人物，是以，他们能够很好地控制情绪，直到轩辕的杀机和那强大如风暴的气势完全吞噬了他们。

百战第一件事想到的便是好可怕的一刀，他从未正面与轩辕交过手，虽然他见过轩辕纵横于他所带的九黎战士之间，但在那种实力不是同一个级别的情况下，根本就无法真正地看出轩辕的真实实力。唯有此刻，他才明白，为什么帝十会将轩辕列为第一大敌人。

帝放曾经参与过与帝十第一次和轩辕交手的战斗，是以，他对轩辕的刀法是从来都不敢轻视的。不过，此刻再见轩辕出刀，他仍然禁不住震撼，只为这一刀的速度、这一刀的气势。虽然他此刻距轩辕仍有近百步之遥，可他已经深深地感受到轩辕刀上所生出的霸杀之气，那是一种君临天下、睥睨众生的霸气。那是一种感觉，深入人心的感觉。

虽然轩辕快若幻影，但他的形象却似乎是永远固定的，像一座不可搬移的大山，像一个巨渊……这当然是一种幻觉，只是因为轩辕太过快捷，太过诡异。

当……当……风大、风二的剑并没有抑止轩辕的攻势，反而被震得连退四步，他们简直不敢想象自轩辕臂间所爆发出来的力量有多么的庞大而无可匹御。

刀风之中，听到了潮声，听到了涛声，却少了风声——这是刀吗?

百战的心中也存在着这种疑惑，此刻他距轩辕八十步，可是潮声和涛声竟是那么的清晰，便如同他已经站到了黄河之畔，来到了巨瀑之旁。

轰……轰……轰……一串爆响之后，轩辕如苍鹰一般掠上一棵树干，在他刚掠上树干之时，发出了一声轻微的闷哼。

那八名杀手全都无一例外地被震退，他们在轩辕的刀下，根本就感觉不到人多的好处，每个人都感觉到只有自己在与轩辕对敌，更感到轩辕是在全力向自己进攻。一开始，轩辕的刀便已将他们完完全全地隔离，使他们无法成合围之势。是以，他们根本就不可能对轩辕造成任何伤害。

对轩辕造成伤害的是百战的劲箭，百战的箭快若疾风，更抓住了最有效的时机对轩辕偷袭。

在与八名杀手交手之后，轩辕后力已尽，根本就无法回防背后的暗箭，所幸因为他的速度太快，百战根本就捕捉不到他的准确位置，只能射中他的后肩，但却只是落在轩辕斜负于背上的刀鞘之上。

嗖嗖……百箭齐发，目标全是轩辕栖身的大树。

咚咚……轩辕身子一缩，借树干掩护险险避过这要命的一轮疾箭，但他栖身树干的另一面已像刺猬之背。

“他娘的！”轩辕低骂一声，哪还赶停留？迅速横移上另一棵大树，他岂能等死？如果百战和帝放所领的近两百九黎勇士赶到，他还不成为真正的刺猬才怪。

“想走？没有那么容易……”风大冷哼着带头向轩辕疾扑而至，他们绝不想看着轩辕逸走，因为他是九黎族的最大敌人。

轩辕心中暗自叫苦，光只这八名杀手他倒也不惧，但却有两百九黎勇士赶来，他怎能被绊住，一旦被缠住，那将只有死路一条。可是风大八人来势极凶，他又不能不战！

哗……轩辕足下用劲，一根断枝如利箭般射向风大，而他的身子则自风二和另外两名杀手的头顶疾掠而过。不过，他并没有丝毫的欢喜之情，因为风五和另外四名杀手已经守在他将落足的地方。

风五的眼中闪过一丝极为狠厉的杀机和冷笑，他根本就不相信轩辕能够逃出他们八人的围攻，尽管轩辕的功力高得超乎他们的想象，但是一人之力终究有限。

轩辕的刀法的确诡异至极，也实在是很可怕。风五的目光随着瞳孔的收缩，仍然能够捕捉到轩辕的身形和刀迹，是以，他只是静静地等待，等待着最后一刻向对方施以最为致命的一击。但他似乎有些失望，不仅仅失望，更有着许多的惊骇，惊骇是因为轩辕的一声轻啸。

如龙吟凤鸣的轻啸，裂云插天，声韵扶摇直上九霄。

裂云插天，不仅是轻啸，更有剑气，轩辕竟在轻啸之时，突然加速，而且弃刀换剑，一切都是那般突然，那般快捷，一时间剑气奔腾，似山雨狂洪将泄。

这的确是完全出乎风五诸人的意料，其实他们根本就想不到轩辕竟能够在空中突然加速出击，等他们反应过来之时，轩辕的剑已经逼临面门。

剑气森寒至极，犹如又返回了万物俱伏的严冬。

风五首当其冲，与轩辕利剑相击，却只发出一声极轻的脆响，然后便是两声惨号和一声闷哼。

轩辕已如一团光影般破开风五的围截，只是他的背上多了一深一浅两道剑痕。但风五的右臂竟齐肩而断，另一名与风五并肩者却成了四截，包括他与风五的剑。

这个结果实在是太出乎风大的意料了，他怎么也想象不到四人的联手一击竟然以惨败告终。

风五惨号之中，突忆起轩辕那柄削铁如泥的含沙剑。

的确，轩辕手中正是当初借给柔水的含沙剑，此刻却又再一次回到了轩辕的手中。

轩辕以神剑无坚不摧的神锋和快若疾电的速度终于破开了风五的堵截，虽然如此，但仍然免不了受了两剑。

当然，任何事情的成功都必须付出代价，只是或大或小而已，至于这个结果，也是在轩辕的意料之中。在战场中，若想完好无损便能获得胜利，这是绝没有可能的事情。不过，这也是给轩辕一个教训，他实在不该故意去逗帝放和百战，这才使他陷入被人围猎之局，否则的话，仗着神剑之利，并非没有一战之力。

当然，轩辕知道神谷并非只派出这几个杀手，只是他并不知道另一批杀手存在于何处，或许会出现在最要命的时候，因此，他不敢再与这群人缠斗下去。何况，帝十大概也赶来了，单只帝十一人便足以对付他，是以，轩辕更没有再行玩耍的理由。

这数月来，轩辕对自己的武功进境很自信，包括功力的增长。他无时无刻不在催逼自己练功，就是因为他想到帝十和帝恨就不能不给自己施加压力，以他目前的武功或许还有可能与帝十一战，但比之未受伤之前的帝恨仍要逊色一筹。更何况，在神谷中还有风骚和四大供奉，更有那从未谋面的风绝及帝氏兄弟。有人传说帝大的武功比帝恨更可怕，乃是帝氏家族中的第一高手，比之风绝、风骚也不逊色，但那是个极为神秘的人物，并没有什么人见过帝大出手，至少轩辕熟识的人无法告诉他这一点。

风大和风二清晰地感觉出此刻的轩辕已非当日的轩辕，无论是气势还是功力都似乎已脱胎换骨，变成了另外一人。他们根本不知道轩辕这数月间，每天都至少要在瀑布中练功半个时辰，无论是多冷的天，这对于许多人来说，简直是一个奇迹。正因为是奇迹，才会创造出奇人奇事。便连叶皇都难以置信轩辕的这种练功方式。不过，叶皇却再也不奇怪为何轩辕的躯体竟能比猎豹更能抗打，猎豹所修习的硬外功，一身铜筋铁骨，而轩辕身上的肌肉不仅抗打，更能生出一股强大的反弹力。是以，他在第一次与轩辕决斗之时，竟败在轩辕的以拳换拳之下……

轩辕没有停顿，此刻他身上已有三处伤，虽无性命之忧，但痛楚却不小，且仍在流血，是以，他绝不想纠缠下去，施展足力向沼泽方向掠去。

这之中的变化只是在很短的时间内发生，等百战和帝放发现结果，一切都已迟了。

“追……”百战竭力喊道，此刻轩辕受伤，他更不想错过这个机会再让轩辕逍遥而去。

轩辕虽受伤，但却并不太影响自己奔行的速度，而且他仍能够在奔跑之时为自己肩头止血。不过，由于刀伤在后背，受手臂所限，无法自行止血，使得一路留下了许多血迹。

很快，轩辕便已奔到沼泽的边缘。对于这里，轩辕很熟悉，因为这是他曾经经常出没之地，但一直都没敢深入沼泽。

沼泽确是一片死亡之地，但也藏着许多外面所无法找到的绝世奇物。其实，这片死亡的地狱也是一个天然的宝库。

沼泽的边缘，是一片矮黄木，这里的景色有些特异，那是因为这里的树木并不高大，而是盘根错节，横向铺开生长，树木的皮色略带青黄，这便使得沼泽地区与其他地区有了一条明确的界线。

轩辕找到了桃红所留下的东西：几筒羽箭；一双长筒皮靴，显然是特地为渡过沼泽用的；一长串细细的丝绳；一根钩索；一杆短铁管；一大包药物和几套换洗之衣以及手套。

轩辕暗赞桃红细心，特别是从那双皮靴上可以看出其精巧之处。靴长两尺，是以经过熬煮后再以药物处理过的整张鹿皮所制，绝不渗水，更具有极好的韧性，其底部更以罗罗鳞片结成护肉。

轩辕认识这几片大鳞，当初他与叶皇猎得奇兽罗罗之时，便发现其脐部有数十片大鳞，刀剑难伤，唯含沙剑可将其切碎，却没想到桃红竟将这十多片大鳞镶在他的脚底，显然是为防备有什么东西刺穿了靴底而伤了脚掌。靴内设有两个暗袋，一边放有一柄半尺长的短刃，与轩辕怀中的小银刀模样很相似。其实，这双靴子还有一个最大的优点，便是可让一些小毒虫不敢向上攀爬，甚至走避。那便是药物泡制的效果，在龙族战士之中，有与毒虫打交道的高手，这点药物处理根本就是小儿科，但对于在沼泽中生存却又成了极有用的招数。

那一串细细的丝绳却是范林的玄蚕之丝，跂云花了数月时间才找到这许多玄蚕之丝，然后结成绳，这些绳子虽细，但却足以承受千钧之力，比之粗藤有过之而无不及。

一切的配备比轩辕想象的都要精良，也使轩辕更充满了信心，但在他欣赏这一件件小玩意之时，却发现了一个本不该发现的人——跂燕。

“你……你怎会在这里？”轩辕大惊地问道。

“我来为你带路，这条路若没有人带，最终还是会迷失在沼泽之中，永远也不可能走出去！”跂燕极为平静地道。

“你快走，我不需要你带路，他们很快就要追来了！”轩辕又气又感激，激动地道。

“不，我不走，你救了我的族人，便是我的恩人。是以，我绝不能看着你一个人去送死。没有人会明白这片沼泽有多么可怕！”跂燕大步走来，一身轻装加上一个包袱，脚上也穿着一双长筒皮靴，只是靴底似乎特别宽大一些，靴尖更向上扬起，犹如木舟的形状。

“既然这是死亡沼泽，难道你不怕死吗？”轩辕迅速将家当装入一个包袱中，包括一些干粮，同时把钩索向腰际一缠。

“生与死在这个世间已经太过平淡，它无时无刻不充斥在我们的身边，也无时无刻不存在于我们的身边，死亡已经不能对我造成任何的恐惧，我不怕！……啊，你受伤了？我为你包一下！”跂燕态度似乎极为坚决，迅速自包中抽出一些布条，与一包膏状的药物，不由分说地为轩辕包扎起来。

“谢谢！”轩辕目光向远处投去，不由得露出一丝苦笑，道，“现在便是想将你送回去只怕都不行了。他娘的，这群龟儿子来得可真快！你现在后悔了吗？要是你后悔了，我拼了老命，也要杀回去送你去见你爷爷！”

跂燕显然也发现了迅速赶来的敌人，脸色微变，不答反问道：“你刚才便是从他们中间杀出来的？”

“不错，不过却没能多宰他几个，算他们走运！”轩辕似乎不无遗憾。

跂燕有些不敢相信地望了轩辕一眼，想到那气势汹汹的数百九黎勇士，而轩辕只是孤身一人，这之间似乎毫不成比例，的确有些让她难以想象。不过，她并不想去追究其中的过程。

“西边仍有一个缺口，如果自那个方向杀出去，以我的速度，仍有六成把握可带你杀出重围。现在给你最后一次机会，是决定跟我去送死，还是回到你族人中？”轩辕认真而肃然地道。

跂燕目光坚定地对视着轩辕，斩钉截铁地道：“我从来都没有为自己的决定后悔过，更不会作出出尔反尔的决定，如果你轻视我们女流之辈，又怕我成为累赘的话，你不妨一个人先走，看谁先到君子国！”

轩辕被跂燕的勇气所震住，不由尴尬一笑，道：“大姐你何必说得如此绝，害得我找不到台阶下，算是服了你了。便让我们一起去死好了，大不了，黄泉路上多个伴，何况这又不亏……”

“贫嘴！”跂燕见轩辕那副表情，不由得也为之莞尔，倒似乎真的是对死亡毫不在乎。

轩辕伸手摸了摸背上的伤处，赞道：“这药的效果似乎很不错，不能太浪费了！”说完将那个包袱向肩上一搭，将短铁管向腰间一别，又把目光投向已经顺着血迹追至一百五十步之内的百战和帝放诸人，笑了笑道，“让我告诉他们我的位置！”说完肩头的大弓便已落到手中，反手夹出四支劲箭，娴熟至极地以手指缝操箭，在跂燕转身的当儿，箭已出！

“呀呀……”三人应声而倒。

“好箭法！”跂燕忍不住赞道，但又奇怪地问道，“为什么第四支箭不射出去？”

轩辕笑道：“怎能我一个人玩呢？现在是我们两人并肩作战，这支箭是留给你的！”

跂燕见轩辕在对方大军压境之时仍然能够如此轻松洒脱，心中不由得大感佩服，本来的紧张也随之而去，也便毫不犹豫地接过轩辕这张特别的厚背大弓，竟然将之拉了个满弦。

“好!”轩辕也为跂燕的力道大声叫好，要知道这张大弓若没有三百五十斤力休想将之拉开，而跂燕能将这张大弓拉个满弦，足足有四百五十余斤力，对于一个纤纤女子来说，的确很难得。

嗖！跂燕松弦，箭矢如疾电般向九黎人掠去。

啪……箭矢竟被风大一剑斩落。

“啊!”跂燕吃了一惊，她似乎是从没想到这样强劲的一箭居然能被人轻易斩落，是以忍不住惊呼，但她心中也对轩辕刚才那流星赶月似的连珠三箭表示无比的惊叹。

“很好，难怪你能成为跂踵族最年轻最优秀的猎手!”轩辕赞道。

“可是他竟然斩落我的箭……”

“这是我意料之中的，便是我射，也不会好到哪里去，我只是想让你知道，我们的敌人是多么的强霸，因此，我们不能有丝毫的大意!”轩辕说到这里时神情变得肃然。

跂燕似乎明白轩辕话中的意思，但立刻出言道：“他们来了，我们走吧!”

轩辕笑了笑道：“不急，其实他们胆小如鼠。”说完他竟弹身而起，掠出一堆乱石的保护，而坐在石堆之顶。

“小心!”跂燕一惊，却没想到轩辕竟会来个如此不要命的举动，不由低呼出来。

“百战，帝十来了没有？轩辕在此，看你们谁有本领来这里取我性命!”轩辕狂妄至极地对着小心翼翼逼近的百战诸人高声喝道。

百战和帝放想不到轩辕会突然如此大胆地掠上石顶，还在叫唤，不由被轩辕这一反常态的举止给镇住了，数百人也立刻止住身形。

“轩辕，你是逃不了的，相信你的血已流得差不多了。”百战高呼道。

轩辕突然放声大笑，只笑得那群人莫名其妙，心中更是布满了疑云，所有指向轩辕的箭矢一时不敢松弦。

“小心戒备，这小子诡计多端!”帝放有过一次经历，现在是对轩辕敬若鬼神，不由得小声提醒道。

“有什么好笑的！”百战怒叱道。

“当你听到一条被放进油锅中的鱼向渔夫说‘我要吃你时’时，你会不会笑？”轩辕依然爆笑道。

跂燕躲在石头之后望着百战和帝放以及那近两百名九黎勇士都疑神疑鬼地脸色大变，不由得想笑。不过，也不由得佩服轩辕的平静与镇定。在轩辕的眼中，战争便像是一场小儿所玩的游戏，竟全不当回事。

九黎战士迅速分散开来，各自依树而立，似乎自己真的已经走入了对方的伏击圈中一般。

“给我放箭！”百战高声喝道。

嗖嗖……满天箭雨全都聚中在轩辕一个人的身上。

“哎……哟……”轩辕滑稽地一声惊呼，倒栽下石顶。

咚咚……叮叮……劲箭一时失去了目标，四处乱落，地上满满的一片。

跂燕本来听到轩辕一声惊呼，以为他受伤了，但看他落地时尚不忘扮一个鬼脸，才知道自己的担心是多余的，因为轩辕的身上除了在那林间陷阱中被百战所射的那一箭留下的伤口之外，便再无箭伤。

“我们慢慢走吧，他们这几十步路会很小心地走过来，我们有足够的时间走进死亡沼泽！”轩辕自信地向那洒落满地的劲箭踢了一脚，把踢起的箭支收到手中，笑道。

跂燕也被轩辕的信心所感染，竟然在刹那间觉得这死亡沼泽并没有什么可怕的，不由大步向沼泽中走去。

“这里要绕道而走，这是一片浮泥。”跂燕忙喝止前面的轩辕道。

“哦，不过，今天我一定要自这片浮泥上走过去！”轩辕回头笑道。

“不可能的，没有人可以走过去！”跂燕伸手折下一根灌木枝，以脚尖探了一下远近，便将灌木枝抛上前面一片生有苔藓之地。

灌木枝作了片刻的停留，很快便没入苔藓之中不见。

“看见了吗？你比这根树枝更轻吗？”跂燕对轩辕那副漫不经心的样子有些不以为然。

轩辕坦然地笑了笑道：“的确，我比这枝条重多了，如果这样过去肯定是死路一条，除非我能在浮泥底下打个洞爬过去。”

“那也没用，浮泥的流动性很强，根本就不可能打得了洞。而且，这浮泥的泥质之中含有一种可以腐蚀人皮肤的毒汁，陷入其中用不了一个时辰便会骨化形销！”跂燕耐心地解释道，倒是极尽一个向导之责。

轩辕伸了一个懒腰，拍拍跂燕的肩膀，肯定地道：“我还是有办法让我们一起过去！”

“什么办法？”跂燕见轩辕如此固执，不由不屑地问道。

“你看见那棵黄皮树没有？”

跂燕顺着轩辕的手指望去，发现了一棵盘根错节的黄皮树，树干极为粗壮，枝繁叶茂，其实她早就看到了。

“那又怎样？”跂燕反问道。

“如果我估计没错的话，这里以前是一条很美丽的河流，但现在已经没有水了，只剩下一片不知底的浮泥，而那棵黄皮树应该就是河对岸，我们所处之地便是河的彼岸！”

“就当你说得对，但那又怎样？”跂燕也固执地问道。

轩辕哑然失笑道：“看来你比我更固执。”

跂燕也不由笑了起来，事实上轩辕也许说对了。

“你应该知道，黄皮树的那一片是一块可以落足的实地！”轩辕道。

“不错，但我们必须绕过这已成了死亡之口的河床，才能到达那片实地！”跂燕点头道。

“不，我们要利用这个死亡之口让那群九黎族的龟儿子们吃上一惊。”轩辕自信地笑道。

跂燕不解地问道：“九黎族人还会跟到这里来吗？”

轩辕神秘莫测地向身后的地上一指，道：“你看看那是什么？”

跂燕回头向地上一望，发现一浅一深两个脚印延伸向不知尽头的远方，而在脚印旁边还发现一些血迹。

“怎会这样？你受伤了？”跂燕发现那一浅一深的脚印的这一端正是在轩辕脚下，而那血迹也是自轩辕的手指间滴出，这一发现怎叫她不惊异莫名？

轩辕神秘莫测地笑了笑，道："现在你该知道他们为什么一定会追到这里来了吧？"

"你这人啊，怎不早说？快让我看一下你的伤！"跂燕急道，她的心神似乎有些乱。

轩辕笑了笑，道："看就看吧！"说完张开那滴血的左手。

"啊！"跂燕一声惊呼，又好气又好笑地道，"你耍我！"她发现轩辕手上只是一个已经瘪了的血囊，但仍有血水自血囊中滴出来。

"我哪敢耍你？我只是想耍耍那群笨蛋九黎人而已。"轩辕得意地笑了笑道。

"可是你为什么要留下这一浅一深的脚印呢？"跂燕不解地问道。

"我的脚受伤了，自然是无法跑远喽。"

"哦，所以他们一定会追来！"跂燕恍然大悟，但又惊疑地问道，"那你的脚？"

轩辕神秘地一笑，不答话，却以鬼魅般的速度回身飘向不远处的一棵黄皮树。

跂燕只听得啪的一声轻响，轩辕已如鬼魅般回到了原位，依然是踏在那一浅一深两只脚印之上。而跂燕却发现刚才他们走过时差点碰了头的黄皮树横枝上出现了一个大大的血手印。

"好了，我们该过去了。"轩辕向仍未回过神来的跂燕顽皮地眨了眨眼。

跂燕不由得不对轩辕这一切的计划刮目相看，更为轩辕刚才那鬼魅般的身法所震撼，虽然她并非第一次看到轩辕出手，但还是第一次亲身感受轩辕的身法。

"血印！"对于这一发现百战感到极为兴奋。

"他应该就在不远处，快追！"帝放似乎已感受到了轩辕的气息，望着黄皮树枝上的血手印道。

"哼，他逃不了！这里的气候潮湿，他越向深处逃，脚印便会越清晰!”百战冷酷地道。

“他就在前面，看!”有几名九黎族的战士发现了他们紧追了很久的轩辕。

轩辕似乎已发现了百战和追来的九黎战士。

百战嘴角浮出一丝难得的狞笑，他与轩辕的目光在虚空中相交，虽然轩辕面色依然坚决而极为顽强，但在他的眼里，对方已经是一头伤疲不堪的老狼。

没有人流过这许多鲜血后仍会保持着旺盛的体力，而轩辕正倚着那棵黄皮树喘着粗气就是最好的证明，虽然轩辕在发现追兵赶来之时故意不喘，但是那最初的喘息已经被百战和帝放清晰地捕捉到。

轩辕没有作出任何反应，只是用一块刚撕下的布条狠命地在腿上打了一个结，转身如折了腿的狼一般，一瘸一拐地快速向丛林深处跑去。

“轩辕，你的末日到了!”几名跟随百战一齐来的杀手充满杀机地吼道，身形与那群极速追击的九黎战士并行，起落间如丛林的猿猴。

九黎战士追踪了这么长时间，终于发现了伤疲的轩辕，一个个都精神大振，犹如一群发现了猎物的猎狗，散开阵形向轩辕行走的方向疾追。

百战并不知道轩辕具体为何而受伤，但是这一切的迹象表明，轩辕应该是右腿受了伤，或许是那百箭齐发之时，轩辕中箭了。那当然不是没有可能，所以，这一路上只能一瘸一拐地行走，连血都来不及止。而刚才轩辕以布带扎紧右腿的动作证明了百战的估计不错。

其实九黎族的战士每个人都是很好的猎手，对于观察兽路和野兽的足迹，都有一手。

帝放心中极为兴奋，他似乎已经可以预见轩辕被抓后在他面前的那副要死不活的样子。的确，谁如果能够抓住轩辕，的的确确是一件大功。

百战和帝放并肩而立，望着那呈扇形散开向轩辕围抄过去的九黎战士，两人相视一笑。

“啊……拉我……啊……不好……是浮泥……啊……救命……救命……”

丛林间突然响起了一片绝望的惊呼和恐惧的呼号。

百战和帝放激灵灵地打了个冷战，放眼一望，只见那散开的人阵，前两排的数十名战士已经只剩下一个脑袋在那片并未长树的苔藓地面之上，而且很快向下沉没。更有几十人伸手乱抓，已有半身沉入泥中，那几名杀手由于身形最快，而且纵跃的距离最大，是以冲到最前面，但此刻已只剩下两只手仍在苔藓上不断地抓着。但越挣扎，所陷越快，片刻间便不见了踪影。

“快撤！”百战和帝放骇异莫名地呼道，但他们的呼唤已经太迟了，至少已有八十多人陷入了浮泥之中，有十余人极为侥幸地没有深入那片苔藓地，身子陷下一半，被人拉了起来。

死里逃生的人狼狈至极地向后狂退，也有人为了拉同伴反把自己也陷了进去，于是鬼哭狼嚎响成一片，但很快又被淤泥所吞没。

望着那群陷入淤泥之中的九黎战士无助而绝望地沉没不见，又望着那苔藓地很快恢复了最初的平静，帝放和幸存的所有九黎战士都像是做了一场噩梦一般，若非那些侥幸不死之人的满身泥巴，百战还真难以相信这是事实。

“不可能，不可能，这里有他的脚印，怎么他便能安然行过去呢？”百战望着那一浅一深的脚印，分明是自那苔藓层上踩过去的，可是为什么此刻却成了过往者的葬身之地呢？

“他是魔鬼！”帝放心中发寒地道，这一切对他来说的确又是一次沉重的打击，还未能与轩辕正面交锋，便又损失了数十名九黎战士与几名来自神谷的杀手，这不能说不是一种悲哀。

“不可能，你们踩着他的脚印过去！”百战似有所悟地望着那行一深一浅极为匀称地印在苔藓层上的脚印，命令道。

那群九黎战士对这片苔藓地心有余悸，都你望着我，我望着你，没有人敢先踏一步。

“大家以兵刃相牵，小心些！”帝放看出了众人的担心，吩咐道。

这时，有三人已经用手中的长矛拉着后面的人，小心地试探着以脚踩入轩辕留下的脚印之上。开始几步并没有什么异样，但随着后面人的进入，前方之人整个身形便向下疾沉，犹如踩入了流水之中一般。

“啊……”那人发出一声惊呼，但幸亏早有防备，后面的人迅速以矛杆将其带起，走在最前面的那人已吓得脸色煞白。

所有九黎族之人都面面相觑，不知如何是好。

“怎么会这样？怎么会这样……”百战望着轩辕刚才所倚的黄皮树，百思不得其解。眼下明显是一片浮泥，任何重物都会沉入其中，轩辕又凭什么渡过去呢？

正当百战百思不得其解之时，突然听到一阵欢快的娇笑之声，然后轩辕那自信而又爽朗的笑声也传了过来。

“怎么样？我说这群人比猪还蠢，对吧？如果他们不中计才是一件怪事呢！”轩辕得意而又欢快地道。

“算你厉害，但只能让一群猪上当，也不能算你聪明，因为你也只比猪聪明一点点而已！”跂燕美丽的身影自轩辕刚才所倚的黄皮树上跃落，而轩辕却又施施然走了回来，根本就没有半丝腿部受伤的迹象。

“笨猪们，不要想了，回去找根钩索来，你就可以踩着浮泥飞过来了。不过，要根长一点的，还要轻功好……”

“最好叫帝十或风骚亲自来，追我轩辕只有他们才可以！”轩辕打断跂燕的骂声，嘲弄道。

嗖嗖……十余支劲箭标射而出。

呼……轩辕一抱跂燕，身子一旋，如鬼魅般旋到那株枝繁叶茂的黄皮树后，笑道：“差一点儿，差一点儿……”只把百战和帝放气得想吐血，但又无可奈何。

“轩辕，你不会有几天好逍遥的！”百战狠声道。

“没关系，我是过了今天不想明天的人，以后你想怎么着便怎么着吧。”轩辕笑答道，同时低头向怀中的跂燕笑道，“不好意思，太危险，只占了一点便宜，望莫怪！”

跂燕听轩辕这么一说，不由得又羞又急，一手肘击在轩辕的胸膛上，口是心非地道：“谁要你管，还不松手！”

轩辕故意哎哟一声，松开手，叮嘱道：“小心点，他们的弓箭手还有百余之众，可不是吃素的！”

跂燕心中微暖，对轩辕所要的这一手不禁佩服至极。自一开始轩辕便表现得处处充满自信和机智，不仅仅拥有非凡的武功，更有着非凡的智慧，处处都有着出乎人意料的大胆作风，甚至每一举手投足无不表现出其独特的魅力。这使得跂燕心中最初的坏印象慢慢有所好转，而且越与轩辕接触，越发现这个喜欢故作神秘又漫不经心的人实在是精明得可怕，也更让人难以揣测。但正因为这样才会更勾起人的好奇之心，是以，跂燕竟不再对轩辕产生多大的排斥感。

“好了，我们还是赶路吧，不要在这里与这群无聊的笨蛋纠缠不清了。”轩辕提议道。

“好吧！”跂燕此刻对轩辕更是充满了信心，或许是受了轩辕那强烈自信的感染，对那充满死亡危机的前途，竟丝毫没有惧意，她也不知道这个变化是从何时开始的。

“轩辕，无论你躲到哪里，都不会有好日子过的！”

“你先回去把嘴洗干净，你的嘴已经发出了尸臭味……”轩辕回头向那边骂喊的百战回敬道。

第五十三章　危机重重

“长老，轩辕和一个女子已经向死亡沼泽进发了，属下无能中了他的诡计，害……”

“不用说了，我早已知道！”帝十打断百战的话，冷冷地道。

百战一时噤若寒蝉，偷偷地瞟了帝十的表情一眼，又望了望脸上浮肿稍减，但仍有些骇人的敖广，仍不知道帝十将作出什么决定。

敖广无可奈何地叹了一口气，道：“老夫征战无数，从未败过，没想到竟栽在这毛头小子的手上，如果不斩下这小子的脑袋，实在难泄我心头之恨！”

帝十背负双手，来回地在石室之中踱步，心中似有无限的思绪，无法平静，半晌才慨然道：“这小子已让我们损失太多，他简直不是人，我帝十从未受过如此侮辱！不过，如果能够收服这小子归为己用，那便是最好的结局了。”

“但谁能够抓住他呢？谁又能驯服他呢？这小子的确是个了不起的人才，只可惜一开始便是我们的敌人！”敖广无可奈何地道。

“看来，我们要请花蟆人出手了！”帝十想了半晌才叹了口气道。

“你是说要在死亡沼泽中对付他？”敖广惊问道。

“那小子已深入沼泽，在那里没有比花蟆人更擅于生存的部族了。”帝十道。

“那倒不见得，不过由花蟆人去对付那小子也好，省得我们为之头疼。”敖广对轩辕打内心里便存在着一些惧意，如果能不由自己去对付轩辕自是最好。

“这小子一日不除，便是我们的心头大患！当然最好是能够生擒他，让圣姬以大无上法驯服这小子！”帝十竟起了爱才之意。

“嘿……”敖广怪怪地笑了一声，道，“长老似乎不知道因为这小子我们这次损失了近五百人和不少高手，也使我们北扩之举不得不到此为止了……”

“我知道，但就算你杀了这小子又能如何？百战，立刻飞鸽传书给花蟆人，让他们全力截杀轩辕，能活捉最好！”帝十吩咐道。

敖广不以为然地冷哼一声，无论轩辕是战是降，都极有可能成为他的眼中钉，因为在内心的气势上，他早输给了轩辕，他绝不想有人压在他的头顶上。因此，他很不欢迎轩辕。其实，到此刻为止，轩辕犹未曾与他真正正面地交手。

“天就快黑了，我看今天就到此为止，再向前走就已深入死亡之地，不如养足精神，明天好应付一些变故！”轩辕驻足道。

跂燕点了点头，望了望夜色渐深的远处，道：“这个地方还是比较安全的，我曾和爷爷来过，但再往前我也不太清楚了。”

“哦，还说给我带路，连自己都不清楚，岂不是真的来陪我……”

“不准说不吉利的话！”跂燕似乎明白轩辕接下来所说之话，打断道。

“嘿，我是说来陪我游山玩水。”轩辕笑了笑，跂燕也跟着笑了。

“这一路之上似乎并没有遇到什么凶险。”轩辕环眼四顾道。

“如果不是熟悉路径，这段路我们只怕已死过数十次了，那毒瘴，那浮泥，那蝎子地……你呀，只是幸运地碰到了我！”跂燕不以为然地道。

“嘿，那倒也是，真是幸运，竟然碰到了你，有美女同行倒也不寂寞，幸亏你把你爷爷换下来。”轩辕夸张地道。

“少贫嘴，后面的路还长着呢。这片沼泽地方圆三四百里，我们现在所走的才不到十分之一！”跂燕仍有些忧心忡忡。

“明天的事明天再考虑吧，先找个好位置安顿下来再说！”轩辕说话间向一棵很低却盘根错节的黄皮树走去。到了这里倒是很难再见到那种高大的树，因为这里的土质太过松软，湿度太重，倒是那些叫不出名字的蕨草和矮禾粗茎的草很多，到处都是高高密密的草，犹如一片芦苇荡，之间几无路可找，若非跂燕曾经走过这一段路，只怕真的很容易迷失方向。

跂燕紧跟着轩辕，轩辕却拔出腰间的铁管。

“这是什么东西?”跂燕望着那仅有三尺长的铁管，不解地问道。

“好东西!”轩辕神神秘秘地笑了笑，伸手在铁管底部一旋。

铮……铁管竟弹出一截两尺长的铁棒，轩辕不由得回头向跂燕望了望，道：“是个好东西吧?”

“啊，太精巧了，怎会这样?”跂燕大感意外，但也为这巧妙的设计而惊叹。

“这还算不了什么。”轩辕说话间手臂一抖。

铮！那冒出的两尺铁棒之中再弹出一根八寸长、锋利无比的枪头，竟是一杆制作极为精巧的枪。

这杆枪的枪杆和枪管正是由那神谷中红眉老者的钓杆所改装而成，这之中的改装乃是共工氏的巧匠根据望月长老那根绝命棍的原理所造。别看这杆枪的枪杆与枪管之间有部分是空的，但极坚硬之处比之白腊杆还有过之而无不及。轩辕本就是见红眉老者那根钓杆极硬，因此这才捡来，一根连含沙神剑都不能轻易劈断之物，自有其过人之处。

“没想到世间竟有人能做出如此精致的枪，真是太神奇了。”跂燕忍不住赞道。

“世间神奇的东西很多，便说这片沼泽地吧，不也很神奇吗？人类的神奇比之大自然，真是太渺小了!”轩辕感叹着把枪头又顶回铁棍之中，将铁棒旋转一下，又道，“我就用这杆枪来打草惊蛇，开出一条好道来!”

跂燕也知道，这样的杂草丛中，毒虫是防不胜防的，也将衣袖扎紧，靴口扎好，再拔出随身所携的一柄两尺半长的短刀在手。

“用我的剑吧!”轩辕拔出含沙剑递给跂燕，笑道。

跂燕犹豫了一下，看着轩辕那似笑非笑的表情，也就接下了，只感含沙剑入手稍沉，冰寒透体，使人精神为之一振。

“好剑！”跂燕虽不是使剑之人，但却知道手中之剑绝对是一柄好剑。

“小心点，很利的！”轩辕自包中取出那双特制的皮手套，一边分开杂草，一边前行。

跂燕也戴起手套，这是防止手掌被这些杂草割破，因为这之中有许多草都含有极烈的毒素，一不小心割破了手，说不定便会引起中毒，那可不是闹着玩的。

“今天晚上看来要到这棵树上搭个窝了！”轩辕几乎找不到干燥的地方，无可奈何地道。

黄皮树周围的地面似乎结实了不少，并没有踩下去冒水的情况。

“小心，那是什么声音？”跂燕一惊，提醒道。

“如果我没说错的话，今晚有蛇肉可吃了。”轩辕说话虽然轻松，但整个人都变得小心起来，同时竖起耳朵捕捉那咝咝之声传来的方向。

“小心些，这家伙大概是要与我争地盘了！”轩辕淡淡地说了声，脚步缓缓地向声音传来之处移去。

呼……在轩辕拨开眼前一片挡住视线的杂草之时，一股强大的腥风迎面扑至。

轩辕冷哼一声，手中的短枪如箭般射出，在侧身的同时，将扑来的大蛇头拨向一边。

“小心！”跂燕大骇，这条蛇足有水桶般粗细，这一扑之力的强大可想而知。

轩辕并不是第一次与巨蛇相斗，这条蛇虽然巨大，但比起有侨族龙潭之中的巨龙却是小巫见大巫，根本就不成比例。

当然，这条蛇所拥有的力量，也非人力所能承受。是以，打一开始，轩辕便以四两拨千斤之势将巨蛇拨向一边，而在跂燕喊叫之时，他便已出刀。

噗……大蛇一冲冲出三丈多远，但巨大如铁索般扫向轩辕的长尾却被轩辕的刀斩中。

轩辕被震得疾退。“躲开！”轩辕疾退的同时，疾呼道。

呼……大蛇吃痛，整个身子一曲，三四丈长的躯体向中间翻卷，竟欲将轩辕绞碎。

跂燕在这种情况之下，丝毫不知该如何办，因为她也是猎手，深知巨蛇这一卷之力，足以让人腰折骨碎，可她也在被卷的范围之中，正当她准备挥剑一拼的当儿，突觉身子一轻，轩辕已提着她掠上虚空。

哗……那些杂草树枝竟摧枯拉朽般被绞碎，而大蛇的身子已盘成一个巨大的蛇饼。

跂燕惊魂未定之际，轩辕已落在黄皮树的一根粗枝上。

“哇，这里该不会是个蛇窝吧？”轩辕刚落足树枝，一条小蛇已自另一根枝头飞射而来。

哧……轩辕一手挟着跂燕，一手挥刀断蛇，动作流利至极。

“啊，这树上好多小蛇……”跂燕惊呼道。

“而且都有剧毒！”轩辕也暗暗叫苦。

“小心……”跂燕再次惊呼。

轩辕想也不想，一举跂燕，身子再次冲天而起，这是没有办法中的办法，因为那条巨蛇竟然冲大弹起，向他们落足之处攻到。

跂燕骇然惊呼，轩辕冲起的速度极快，但那巨蛇的上冲速度更快，望着那张血盆大口，那冷如疾电的蛇目，她不禁有些绝望。

砰……轩辕一声冷哼，临危不乱，左脚踩上巨蛇的上颚，身子上冲而借力斜掠。而那棵黄皮树上也有数十条大大小小的蛇掠出，向轩辕追到，但都因力道用尽而自高空坠落地面。

轩辕带着跂燕在空中连翻数番，落在距黄皮树六丈之外。

轰……那巨蛇的冲势一尽，巨大的躯体重重地落下。

跂燕只感到头昏眼花，轩辕在空中翻滚的速度极快，而且几个动作之间腾挪纵跃无所不用，跂燕在惊慌之下，竟有些受不了。

“小心了，剑给我！”轩辕松开跂燕，将手中的枪向地上一插，更还刀入鞘夺下跂燕手中的含沙剑。

跂燕面对此种情况早已六神无主，只得一切都听轩辕的。

“后退！”轩辕的语气极为坚决，同时双手握剑向巨蛇落地的方向逼去。

跂燕大惊，她似没有想到轩辕竟要主动向巨蛇进攻。

“来吧，畜生！”轩辕的身子似乎在刹那间笼上了一层魔火，生出一种强大无匹的气势，发结也随之绷断，那不短不长的头发竟然无风自飘起来，只是轩辕的身子在迈出两步后犹如生了根一般立于地上。

巨蛇似乎也感受到了来自轩辕身上的杀气，那种气息更充满了挑衅的意味，一时间失去了目标的巨蛇竖起巨头，竟达一丈多高，那丑陋的三角形尖头和冰冷而贪婪的眼睛让人有种想呕吐的冲动。

跂燕心头发寒，她还是第一次认真地打量这巨物，竟比自己想象的更为可怕。她知道一条蛇若能将头竖起一丈多高，那这条蛇至少有近四丈长，加之蛇身如此之粗，它本身的重量便足足有数百斤，这样的蛇别说是人，即使连小牛也能吞下去。

蛇芯不住地伸缩着，巨大的蛇头似乎是被风吹动的浮柳，左右摇晃着，更缓缓地向轩辕逼近，那闪烁着暗淡光彩的青鳞也变得极为清晰。

跂燕简直不忍心再看这场力量悬殊的战斗，她是猎人，也明白这种蛇是如何难缠，她的族人见到这类蛇只会视之为魔鬼，走避唯恐不及，而眼下这条蛇不仅毒，而且浑身鳞坚皮厚，简直可以刀枪不入。一条剧毒之蛇能长到如此之大，至少也要六七百年的时间，大概也只有这种沼泽之地才有这样的毒物。

轩辕的心静若止水，反而充满了无尽的斗志，这是第三次与巨蛇交手，而这条巨蛇虽比不上龙潭之中那条，但比之地祭司洞中的那条，却至少大了一倍，相信这是一个很顽强的对手，不过轩辕也不是当日的轩辕。

“来吧，畜生，尝尝剑的滋味！”轩辕说话间，缓缓地将剑举于胸间，剑尖斜指巨蛇的咽喉之处。

“小心些！”跂燕后退数丈，担心地提醒道。心中却在暗自为轩辕祈福，但这一刻她反而更平静，如果轩辕杀不了这条巨蛇，他们两人都只会是死路一条。死亡，并没有什么好怕的。是以跂燕反而平静下来，只是仍忍不住关心轩辕。

巨蛇似乎受到轩辕的气势所逼，竟在与轩辕相隔两丈之处停住，那是一片草木被巨蛇绞碎的空地。

巨蛇的红芯不住地试探着，身子也在微微地蜷曲着。

轩辕却突然发出一声爆吼！

巨蛇陡惊，便连跂燕也骇了一跳，她怎么也没有想到轩辕在这种时候居然会来这样一声狂吼。

呼……大惊的巨蛇再也忍不住了，巨大的蛇头如陨石一般向轩辕砸到，血盆大口呼出一阵滚热的腥风，吹得轩辕头发和衣衫猎猎作响，但是轩辕没有动。

“小心……”跂燕忍不住惊呼，但眼看轩辕就要被那血洞般的大口吞没，她的眼下突然失去了轩辕的踪影，只看到了那张血口中几根雪亮锋锐的短齿——呈倒钩状的短齿。

“去死吧！”轩辕的身子竟出现在蛇背上，跂燕根本就没有看到轩辕是怎么动作的，但轩辕已翻到了蛇背之上却是千真万确的事实。

噗……轩辕双手握剑狠命地刺入了巨蛇的背脊，这本是刺向巨蛇七寸的，但却因蛇身的扭动，使得轩辕脚下打滑，这一剑竟刺偏了。

呼……巨蛇吃痛，狂呼一口气，腥臭至极，气流破口而出，竟似狂啸。

轰……蛇尾倒抽而回，直击向轩辕。

轩辕此刻倒有些后悔不该穿上这双底下有鳞片的皮靴，若不是罗罗的鳞片与巨蛇背上的青鳞相滑，这一剑绝对可以是致命的一击。不过，此刻他后悔也没有用，只得带剑一拖，在巨蛇之尾击来之时飞速掠开。

轰……草木四溅，泥土狂飞，巨蛇发疯般扭动着受伤的躯体，它的背脊竟被轩辕划开一道数尺长、近半尺深的伤口。

血水四溅，轩辕身上也被腥臭的蛇血所沾，几欲呕吐。

“小心……”跂燕再次惊呼，这一切都发生在电光石火之间，只看得她心悬到了心口上，但见巨蛇受伤攻势更猛，不由再为轩辕捏了把汗。

轩辕一声轻啸，此刻有神剑在手，根本就不在意巨蛇的攻击，但他想错了。

呼……巨蛇张开大口竟喷出一团如烟似雾的气体，比之巨蛇的气味更腥更臭。

“快退！”轩辕以最快的速度狂退，同时拔起插于地上的铁枪，用力一抖，竟贯射入巨蛇之口，直钉在蛇喉之间。

歧燕哪会不明白？巨蛇在作垂死的反扑，连那最不轻易攻出的毒液也全部喷出，这是任何动物遇到最强敌人之时，才会作出的决定。可见巨蛇也感觉到轩辕足以威胁到它的生命，这才不惜大伤元气喷出毒雾。

歧燕疾退，不用轩辕说她也明白这毒雾的可怕。

巨蛇一阵翻腾，搅得泥草狂飞，如同刮起一阵龙卷风，而轩辕也在刹那间退出四丈，却一下子半跪在地，以剑拄身，呕吐起来。

“你怎么了？”歧燕大惊，慌忙来扶。

“别碰我！”轩辕惊呼道。

“我戴了手套。”歧燕忙道。

轩辕这才松了口气，又呕出两口脏物，才吩咐道：“退后！”

歧燕一呆，关心地问道：“你没事吧？”

“怎么没事？简直快把我给臭死了！昨天吃的东西都吐出来了。”轩辕大惊小怪地道。

歧燕见轩辕这个时候还有心情开玩笑，正要出言相责，却发现轩辕的上衣竟化为碎片飞落。

“怎会这样？”歧燕惊呼道。

“因为我的上衣沾上了毒液，全给腐烂了！”轩辕也有些惊骇莫名。

“你没事吧？”歧燕担心地问道。

“至少目前没事，这蛇好毒！”轩辕的目光落在那沾上毒雾的草上，那些草竟似被火烧了一般，变得枯焦。

“快走吧，我们快离开这里！”歧燕心中焦灼，望着那巨蛇发狂般扭动的躯体，她心头泛起了一丝莫名的寒意，再想到那黄皮树上挂满的大大小小的蛇虫，她便想呕吐，更想尽快离开这个鬼地方。

“我的短枪还在那畜生的喉中，让我去取回来!”轩辕再次站起身来，那浑身如铁般的肌肉泛着一缕淡淡的光泽，使得跂燕的心禁不住抖了一下。

“算了，生命比一杆短枪重要多了，何必去为它冒险呢?”跂燕急道。

轩辕转身轻轻地拍了拍跂燕的肩头，自信地道：“你放心好了，我不会有事的，这畜生伤不了我，比它更大的蛇我都斗过，此刻我仍活得好好的，你就当它是一条蚯蚓好了!”

跂燕不语，只是幽怨地望了轩辕一眼，眸子里竟有泪光，像是一个贤惠的妻子遇到了一个不争气又不听话的丈夫一般，情绪有些激动，也有些感伤。

轩辕心中生出无限的怜惜，他知道跂燕不仅仅是关心他，还心中害怕，害怕他遇到什么不测，而她一介女流又如何能够孤单地活着离开这充满死亡气息的沼泽地?

“啧……”轩辕忍不住在跂燕那美丽的眼睛上吻了一下，伸出有力的手抓住跂燕的手臂，柔声道：“相信我，我们一定不会有事的!”

跂燕并没有抗拒轩辕这突如其来的一吻，只是有些激动，颤声道：“你一定要小心!”

轩辕转身面对那仍在翻腾的巨蛇，一时豪气冲天，仰天一阵长啸，声震九霄，清亮激昂，婉转不绝，似乎是要以一啸而吐尽胸腔之中的闷气。

“不好，树上的那些小蛇也全都下来了。”跂燕突然惊呼道。

轩辕眉头一皱，道：“你等我一会儿!”说完身子急速地向巨蛇靠近。

巨蛇在剧痛发狂之时，再见仇人，变得更狂、更暴躁。

轩辕冷哼一声，身子左穿右插，对巨蛇铁尾的攻击根本就不放在心上。

巨蛇的咽喉被刺穿，那根短枪卡在嘴里进不能进，出不能出，使得巨蛇疯狂地摆动着脑袋，但却无论如何也甩不掉那杆利枪。

轩辕本想结束巨蛇的生命，但见那一群小蛇全都自树上下来，大大小小几有成千上万条，他怕跂燕心急，也便只是准确地抓住枪柄。

巨蛇头部猛甩之时，轩辕便借机猛地一拔，带起一蓬血雨，轩辕在虚空中倒翻几个跟斗，轻巧地落地。

巨蛇又发出一声凄吼。

“轩辕，那是什么?”跂燕惊呼道。

轩辕忙掠到跂燕身边，顺着跂燕手指所指的方向望去，只见四面八方的杂草中竟都出现了许许多多的草路，而这草路显然在极速移动，便如一条条大蛇行过杂草丛，使得杂草向两边倒去。

轩辕倒抽了一口凉气，心头直发寒，吃惊地道：“该不是又来了这么多大蛇吧？快走!”

跂燕的脸色变得苍白，此刻他们显然已被自四面八方赶来之物所包围，只看那一道迅速分开的草路，恐怕有成千上万条大蛇。

“不，不是蛇，是蜈蚣……”轩辕惊呼。

“好大的蜈蚣!”跂燕也忍不住尖叫出来。

轩辕的额头上渗出了汗珠，只看这蜈蚣竟有手腕那么粗，长达两尺，那黑紫色的壳竟像是一层厚厚的盔甲，而那两只尾钳犹如两柄利刃，触须竟有拇指那么粗，那在草面上划动的“脚”，所过之处，竟如刀一般把杂草齐根割断。

“我的天啊!”轩辕也忍不住惊呼，很快周围便出现了数十条大小不一的巨大蜈蚣。最小的也有尺余长，最大的竟达两尺多，但这些蜈蚣径直向众蛇爬去。

“它们是闻到蛇血的腥味来的!”轩辕猜测道。

跂燕放眼一望，远处还有不知道多少蜈蚣正赶来，惊吓之下，她竟不知道出声说话。

“快走，离开这个鬼地方!”轩辕猛地一脚踢飞爬到身前的一条巨大蜈蚣，一挟已吓软的跂燕，夺路就逃。

那些蜈蚣所走之地很明显，是以轩辕专挑不与这些蜈蚣相遇的地方走，偶尔与之相对，便踏上它们的背直掠而过。轩辕的速度快极，那些蜈蚣根本就来不及反应，他便已跃开。而且轩辕那特别的皮靴筒长，也像是为脚套了一层盔甲般。

轩辕一口气奔出数十里，来到一片低矮的树林中。

树林之中水汽极重，但难得地面极为结实，倒是不知道是多少年的落叶腐烂了之后在地上积成了脏兮兮的粪料。

轩辕一边放下跂燕，一边扶着一棵树干急促地喘息起来，口中道："你可真重!"

跂燕脸上升起一抹红霞，轩辕赤裸着上身，挟她行了数十里，这是她往日从未想过的事，虽然一切都是被形势所迫，可也让她心中生出无限的遐思。她第一次与一个男人如此亲密接触，也感受到一种从未有过的刺激，特别是轩辕肌肉蠕动之时，与她身体的摩擦，还有那粗犷而又特别的男人气息。

"你怎么了？吓傻了吗？"轩辕喘了几口粗气，脱下手套，拍拍跂燕那发烫的俏脸，吃惊地问道。

"呀，怎会这么烫？你没事吧？"轩辕这一路来不知道经历了多少惊险，精神一直处在极度紧张之中，便连此刻仍心有余悸，竟没有意识到跂燕的异常只是因为他。

"没……没事!"跂燕紧张地道，她似乎很怕自己的心事被轩辕看出来。

"没事就好，看你紧张成这样，早知道就不要你陪我到这鬼地方来了，你却不听，现在知道怕了吧？"轩辕笑着道。

"谁害怕了？"跂燕立刻反驳道。

"哦，没怕没怕，是我害怕了，给我找件衣服来，这鬼地方不穿件衣服，皮会被刮破的!"轩辕揉了揉一处被荆刺划破的伤口，漫不经心地道。

跂燕忍不住好笑，但顺从地迅速自轩辕的包裹里掏出一件素布紧身衣，问道："这件怎么样？"

"将就着穿吧，反正是衣服总要穿的。"轩辕接过衣服，迅速套了上去。

"现在怎么办，难道今晚在这里休息？"跂燕问道。

“我看找不到更好的地方了，天黑得可真快。”轩辕望了望天空，已成了淡灰色，而沼泽中的水汽更将林子罩得很紧，天色显得更暗。

啪！轩辕在背上重重地拍了一下，将手中之物拿到身前一看，惊叫道：“哇……好大的蚊子，吃这么多血！不行，不行，换件厚些的衣服，否则肯定会被这些吸血鬼吸干不可。”

“这也是没有办法，沼泽中的蚊子又大又毒，且数量极多，现在才刚刚黑，待会儿会更多。”跂燕叹了口气道。

轩辕也禁不住苦笑道：“让你也跟我一起来受苦，真是不好意思。”

“也没什么，其实，我也很想去一趟君子国。”跂燕涩然道。

轩辕心中一阵感动，道：“你也不用这样安慰我，是我的错便是我的错，也没必要为我辩护。”

跂燕淡然一笑，并不作解释，只是向四周望了望，道：“我特意带来了寻木灰，只要抹在身上，那些蚊子便不敢叮咬了，不过不能直接抹在皮肤上，若是抹在脸上，会使脸皮生出红斑且奇痒无比。”

“哦，寻木灰？这东西有用吗？”轩辕惊奇地问道。

“自然有些作用，至少会让你少受点痛苦。”跂燕道。

“这倒是不错。”轩辕向四周望了一眼，见有几棵树比较高，竟有三四丈之高，不由得喜道：“好了，我们可以架床了。”

“怎么架？”跂燕惊奇地问道。

轩辕接过自己的包，将那一串细绳和大兽皮拿出，身形如鸟一般掠上树干，再左穿右插地将细绳横在空中。

跂燕却惑然不解，但看轩辕又折了一些树枝，更斩落几根粗枝干一阵拼搭，竟很快在那高树上架起了一个简易的巢，便如巨大的鸟窝一般，但却是横在空中，并不与树杈和大树干接触，而是像个摇篮秋千般的悬在那根细绳之上。

轩辕将兽皮向那空中的巢里一铺，身子轻巧地躺了上去，竟晃晃悠悠，稳稳当当。

“怎么样？”轩辕向下面仰望的跂燕问道。

“你小心一些。”跂燕叮嘱道。

“放心好了，这是我发明的空中摇篮，万无一失，可是我独一无二的手才能编织而成，别人绝对达不到这般效果。”轩辕自信地道。

跂燕见轩辕在上面翻来覆去，那个巢却并没有塌下，也稍稍放心下来，她也知道，只要不把那几根大粗枝压断，应该不会有什么问题。

轩辕飞身而下，道：“这个巢便给你了。”

“那你呢？”跂燕问道。

“我也不知道你要来，便只准备了一根绳子。不过，我在树杈上再搭个巢也无所谓呀。”轩辕耸耸肩道。

“这怎么行？”

“少啰唆了，现在可是共患难哦，你若再推辞，明天我就一个人走了。”说话间轩辕不由分说地一把抱起跂燕跃上树杈，将跂燕稳稳当当地放在巢中。

跂燕大羞，但却又无法抗拒轩辕的大力，只得乖乖地坐入巢中。

“好了，给我一些寻木灰吧，我再找点枝叶为自己做个头盔就行了。”轩辕笑道。

跂燕忙自包裹中掏出一个小瓶，递给轩辕，轩辕在接过小瓶之时，一把拉过跂燕那柔嫩的玉手，轻吻了一下，然后不等跂燕反应，倒翻了一个跟斗，大笑着掠向另外一根树杈。

这一夜，轩辕并未能真正地睡着，并非因为蚊子的骚扰，寻木灰还真有效，竟然没有一只蚊子来叮咬。不过，轩辕也见识了沼泽之中蚊子的可怕场面，如果在白天看，定能看到黑压压的一片，那群体嗡嗡之声像是古乐队在奏乐，又杂乱无章，吵人至极。

轩辕倒不怕被吵，只是在这荒野的沼泽之中，他不能不加以提防，而这夜他也消灭了五条欲自树上偷袭的毒蛇。他更发现林间在夜里出没着一种他以前见都未曾见过的怪物，六足如同蜘蛛，但却顶着鼠头，横着四处爬行，却是以蚊子为食，浑身长着惨绿色的毛，在夜里倒也骇人。不过，这怪物并没有来骚扰轩辕和跂燕，但到了天将亮时，这怪物便迅速钻入腐叶之中，显然是生长在地底下。

林间也有一些如蜥蜴般的东西，但却长着极尖极长的嘴，锋利的尖齿在喉上闪着幽光，似鳄非鳄，似蛇非蛇，头顶长着一只暗红色的角，这种怪物似乎专门抓那蜘蛛般的怪物吃，而且吃蛇，曾在轩辕的树下徘徊了一阵子，但却无法上树，这才悻悻而去。

跂燕似乎睡得很香，有轩辕在其身边相护，她很放心，也很坦然，加上第一次睡在这空中之"床"，感觉极为舒服，竟然感觉不到这里是蛮荒的死亡沼泽。而且，轩辕在设计这个巢之时，专门设了一些遮挡露水的顶棚，也不用担心露水，自然是睡得极为香甜，抑或是因为白天又惊又累，这才能安然入睡。

天仍未大亮，轩辕便推醒了跂燕，道："快起来，瘴气快来了，再不起来可就永远都醒不了喽!"

跂燕慌忙坐起，在微微泛青的天光之下，也看到了远处一层灰色的雾气正向这边移来。

"来!"轩辕伸手拉着跂燕自那巢中下到树杈之上，道，"收拾东西，我来拆'床'!"

跂燕揉揉眼，理了一下头发，依言收拾起行囊，轩辕却将那绳子的几个结解开，然后伸手一拉一抖，整个精巧的巢竟轻易瓦解，只让跂燕惊服不已。

"咕咕……呱呱……咕……咕咕……呱……"一阵怪响竟是自跂燕的包袱中传出，只吓得跂燕忙惊呼着松开手中的包袱。

包袱落地散开，里面竟爬出一只奇大的蛤蟆，这蛤蟆身体的颜色竟极杂，到处都是花斑，叫声极响。

"是一只蛤蟆!"轩辕不由得好笑道。

跂燕脸色苍白，抓住轩辕的手，几乎嵌入了肉中。

"你怎么了?"轩辕感受到了跂燕内心的极度紧张，关心地问道。

"七彩花蟆，这是花蟆凶人养的剧毒之物。"跂燕惊惶地道。

“花蟆凶人？难道沼泽之中还有人居住吗？”轩辕奇怪地问道，同时俯下身来将跂燕的包袱从内向外整理了一遍，并没有发现第二只。

“你说得不错，花蟆凶人总是住在最为恶劣的地方，我并不知道他们是不是住在这片沼泽中，但据我族的先人说，在这死亡沼泽之中至少住着三个氏族的人，这些人都神秘至极，比之这沼泽之中的毒虫猛兽更为可怕。那位先祖说，他怀疑传说中的妖魔渠瘦氏也是生活在这片死亡沼泽中。”跂燕稍定心神，说道。

“妖魔渠瘦氏？”轩辕赶上几步，一脚踏住那只七彩花蟆，反问道。

“我也不知道那是一群什么人，但先祖说他们比花蟆凶人更可怕，与当今的魔帝蚩尤似有着极深的关系。”跂燕解释道。

轩辕心中暗惑，他倒是并不知道这些，但他却知道花蟆凶人与九黎族有着交往，如果这只七彩花蟆真是花蟆凶人之物的话，很有可能是帝十让花蟆人来沼泽之中追杀自己。不过，他并不害怕这些。

“这的确是七彩花蟆，但怎么会跑到我的包袱中来呢？”跂燕很是奇怪。

“可能这只七彩花蟆能爬树，爬到你的包袱中也说不定，谁叫你将包袱挂在树干上？”轩辕道。

“只怕花蟆凶人已到了这附近。”跂燕担心地道。

“这样岂不更好？至少，我们这一路走过去便不会太寂寞，难道不是吗？”轩辕笑道。

“他们比九黎人更可怕……”

“不必想他了，车到山前必有路。走吧，瘴气就要来了。”轩辕将包袱温柔地挂上跂燕的肩头，淡然道。

跂燕望了轩辕一眼，心中充满了温暖，道：“我知道前面有条小河，河水很干净，我们去那里洗漱一下，吃点干粮吧。”

“哦，那是再好不过了。”轩辕兴奋地道。

“难得，难得，这种地方居然会有这么明净的小河，真是难得！”轩辕不由得赞叹道。

“若不是我曾和爷爷来过一次，也不敢相信这个地方会有这样一条美丽的河流。”跂燕忍不住踏入这条以卵石为底的小河。

轩辕只感觉这里的天空似乎也明朗了许多，忍不住长长地嘘出一口闷气，问道：“你跟你爷爷来这地方干什么？”

“别看这里是一片死亡之地，但也有许许多多的奇珍异物，有许多别的地方根本就没有的东西……”

“就是为了找这些奇珍异物吗？那也未免太冒险了吧？”轩辕不以为然地道。

“你不也是在冒险吗？”跂燕伸手捧了一捧清凉的河水，笑了笑道。

轩辕也不由得笑了笑。

“其实，何为值？何为不值呢？生命无常，天意难测，谁能说庸碌一生、无风无浪的一生便是幸福呢？”跂燕说完将手中清水送入口中。

轩辕不由得对这位娇滴滴的美人刮目相看，忍不住鼓掌赞道：“说得好，说得好，真是深得我心。”

“哦，你也是这么认为的吗？”跂燕这一问才知道自己的话是多余的，自轩辕的这一切表现都可看出他不是一个甘于平庸之人，旋又自顾自地对着轩辕笑了笑，轩辕也笑了。

轩辕脱下皮靴，也光着脚踏入浅浅的河床之中，狠狠地搓了一下脸上的血腥，那冰凉的清水一触肌肤，顿时让人只觉得神清气爽。

“真舒服！”轩辕猛地痛饮一气，拍拍胸口，欢悦地道。

“好好地享受这里的清泉吧，以后的几天中，只怕便没有这么舒服的地方可供我们休息了。”

“昨晚为什么不带我来这里？这也不是很远嘛。”轩辕讶异地道。

“晚上就没有这么宁静了，晚上这里也许是最为危险的地方，那个时候来，恐怕咱们都得喂入怪兽们的腹中了。”跂燕煞有介事地道。

“不会吧？”轩辕打量了四周一眼，并没有发现特别的异常。

“这条小河全长只有四里路，没头没尾，河水自一个地下石缝中流出，然后再流入黑水潭。白天，这里一片宁静，但到了晚上，黑水潭中的怪物们便会沿着河岸爬上来，四处出没，这里最为通风，也是怪兽最喜欢的地方，你说我们晚上能来吗？”跂燕反问道。

轩辕一愕，显然跂燕并不是在说谎。

“如果不是这条河的水每一刻都在不停地流动的话，这里的水根本就不能喝，甚至连洗脸都不能，只怕也会和其他的地方一样满是淤泥腐臭之味了。”跂燕又补充道。

“那倒是很有趣！”轩辕踏着水底卵石，竟生出一种懒洋洋的感觉。

“感觉真好。”跂燕洗漱完毕，忍不住道。

“我的感觉也不错。”轩辕两眼丝毫不移地盯着跂燕洗漱，似笑非笑地道。

跂燕俏脸微红，佯嗔道：“你干吗贼眼兮兮地看着人家？”

轩辕笑道：“当你在穷山恶水之中发现一朵绝美的花，你会不会多留意几眼？”

“贫嘴！”跂燕佯怒道。

轩辕却欢快地笑了起来，伸手拍了拍身边一块干净的石头，坦然道：“来，先坐下来歇歇，想想在下一刻便要去面对那些穷山恶水，与死亡挣扎，我们也不能不在这里多留恋一会儿，是吗？”

跂燕犹豫了一会儿，旋又坦然地坐到轩辕的身边，笑道：“人的惰性便是这样培养起来的，越坐越想坐，难道你不怕坐久了会后悔来到这片死亡之地吗？”

第五十四章　七彩花蟆

轩辕不由得又笑了，扭头神情专注地望着跂燕，认真地问道：“你有没有后悔来到这个地方？说真话！”

“如果说没有那是在骗人，但人的情绪绝非每一刻都是稳定的，偶尔会后悔，但大多数时间是无悔的，所以这是可以原谅的。”跂燕坦诚地道。

“哈哈，你也真够老实的，不过坦白得可爱。我也跟你一样，有时候后悔，怀疑这次的决定是不是一个很大的失误，但过后又觉得自己并没有错。人的一生能够有多少时间去尝试一些新鲜的事物呢？如果为一件事后悔而换得痛苦，倒不如为获知一件新鲜事而欢喜。所以，无论这里的风景多美，都不足以让我驻足不前，顶多只能作一个短暂的品味。”轩辕笑道。

跂燕心神为之雀跃，兴奋地道：“看来这次我是没有选错合作人！”说完竟主动地伸出手来。

轩辕一怔，大感有趣地伸手相握。

“我们一定能够走出这片死亡沼泽！”跂燕一时间似是充满了无限的信心。

轩辕讶然地望着跂燕，不知道跂燕为什么会在突然之间变了个人似的，一时之间竟不知该怎么说。

“怎么，不说话了？”跂燕一时间变得极为主动，问道。

轩辕干笑道：“你的变化让我吃惊，让我怀疑你是不是喝多撑坏了。”说到后来再也忍不住笑了起来。

跂燕先是一愣，旋即也欢笑起来，道：“我只想给你打打气而已。”

“你这样一来只怕把我的锐气都给夺了，把我的气焰都压下去了，哪里是打气，我怀疑你是故意整我……”

“活该，谁叫你贼眼兮兮的老是不安好心？”跂燕不打自招地打断轩辕的话，笑骂道。

“哈，你居然这般滑头，你直说不就得了？何必这般压人风头，打击我男性的自尊呢?”

“有这么严重吗？谁能压得住你的风头?”跂燕好笑地道。

“难怪你们族中的年轻男子都对你敬而远之，原来是你故意整他们。你的心计我算是服了，好好合作吧，有你这聪明而又富有心计的美女合作，肯定能顺利过关!”轩辕笑道。

“你不应该是个喜欢揭短之人，人家往日的表现只是想少一些纠缠，多点时间给自己而已，谁整了他们了？是他们不够自信而已。”

“所以你就变得高不可攀，他们可望而不可即了……”

“还提!”跂燕不高兴地道。

“哦，好了，不说就不说。不过，我已经知道你的这一招，以后便可以想法破解喽……”

“谁怕你破解？不过，我还是事先告诉你一声，别太自信了哦。”跂燕顽皮地向轩辕眨了眨眼睛，充满了挑战的意味。

“嘿，我还从来没怕过……”轩辕说话间猛地将跂燕向怀中一带。

跂燕一惊，正欲惊呼，却被轩辕封住了樱唇，然后便无法控制地被轩辕夺去了初吻。

轩辕毫不客气地一气痛吻，终于攻开了跂燕的牙关，然后便是一阵如火如荼的长吻。正当轩辕志得意满之时，蓦地一声痛呼，忙推开跂燕。

跂燕也一挣而开，似笑非笑地望着轩辕得意地道：“这是给你这个小无赖的一点点教训。”

轩辕伸手在疼痛的唇间一摸，手上立刻留下一丝血迹，恼道：“你怎的咬这么重？都出血了!”

“哈，我还没追究你强占人家便宜的罪，你反倒责怪起我这被欺负的弱女子的罪名来，我可不干！你欺负了我，我咬了你，大家扯平，谁也不欠谁，如何?”跂燕狡黠地一笑道。

轩辕心中只好自叹倒霉，气鼓鼓地道：“谁叫你向我挑衅？”

“哈，我向你挑战又不是要与你比力气，而是看谁先向谁投降，而且是心服口服！”跂燕丝毫没有惧意地道。

“我可没答应接受，我退出，这么凶的女人我可受不了……”

“啧……”这次跂燕竟主动在轩辕的脸上亲了一口，便哄小孩一般道：“哦，别生气了，何必这么小气呢？大不了，我也让你咬一下不就行了？”

“真的，这可是你说的。”轩辕大喜道。

跂燕又一下子嬉笑着跑开，笑道：“相信才是傻瓜。”

轩辕无可奈何地摇头苦笑，不过此刻经这么一闹，心情似乎好多了，忖道：“女人就是这样，爱上了一个人后，变化竟这么大。”同时暗自庆幸一路上能有一个活泼的伴，那这一路也不会寂寞了。

轩辕心里哪会不明白跂燕实已爱上了自己，只是她是一个很特别的女孩子，更是一个很懂得情调的女人，与桃红的媚骨完全不同，更有异于蛟幽的清新纯洁，也有异于雁菲菲的奔放善良，与褒弱的忧郁含蓄也不相同，更不像燕琼那般小鸟依人。不可否认，这也是一种极度让人着迷的魅力。

“好了，不闹了，我们还是赶路吧，穿上你的鞋！”轩辕收拾心怀笑道。

“还真有点舍不得走了。”跂燕神情一肃，淡淡地道。

“要坚信，前面还有更好的风景！”轩辕一边穿鞋，一边笑道。

跂燕也笑了，重复道：“前面有更美的风景，是啊，多好的希望！”

轩辕一紧裤腿，抬头望了望天空，豪气万丈地道：“人，只要希望不灭，前途永远都是美丽的，这就是为什么人每天都在进步的原因。只有拥有了希望，才会去追求、求索，也只有这样，才能够将这个世界变得越来越完美，只要我们有信心、有目标，这死亡沼泽又算得了什么？”

跂燕眼里闪过一丝异样的光彩，但突然又露出惊骇之色，同时惊呼：“七彩花蟆！”

轩辕也一惊，忙转身望去，只见数百只七彩斑澜的蛤蟆缓缓爬来，那一对对鼓出的眼睛都注视着他们两人。

轩辕一挽包袱，迅速在胸前打了个结，身子疾退，与惊惶的跂燕并肩而立。

“怎么办？定是花蟆凶人来了，否则怎会出现这么多七彩花蟆？”跂燕担心道。

“别怕，有我在，没有谁能伤你！”轩辕肯定而坚决地道。

咕咕……呱呱……咕咕咕……呱……数以百计的七彩花蟆似乎感受到了轩辕身上所散发出来的杀气，齐声高叫了起来，倒也热闹至极。

“这东西可以喷出毒液，我看我们还是快些离开这里吧。”跂燕提议道。

轩辕笑了笑，道：“我们已经不能轻松地离开这里了。”

跂燕若有所思地环顾四周一眼，除这河边那窄窄的两道乱石滩外，其余的地方全都是一望无际的杂草，偶有一些矮树，却是了无生机地立着，天空之中除了凶猛的大鹰，便没有其他鸟类敢逗留于这一方天空。

有风吹过，更送来一阵阵腐泥的气息，跂燕没有发现什么。

轩辕摘下跂燕肩头的大弓，搭上箭，竟对准天空中盘旋的大鹰。

“你干什么？”跂燕大为不解。

轩辕神秘一笑，蓦地箭头忽转，只听嗖的一声，利箭已没入不远处的一个土堆。

轰……土堆突地炸开，一道暗影狂号着冲霄而起。

嗖嗖嗖……轩辕没有丝毫的犹豫，只是冷哼一声，利箭衔尾而出，快捷无伦。

呱……数百七彩花蟆中发疯似的向轩辕扑到，跃起的速度和距离让轩辕吃了一惊。

轩辕惊而不乱，也没有任何事情可以让他慌乱，在三支劲箭连珠发出之时，大弓斜拖而下，幻起一幕弓影，疾扫那发狂扑来的七彩花蟆。

“呀……”

一声凄长的惨叫声响起，轩辕的大弓已经将第一批攻来的七彩花蟆尽数扫开，中弓的蛤蟆无不骨碎肉裂。

“下水！”轩辕一带跂燕，双双倒跃入河水之中。

跂燕也惊讶无比，因为她看到那土堆之中竟蹿出了一个人，但这人却无法躲过轩辕的连珠之箭，再自空中重跌而下。

咕……呱……咕……轩辕一退入水中，那群七彩花蟆也迅速跃入水中。

轩辕淡淡一笑，带着跂燕蹚到河水的对岸。

“花蟆凶人来了！”跂燕极为惊惶地道。

“胆敢向我挑衅者，杀无赦！”轩辕冷厉而又自信地道。

“这些蛤蟆怎么办？他们会喷毒气……”

“放心，我们待它们一自水中跃起，便凌空将他们杀死，谅它们也没有机会吐毒液，而且自水中跃出，弹跳力也大减……”说话间轩辕竟一抖腰间的钩索。

索势如龙，准确地抽在几只跃起的七彩花蟆身上。

咕呱……咕呱……七彩花蟆似是面对前世的大敌一般，前仆后继地向轩辕扑去，但却没有一只能进入轩辕半尺范围之内，而轩辕手中的钩索来去如风地不停抽击，几乎是在身子周围布下了天罗地网，而撞上索网的七彩花蟆，立刻被弹出，横尸当场。

“还不出来吗？难道要我杀光了你们的宝贝才肯出来见人？”轩辕高声喝道。

跂燕望着轩辕那犹如行云流水一般的动作，竟能将一根钩索也拿来变成厉害的武器，心中不禁又是惊羡又是欢喜，此刻她完全放心轩辕有能力保护她。

啪……轩辕的钩索沉重地抽在最后一只七彩花蟆的背上，竟将这只花蟆如碎了的鸡蛋般击成一摊碎肉。

“呼呼……”轩辕将勾索在河水中搅绕了几下，这才利落地缠至腰间，钩索几乎如活蛇一般，富有灵性。

“太棒了，你一定要教我！”跂燕欢喜地拉着轩辕，惊羡地道。

“只要你愿意学，我也不会吝啬的！”轩辕淡淡地笑了笑道。

“我当然愿意学！”跂燕认真地道。

“我们过去看看那只大蛤蟆！”轩辕说着，拉起跂燕蹚过小河，向那土堆行去。

来到土堆旁，轩辕和跂燕不由得呆了呆。

“人呢？怎会不见了？”跂燕惊讶地道，刚才她明明看见那人中箭，而且是致命之处中箭。

轩辕也沉默了，地上有一摊血迹，证明刚才的一切都是真实的，那么人呢？他对自己的箭法极有信心，在他的印象之中，那人必死无疑，可是既是必死，为何看不见尸体呢？

轩辕抬目四顾相望，却只能看到草涛起伏。

“尸体已被人带走了！”轩辕肯定地道，同时他也可以肯定自己的感觉没有错，刚才他感觉到身边至少有三个以上的敌人，只是他只能够觉察其中一人的位置。而此刻他感觉之中的敌人消失，也证明这群人已经偷偷潜走，而且带走了同伴的尸体。

“他们怎会这么快便消失了呢？又是自哪里离去的？”跂燕不解地问道。

“我也不知道，这一切只能去询问他们了。”轩辕无奈地笑了笑，心中也泛起一丝难释的寒意。他竟然不知道对方是什么时候潜入他跟前的，而这几人又是如何离去的，这绝对是个失误，也可能会成为他的致命之处。

也许，正如跂燕所说，这便是花蟆人的神秘和可怕之处。

“走吧，他们都已经离开了，相信不会很快便来缠我们。”轩辕安慰跂燕道。

望着那茫茫的荒林，跂燕的心中涌起了一丝不安，但此刻她相信轩辕。

黑水潭，只是一个极大的沼泽湖，方圆至少延绵数十里，而且成一个狭长形。

水潭的尽头是一道高岸，小河之水飞落数丈之后注入黑水潭之中，这也许便是黑水潭中的鱼为什么不能游入小河的原因。

轩辕惊奇地发现，有几只极大如蛇却长有四足的怪物正在飞泻而下的河水下冲澡，相互嬉戏着。

轩辕还是第一次见过这种东西，大感惊奇，那些怪物根本就不在意轩辕和跂燕的到来，只顾着戏水嬉戏。

轩辕还发现这些怪物的头上长着一道长冠，似鱼鳍而又不是鳍，体长至少有两丈。

“这是什么东西？”轩辕疑惑地向跂燕问道。

“我也不知道，这种东西攻击起来很凶猛，但只要不惹怒它，它不会主动攻击人。”跂燕解释道。

哗哗……轩辕正说话间，黑水潭犹如翻江倒海一般搅开了，巨大的浪头冲天而起。

“快躲开！”跂燕吃惊地拉着轩辕躲在一块大石头之后。

“怎会这样？”轩辕望着翻腾的潭水，吃惊地问道，这种场面使他想起了那日巨蛇自龙潭之中冲出的场面。不过，今日的水柱并没有那日高。

哗……一根如同巨大石柱般的大尾破水而出，又重重地拍打在潭水之上。

“哇，是水怪巨龙！”跂燕惊道。

“它此时正被一群小怪物攻击，你看它身上那红壳的怪物。”轩辕一指水中拱出的巨大背脊之上的那一只只有脸盆大的红壳异物。

那红壳异物似乎根本就没有头，但却有八只如利刃一般的尖足，深深地刺入那拱起的脊背之中，便像是吸附在那巨大水怪身上的大螃蟹，但这东西的眼睛竟生在那红壳的中间。

哗……哗……这次水中那庞然大物的头颅露出了水面，竟是一只巨大乌龟的脑袋，但却披着火红的鬃毛。

嗷……那怪物似乎是不堪痛苦，发出了惊天动地的狂号，那巨大的躯体竟达七八丈之长。

轰……龟首怪物的长尾重击在潭边的一块大石头上，但见石屑乱飞，水花四溅。

轩辕惊讶地发现，那红壳怪物依然没被甩下，虽然红壳被砸破，但它吸附之紧只让人惊叹。

那几只本来在嬉戏的怪物似乎对这一切见怪不怪，根本就无动于衷，只是极为悠闲地拍水、游弋。

正当轩辕看得惊心动魄之时，突然觉得身子一紧，一只柔软滑腻的长臂无声无息地卷住了他的腰际。

“啊……”跂燕一声尖叫，一团绿色的怪物飞速自轩辕身边滚过，而跂燕正是被一条长长的绿臂所缠。

轩辕大惊，发现自己腰上所缠之物也是一条长满绿色青苔的滑腻肉臂，那肉臂之上似乎充盈着强大无比的力量，带着轩辕不由自主地滚出。

铮！轩辕大惊地出剑。

哧……吱……一声轻响，那绿色怪物发出一声尖叫，如一团泥揉成的球体，向黑水潭滚去。

“救我……”跂燕绝望地惊呼。

轩辕身形飞射而出，他绝不能让那怪物将跂燕带到水中去，入水只会是死路一条。

呼……那缠住跂燕的绿怪自那一团球似的身体之下又射出一条手臂，如鞭般向轩辕卷到。

“来得好！”轩辕不惊反喜，低喝一声，腰间的铁钩飞速划出。

哧……那怪物一声尖叫，竟被铁钩刺入那条打横的肉臂之中。

“你给我回来！”轩辕身子猛地翻转，钩尾的长索以极速缠上数层，喝道。

那怪物一挣，但无法脱开铁钩的制约。

轩辕身子落地，差点被那怪物的巨力给拖了过去，但旋即又稳住了身子，猛地将绿怪拉了回来。

那怪物吱的又一声惨叫，毛茸茸的躯体迅速向轩辕回扑，本来为一团的躯体竟散开一张成扁平的巨大的绿皮，绿皮边扭曲着几条碗口粗的手臂，跂燕便在其中一条手臂之上，但看样子已经昏迷过去。

轩辕见这怪物如此异形，竟呆了一呆，也有种不知从何下手的感觉。

呼……怪物如一张大网般向轩辕包抄过来，似乎要将轩辕完全包在这张长满绿色苔藓和茸毛的皮毛之中。

怪物扑近五尺之内，轩辕才陡地惊醒，他本被这一张活生生的绿色肉皮给怔住，但在怪物进入他五尺之内时，他便发现了怪物那张开的小嘴——在绿色的肉皮之中露出了一对小小的红色嘴唇，在两面嘴唇之中却有一根针状的硬刺。

这是一张绝对使人恶心的嘴，让轩辕想到鸡的屁眼，只是此刻这两片细小的红唇轻轻地嚅动着，使得其形状更为恶心。

轩辕低吼一声，利剑飞速划出，他不能让这怪物靠近，是以，他必须出剑！

哧……轩辕的剑犀利无比地划开怪物的躯体，但怪物似乎根本就没有感到任何的痛楚，依旧扑上了轩辕的身子。

轩辕大惊，他感觉这怪物的那张小嘴似乎可以移动，一剑竟未能够斩中，只是在怪物的身子上划开了一道近两尺的创口，更没有一点血迹。

噗……轩辕的身子被怪物那铺开后扁平的躯体包个正着，那几有两丈大小的一张肉皮包裹轩辕是足足有余，但对轩辕威胁最大的还是怪物那张生有硬刺的嘴。

啪……百忙之中，轩辕根本就来不及再出剑，只好伸手一把抓住那根坚硬，任由怪物包裹住自己的身体。

怪物的肉皮一触轩辕的身体便立刻紧缩，狠命地向中间紧裹，似乎要把轩辕揉碎。同时，也发出一种奇怪的尖叫。

轩辕暗自庆幸他已在怪物的身上划破了一道两尺长的裂口，这个裂口刚好可以让他的头脸挤出去透气，否则的话，即使不被挤死，也会被闷死在这怪物的皮肉之中。但轩辕没有半丝欢喜，因为他感觉到这怪物一包紧他时，便分泌出了一种滑腻的液体，使他想大口地呕吐，更使得他神经有些麻痹之感。

“呀……”轩辕强提一口气，放声狂呼，他感觉到体内的真气在强大无匹的外在压力之下，已在经脉之中狂窜，而丹田之中更升起了一团犹如熔岩的热流奔涌向四肢百骸，抵消了神经的麻痹之感。

轰……轩辕将真气催至巅峰，化成一股洪流自每一个毛孔暴发而出，身子猛挣之下，那怪物竟不堪刺激地一声尖叫，皮肉爆碎成一块块。

轩辕发现自己的衣服竟全被腐蚀，而跂燕的身体也滚落在地，只是那条肉臂竟仍是活的，开始蠕动，且以很快的速度向水中逃逸。

轩辕骇异莫名，他无论如何也想不到这怪物被爆得四分五裂后，那肉臂居然还能独成一体地活动，但是他怎容这条肉臂带走跂燕，迅速出刀斩落。

肉臂断落，分为两截，跂燕被轩辕抱起，那截肉臂却飞速逸入潭水之中。

轩辕解开缠住跂燕腰肢的肉臂，竟发现跂燕腰际的衣衫也已被腐蚀，本来滑嫩的皮肤竟起了一个个细小的水泡，不由得大为怜惜，也心痛不已，却暗自庆幸自己那特异的体质。

轩辕忙回头找寻包袱里的东西，但是另一异象更让他惊骇莫名。那四分五裂的绿皮怪物竟然一块块地很快又生长在一起，缓缓地爬动起来。在轩辕转身之时，那怪物似乎意识到了轩辕的可怕，迅速缩为一个大球，向潭水之中滚去，还有两块碎片竟然也不要了。

轩辕呆呆地像是做了一场梦一般，他弄不清楚这究竟是一个什么样的东西，居然杀也杀不死，连碎尸都不怕，他不由得心头发寒地四顾一眼。刚才是他们的疏忽，也是这怪物掩护得极好。其实这很正常，那怪物只要缩成一团，不动一下，谁也只会将它当成一个长满绿色杂草的土堆，谁又会想到它却是一只可以致命的怪物呢?

所幸那包袱是以兽皮所制，虽然腐蚀了些，但仍未全破。

轩辕立刻找出药膏，小心地为跂燕的伤口处抹上，更为跂燕扎了几针。他知道那怪物所分泌出的液体不仅可以腐蚀人体，还能够将人麻醉，是以他才会为跂燕扎几针。

跂燕嘤咛一声醒来，却忍不住呻吟了一声，腰间的刺痛让她吃了一惊，而当她看到有些狼狈的轩辕正在她身边关切地注视着她时，不由得哇的一声扑在轩辕的怀中哭了起来。

轩辕紧紧地拥住跂燕，轻轻地拍了拍她的后背，安慰道："不用怕，没事了，不会有事的……"

经历过生死之后，跂燕竟然表现得特别脆弱，但哭了一阵子后，似记起了这里还是属于死亡地带，忙停止抽咽道："走，我们离开这里!"

轩辕吸了口气，道："好的，现在没事了，有我在，一切都会成为过去!"

跂燕轻轻地推开轩辕，俏脸之上依然挂着几颗晶莹的泪珠，但她的双眼却一眨不眨地注视着轩辕，半晌，才凄然而惶恐地喃喃道：“亲我，我怕！”

轩辕心中一阵痛惜，他知道此刻跂燕内心一定是充满了恐惧，而这也是因为对方真的爱上了他。当一个无惧生死的人突然深爱上一个人的时候，他们再次面对生死之时，便会生出恐惧和害怕，他们并不是害怕死亡，而是害怕再也见不到深爱的人。是以，轩辕知道唯一可以消除跂燕内心恐惧的办法，就是要让跂燕感到他的存在，感到他也在深切地呵护和疼爱着她，唯有这些真实的感受方能够驱散那虚无的恐惧。是以，轩辕温柔地吻了上去，倾注自己所有的热情和对跂燕的痛惜，温柔地、轻轻地吻向了那两片樱唇……

跂燕表现出了前所未有的疯狂，犹如找寻到了生命的真正意义，也像一个溺水之人突然抓住了一根救命的稻草。

一切的一切都由温柔变得狂野。

“我们回到小河边去！”跂燕在轩辕的耳边轻轻地道。经过一番暴风骤雨般的狂吻后，她体内荡漾着无法抑制的春情。她脑海之中不再存在恐惧，而是一种莫名的冲动和向往。

“为什么？”轩辕不解地柔声问道。

“我要在那里把我的一切都献给你，我愿意被你主宰，愿意做你的女人！”跂燕双手紧勾着轩辕的脖子，眸子里闪烁着似火般的热情，认真地道。

轩辕一愣，心中涌起了一丝感动，轻轻地在跂燕额头上吻了一下，道：“你现在受了伤，不易做这些，等你伤势稍好，我一定会让你好好地做一回真正的女人。”

“我害怕会没有明天！”跂燕幽怨地道。

“会有的，虽然生命在这里显得有些单薄、脆弱，但大自然之神会庇佑我们的，我相信自己可以把握这一切！对我有信心些，好吗？”轩辕肯定地道。

跂燕咬了咬双唇，再深深地看了轩辕一眼，主动地吻了一下轩辕的额头，柔声依恋地道：“我相信你！”

轩辕悠然地笑了，重重地抱起跂燕的身子，撕碎一件衣衫为她缠好腰际，才伸手搭着已站直的跂燕的双肩，深情地注视了她一眼，道：“我要你在没有任何外在的压力之下，心甘情愿、心服口服地做我的女人！”

跂燕也笑了，有些羞涩，但也很快恢复了先前的洒脱，道：“我已给你一次机会了，是你自己推托了，人家早已心甘情愿、心服口服地要做你的女人了。”旋又笑道，“算我没有看错人，你还算是一个不乘人之危的小人。”

“哦，原来你是在故意试探我，好了，我要不顾一切地做一回小人。”轩辕故意道。

“你并不是要做小人，而是要做死人！”一个冰冷无情的声音自荒林之中传了出来。

轩辕和跂燕同时一惊，目光向声音传来之处望去，却见三名满脸油彩的人分开杂草缓缓行出，就像是三只巨大的七彩花蟆。

轩辕和跂燕在刹那间明白了这些人的身份，因为这些都是显而易见的。

“花蟆人！”轩辕冷冷地道了声，同时回过头来望了望黑水潭，却发现那龟首异兽已经远去，水潭之中也变得静悄悄的，并没有见到水怪戏水之象。

跂燕心中微惊，她已清晰地捕捉到来自轩辕身上的杀机，浓郁得像有一层薄冰浮在虚空，但她却感到与轩辕相接触的身体有一股热流传来。

“如果你肯束手就擒，我可以放你一条生路。”那三名汉子与轩辕相距五丈驻足，其中年长者以傲气凌人之调道。

“是帝十让你们来的？”轩辕冷冷地问道。

“可以这么说！”那人道。

“哼，九黎人会给我一条生路吗？”轩辕感到有些好笑，反唇相讥道。

没想到那人并不以为耻，只是悠然地道：“如果你肯束手就擒，我以佘痴的名义担保你不死！”

“佘痴？倒是个有趣的名字，就是不知道值些什么？不过我要遗憾地告诉你，我没有必要期待别人去为我乞求生路，更不会向任何人屈服，也没有谁有这个资格！”轩辕毫不客气地道。

“年轻人，这是我第一次以这样的口气跟人说话，因为你的确是个人才，但如果你执意要与九黎族过不去，对你半点好处都没有！而你年轻的生命很可能会毁于……”

“佘痴，族长并没有让我们说这么多废话！”佘痴身边的高个子冷冷地道。

“我办事有自己的准则，不需要别人指点！”佘痴冷冷地道。

“你……”

“涂炭，不要争了，我们的任务是将这小子带回去，无论死活，你们何必这样？”另一名一直未出声的汉子道。

佘痴无可奈何地望了轩辕一眼，轻轻地叹了口气，竟然似对轩辕抱有极大的同情。

轩辕心中微讶，对这佘痴不由得另眼相看，但他却并不在意：“想带我走？只怕没有那么容易！”

“年轻人，那就别怪我们不客气了！”佘痴说话间翻掌而出，劲气四射。

轩辕微惊，惊的是佘痴的掌力之浑厚，当然，轩辕从未怕过谁，便是在面对帝恨和青天、青云那样的人物时都不曾害怕过，又怎会在意佘痴？不过，他对佘痴的善意微微有些好感，至少并不讨厌这个人。是以，他并没有出剑，也不曾出刀，只是冷眼望着佘痴那急速破空的手掌。

“小心！”跂燕关心地呼道。

轩辕笑了笑，笑得极为自信，似乎这个世上根本就没有值得他去担心的事和物。

佘痴眼里闪过一丝惊异，似乎对轩辕的大胆和狂妄有些惊异，因为从没有人敢如此轻忽他的掌力。不过，便在他惊异之时，轩辕出拳了。

轩辕出拳，稳稳当当、不偏不倚、毫无花哨地击中佘痴的拳心，拳速之快，使得佘痴想变招都没有任何的机会。

轰……一声沉闷的巨响，佘痴竟然立足不住，猛退四大步，而轩辕却只是上身稍晃了一下，神情极为悠闲洒脱。

涂炭的脸色微变，向另一人打了个眼色，两人飞速向轩辕夹攻而至。

轩辕冷哼一声，对于这两个人，他是半点好感都没有，自然不会在意痛下狠手，但凭这几个人的武功，他并不怎么放在心上。虽然他感到这三人的武功不错，但顶多也只是与风大那群杀手不过伯仲之间，对他来说并不是很有威胁性。是以，他并没有出兵刃的意思，因为这几人也没有用兵器。

涂炭的掌到中途，突化为爪，速度快极无比，而另一人的十指却在一路攻来之时做出繁杂至极的动作，若非轩辕的眼力过人，只怕早已被那些混淆视线的动作弄得眼花缭乱，而不知该如何防守了。

也的确，满天满眼尽是指掌交错，确让人有种眼花缭乱的感觉。不过，这两人的速度比之叶皇和花猛却要逊色一些，根本就逃不过轩辕的眼睛。

轩辕出手，平平淡淡，但却优雅至极，像是信手拈花，给人以极为曼妙而洒脱的轻松感。

涂炭的眼中闪过一丝莫名的惊骇，他想变招，但他却无法比轩辕的动作更快，便连撤手都来不及。轩辕的手已经搭在他的脉门，另外一人却击了个空，轩辕已缩身以手肘疾撞向涂炭的小腹。

涂炭身子狂扭，欲抬膝相顶，但脉门涌入一股几乎让他神经为之麻痹的力量，使他身不由己地前倾，撞向轩辕那倒撞而出的手肘。

另一人一击击空，却舍轩辕而扑向跂燕，他自然知道可以利用这个女人来对付轩辕，而且绝对是个好主意，但他却忽视了轩辕的脚。

轩辕在出手肘之时，底下也无声无息地出足倒勾。

砰……涂炭受到轩辕的手肘一击，五脏几乎尽裂，控制不住地狂喷出一口鲜血，而他的同伴小腿骨受到重击也一个踉跄，抓向跂燕的手抓空，但却倒霉至极地刚好遇上跂燕拔剑。

跂燕绝不会有丝毫留情，奋力狂刺，短剑几乎毫无阻碍地推进对方的身体。

佘痴惊得张大了嘴，这个结果太快了，但并不是很出乎他的意料。其实，他似乎早就已经知道会是这样的结果。不过，他还是出手了，毕竟涂炭是他的同伴，总不能望着同伴去送死吧。

佘痴出手，但却只是伸出一半便再也没有办法推出这强劲的一掌了，因为轩辕的剑不知道什么时候已抵至他的咽喉。

佘痴没有见到轩辕是如何出剑的，是以他的惊骇是无与伦比的，轩辕的剑实在太快，快得让他头皮发麻。

轩辕并没有杀他，只是淡淡地道："你们根本就不是我的对手!"

佘痴没有说话，涂炭正在地上痛苦地呻吟，事实证明轩辕所说的并不是虚言痴语。

轩辕缓缓收回利剑，冷眼与佘痴相对，悠然道："带着他回去向你们的族长说，我轩辕并不想与花蟆族为敌，但如果他执意要我轩辕的命，我会让他后悔的!"

佘痴有些惨然，但也诚恳地道："你斗不过他们的，在这沼泽之中，没有人比他们更可怕!"

轩辕一愣，冷然道："斗不斗得过那是我的事，如果再不走的话，也许我便会改变主意，你也会后悔的!"

佘痴落寞地笑了笑，道："我只想告诉你，我们并不是真正的花蟆族人，只是他们的蛙奴，这次他们只是想让我们来试探一下你的真正底细，当他们自己出手的时候，将不会有丝毫人性的存在。话尽于此，祝你们好运!"

轩辕又一呆，心忖道："难怪世人说花蟆人凶残成性，而眼前的三个人却并不是人性全泯，原来根本就不是传说中的花蟆人。"

跂燕听说这三人并不是花蟆人，不由得为自己错杀了人而不安起来。

望着佘痴抱着涂炭蹒跚而去，轩辕心中不由涌起了一丝忧虑和不安。

轩辕很少会不安的，但是在听了佘痴的话后，他不由得担心起来，或许并不是为自己，而是为跂燕。

对于他自己，轩辕自信有足够的能力保护自己，但是如果跂燕出了意外，对他难免会是极为沉重的打击。

"我们也该走了!"轩辕出言道。

“呀……”轩辕正回头之时，突然听到涂炭和佘痴传来一声长长的惨叫。

轩辕脸色为之一变，扭头一看，却见佘痴身形疾速掠起，似乎是地面上有咬人的蝎子，而涂炭的躯体并没见到。

轩辕一挟跂燕，向佘痴掠起的方向赶去。

轰……一堆泥土猛地炸开，一道灰色人影猛地掠向腾空而起的佘痴。

佘痴大吼一声，双掌向掠至的人影猛击，砰的一声闷响，轩辕发现佘痴的双掌竟被对方吸住，两人的躯体同时从空中坠下。

“救我——”佘痴绝望地惨呼道。

轩辕心头有些发寒，抑或是因为佘痴那绝望而恐惧的惨呼。

嗖……轩辕想也不想，那根短枪猛地贯射而出，以无坚不摧的气劲逼向那破土而出的神秘人物。

轰……那神秘人物的身法诡异至极，竟然在空中突然如陀螺般旋扭起来，然后如一个巨大的钻子一般钻入地下。

第五十五章　遁土而行

轩辕心中的惊骇是无法想象的，因为那神秘人物不仅仅躲开了他射出的一枪，更将佘痴拖入了地下。

轩辕急速掠至，却发现地面之上有一道凸起的土堆急速向远处移去，便如地底之下有一只巨大的翻土鼠，以绝快的速度在土里狂奔，而将它身上的泥土拱起。

嗖嗖……轩辕扬手甩出一把劲箭，飞速地追射那急速移动的土堆，但他心中知道佘痴可能已经完蛋了。

那凸起的土堆移速极快，轩辕甩出去的劲箭顺着翻松的泥土钉出笔直的一排，却都只是险险追上土堆。

跂燕被眼前的奇景给惊呆了，但却被轩辕搂在怀中不知道如何是好。轩辕掠行如风，他的速度自是比土中疾行的怪人快，但便在他快要追上之时，土面突然炸开，四射的泥土之中，一阵凄长如鬼哭的怪笑响起，同时也有一道身影向轩辕和跂燕射到。

轩辕和跂燕被这阵刺耳的笑声刺激得毛骨悚然，但轩辕仍不得不翻掌直袭那射来的身体。

“佘痴！”轩辕很快发现那射来的躯体竟是佘痴，是以，他不得不改攻为拿。

“啊……”跂燕一看轩辕所拿住的佘痴的躯体，不由吓得一声尖叫。

轩辕也感到一阵无比的心寒。佘痴死了，但似乎全身的精血全被吸干了一般，变得枯萎，咽喉处尚有一血洞，几个深深的牙印上仍有丝丝的血迹。

佘痴竟在瞬间被人吸干了精血，这是多么可怕而又不敢想象的事。

“哈哈哈……”那怪人身形自空中落下，与轩辕已相距十余丈，怪笑着回头向轩辕看了一眼。

轩辕心中再次升起一丝寒意，他看清了那人的面貌，本来白皙的脸上竟长着密密的七彩肉疙瘩，便是七彩花蟆的背皮一样，不仅如此，一头火一样的红发，和两根露出唇外的獠牙，几与地狱中的恶鬼没有什么两样。

“轩辕，你们的下场也会和他一样，哈哈哈……”那怪人恶狠狠地盯了轩辕一眼，恶狠狠地道。

“你是什么人?”轩辕木然地放下佘痴的尸体，冷杀地问道。

“老夫乃花蟆族的吸血鬼，你记好了，下次便轮到你和这小美人了，哈哈哈……”那红发怪人邪恶地狂笑道。

“哼，那我今日就斩下你的蛤蟆头!”轩辕冷哼一声，放下跂燕，如电火一般向吸血鬼攻去。

剑气狂啸之中，吸血鬼眼中闪过一丝邪火，尖笑一声，一头扎入泥土之中，瞬间无影。

轩辕大惊，身子在空中一个回旋落到跂燕的身边，他不敢离跂燕太远，如果这吸血鬼趁机向跂燕发难，他只怕会遗憾终生，便是杀光花蟆凶人都无济于事。

“他走了!”跂燕指了指那在风中摇晃的杂草，惊骇地道。

轩辕顺着跂燕的手指望去，果然发现一排长长的杂草如波涛一般向远方滚去，他心中却涌起了一股莫名的寒意。

轩辕的目光再次落在脸色惨白如霜的佘痴的尸体上，也感到了一种深深的恶心。

的确，吸血鬼这一手很有威慑力，但也太过于残忍恐怖。

涂炭也死了，死状与佘痴一模一样，显然是最先被吸血鬼吸干了精血。

“他是魔鬼!”跂燕忍不住抓紧了轩辕的手臂，但仍掩饰不了内心的恐惧，颤抖地道。

轩辕苦笑了笑，他也不知道这是什么魔功，不仅吸人精血，更能够在泥土之中穿行，这种邪功几乎让人防不胜防，比之沼泽之中的恶兽更要可怕多了。

“不会有事的，只要有我在，他便绝不会有机会出手!”轩辕肯定地道，旋又安慰地拍了拍跂燕的肩头，接着道，“不要想得太多，相信我，不过，从现在开始，我要一边走一边教你武功，为你打通全身的气脉!”

跂燕心中并没有太多的激动，因为她的心神仍然被吸血鬼那惊世骇俗的残忍给镇住了。

在沼泽之中的前进是惊险而又艰辛的，唯一让轩辕感到欣慰的便是相伴而行的跂燕。至少，为这一路增添了几分欢悦和生机。

跂燕心中的恐惧也慢慢地淡化，轩辕一路上以金针为其打通全身的气脉，使得她只觉整个人都轻盈无比，浑身充满了生机与活力。轩辕更指点她往日从未接触过的绝妙剑术。一个认真地教，一个细心地学，虽不能说一蹴而就，但让跂燕受益颇大。

跂燕并非没有武功底子，在轩辕讲授一些简易而直接的攻击之法时，以她的聪慧，很轻易便掌握了其中的奥妙。

轩辕并没有任何的轻松感，事实上危机一直都未曾过去，而这与沼泽之中恶劣的环境并无关系。便是那诡异的食人草，也没有让轩辕惊慌。不过，轩辕此刻也不会再否认这是一片死亡之地，即使千军万马进入这片地区，幸存者也不会有多少。

大自然的威胁虽然防不胜防，但比起人为的威胁来说，却少了一份让人心惊的压力。

吸血鬼一直都未曾出现，像是这片天地从来都没有这个人的存在，这使得轩辕的心头异常沉重。

对于吸血鬼那诡异难测的魔行，实让轩辕想起来都有些毛骨悚然，若非他亲眼所见，还真难相信这个世上会有人以吸人精血为生。

“按地图上所示，再向前二十里便到达了神秘的青丘国。”轩辕仔细地查看着羊皮地图道。

“我从来都没有听说过这个国名。”跂燕微微皱眉道。

“我也没有听说过，可是地图上是这么写的。不过，在这沼泽之中谁又知道它的存在呢？我们不知道青丘国那很正常。”

“但愿那群人不要像花蟆人一样凶残。”跂燕担心地道。

“我们根本就没有必要惊动青丘国的人。”轩辕也表示出了自己的担心，若是青丘国真如花蟆凶人一般残忍嗜杀，那他们此去真算是自投罗网了。

对于花蟆凶人，轩辕绝不敢轻忽，以佘痴的身手，居然在那么短短的片刻间便成了一具干尸，这确实让人心惊。

“你还怕不怕？”轩辕扭头向并行的跂燕望了一眼，问道。

“怕又有什么用？该来的总会来，何不坦然地去面对一切呢？不过，有你在，我至少少担心很多。”跂燕悠然地笑了笑道。

“说得好，现在我们便已经进入了青丘国的势力范围，就让我们坦然一些去面对青丘人吧。”

“你怎知道我们已经进入了青丘国的势力范围？”跂燕惊奇地问道。

“你看那堆石头。”轩辕伸手指了指不远处的黄皮树下的一堆石头。

“是人垒起来的。”

“不错，这应该是一个禁止行入的标记，我见过很多部落都是以这种垒石头的方式作标记。这个标记也似曾相识！”轩辕道。

“会不会是花蟆凶人弄的鬼？”

“应该不会，这堆石头已经垒上去很长一段时间，都有青苔生长在上面了，垒这堆石头之时，相信我们都不曾动身来沼泽，所以绝不会是花蟆凶人未卜先知所预设的。”轩辕分析道。

跂燕惊讶地望了望那几有半人高的石堆，却看不出有什么端倪。

“这里距青丘国只不过一二十里的路程，他们在这里设下路标是很正常的。”

“那我们该怎么办？如果我们强行闯进，岂不是有犯青丘国？”跂燕担心地问道。

“也许会，但过这片沼泽也只有这一条路！其他的地方全都是最为凶险之地，我们唯有横穿青丘国了。”轩辕无可奈何地道。

跂燕不语，看了轩辕手中的地图半晌，又望了望天空，才无可奈何地道：“天也快黑了，看来我们只好去青丘国借宿一晚了。”

轩辕笑了笑道：“那我们走吧。”

跂燕毫不犹豫地跟随。

轰……

“小心！”轩辕猛惊，就在跂燕与他走过石堆之时，那棵黄皮树树干竟炸了开来，一只干瘦的手猛地自树干之中飞出，直抓向跂燕。

树干碎裂成的木片如飞箭一般射向轩辕。

跂燕惊呼，这的确是出乎她的意料，也出乎轩辕的意料。

呼……轩辕对炸射而起的木片视若无睹，剑若惊鸿般斩向那只自树干之中探出的指爪，以及那神秘人。

轰……轩辕的剑快绝，那只手虽然很突然，那潜于树干之中的人虽然动作也不慢，但在他便要抓住跂燕前，轩辕的剑已经追到，不过，那堆半人高的石块也在蓦然之间炸开，铺头盖脸地向轩辕撞到。

轩辕再惊，但他根本就来不及反应，那堆石头已经尽数撞到了他的胸膛、手臂。

“啊……”轩辕狂叫一声，在身子不由自主地倒跌而出之时，出刀！

出刀，这是轩辕在最痛苦和担忧下的无奈决定。

跂燕惊呼，轩辕的剑并没有能救下她，是因为轩辕自己也遭了暗算，但在轩辕发出惨号之后却不是她接着尖叫，尽管她也在尖叫，却只叫出了第三声。

血光四溅，轩辕身子在重重坠地之时，发现了那自石堆之下弹出来的人，更看到了那人随着石块落地的手。

这是轩辕的杰作，轩辕绝对不是省油的灯，他的反击也是绝对不容忽视的。

轩辕根本就没有时间考虑，必须继续出手，他看到了吸血鬼，一个绝不想多看几眼的人。

吸血鬼狂笑着挟起跂燕向杂草丛生的沼泽中掠去。

轩辕的身上极痛，那数十块大石的倾力一撞若非他的筋骨如铁，只怕早已惨死。

嗖……轩辕以最快的速度甩出一箭，他绝对不能让吸血鬼带走跂燕，那种后果不想可知。

“啊……”那被轩辕斩下一条手臂的偷袭者吼了一声，再次向轩辕扑来，他竟像是感觉不到断臂的痛苦。不过，这人似乎没有料到轩辕竟然能有如此可怕的抗击能力，不仅在受了重击之后再出刀伤人，还能够如此快地甩箭攻击。是以，他绝不能让轩辕再有任何的喘息之机。

轰……那人击空，轩辕的身子滚出五尺，足下在一块大石之上轻点，躺于地面的身子竟向吸血鬼的背后直射过去，而那块大石被轩辕推得倒撞向断臂的花蟆杀手。

砰……花蟆杀手伤势本已很重，拼力再对轩辕作出倾力一击已是很勉强，这一刻哪能避开这疾撞而来的大石？竟惨叫一声，与大石块一起跌出五步开外，再喷出一口鲜血，一时之间昏死过去。

吸血鬼似乎也料不到轩辕如此顽强，但他并不惧，只是尖啸一声，身子旋转着向泥土之中沉去。

“救我……”跂燕绝望地尖叫道。

轩辕心痛，更愤怒得发狂。“呀……”轩辕怒叱道，整个身子带着神剑直向地面上撞去。

轰……轩辕身子撞至地面，所有的力道全部贯注于剑柄，含沙剑竟射入地面之下，犹如一条巨蛇般在泥土之下以快得不可思议的速度穿行，地面之上翻松的泥土更显示了剑所行之处，而此时正是吸血鬼没入泥土之中的那一刻。

轩辕涌起了前所未有的杀机，身子借地面反弹之力弹上半空，出刀！

出刀，一股肃杀狂暴的霸杀之气霎时犹如一张大网紧罩住以轩辕为中心的五丈范围。

草木、泥石，也在刹那之间变得狂野，或许只是因为光线在突然间暗淡，抑或因为刹那间有狂风涌起。

光线暗淡是因为轩辕的刀突然之间吸敛了射来的太阳之光，而在轩辕刀势破空之时，五丈范围之中更激起了风暴。

“地陷——”轩辕豁尽一切地大喊，而虚空也在这一刹那间被绞碎。

每一寸虚空，每一点空气，全被一股莫可匹御的气旋给撕成粉碎，包括草、木、沙石。

地陷，乃是青云自创惊煞三击之中的一式，轩辕从来都没敢轻易尝试这一招。因为，他连山裂都无法驾驭，又怎能驾驭地陷呢？是以，轩辕一直都在回避使用这一式，但此刻，他顾不了这么多，他绝对不能够让吸血鬼伤害跂燕！他刀使剑招，却依然暗含剑气。

杀气，剑气，似乎自泥土的每一点间隙之中透入地底，更破坏着地面下的一切。

“哈……”一声狂吼，地面炸裂而开，吸血鬼抱着跂燕破土而出。

吸血鬼从来都没有遇到过如此可怕的招式，便是他身在地面之下也无法逃过剑气的封锁，更被那犹如泰山般的重压挤得喘不过气来，使他在地面之下的移动速度极为缓慢，只是因为他不得不分力去对抗轩辕那无孔不入、无处不在的杀气和剑气，自然更没有机会去吸跂燕的血。

破土而出的吸血鬼更惊，地面之上的压力更强，而天地之间似乎只剩下轩辕那布于虚空中每一寸的刀。

轩辕的刀存于虚空中每一寸空间，更在以最快的速度抽干刀势所笼范围之中的空气。

这是什么样的刀法？这是什么样的世界？吸血鬼无法控制自己内心的惊骇，但他却没有慌乱，反而将手中的跂燕向天空中刀芒最盛的地方抛去，而他的身子如影随行般扑上。

赌！吸血鬼以他无比丰富的攻击经验来一场生命的赌博，而他的筹码便是跂燕。

轩辕再惊，惊的是跂燕正飞向他的刀锋，如果他不撤招，最先绞碎的便是跂燕的躯体，他不能！之所以怒发此招便是因为跂燕，他又怎能伤害跂燕呢？但他却明白，这是一场赌博，如果他犹豫的话，可能便是满盘皆输的结局。当然，如果他的目的只是杀死吸血鬼，抑或他是一个只求成败而不顾一切的人，那这一刀便足以杀死吸血鬼，但跂燕便是牺牲品。

轰……轩辕收刀，疯狂的刀气逆回体内，让他有爆裂的冲动。

天空突然宁静，轩辕也在这个时候以最强大的意志克制着自己要爆炸的痛苦，抓向跂燕。这个结果是轩辕绝对没有想到的，也太可怕了。

轩辕暗叹道："吾命休矣！"他知道自己的躯体绝对无法抗拒这如惊涛骇浪般回流的刀气，在很短的时间内将会爆炸成碎肉，只是他的思想却清晰无比。

光这股回流的霸烈刀气，也许轩辕还不用死，但是这股回流的刀气和劲力在体内四处冲击之下，竟然引发了那潜于丹田之中的龙丹之气，两股气流在体内成为互不相融的抗体，使得轩辕体内成了一个无法想象的战场。

轩辕的手抓空，因为跂燕又再一次被吸血鬼抓住。

吸血鬼根本就想象不到战果会如此好，他知道自己赌胜了，轩辕不仅撤刀，而且似乎也露出了许多空门，这是一个绝好的机会。

吸血鬼绝不想让轩辕活着，那是完全没有理由的。如果让轩辕活着的话，在轩辕下一次发刀之时便是他的死期。是以吸血鬼变掌为拳，直向轩辕的心口。

吸血鬼要对轩辕一击致命，绝不留情。

轰……一声强烈无比的巨震之下，吸血鬼惨号着狂跌而出，那击向轩辕的拳头结结实实地印在轩辕的胸口之上，但他却发现轩辕体内有一股狂洪般的气劲自他的拳头暴泄而出。

吸血鬼还没有来得及作出任何反应，那条手臂便在无法承受这突然而来的气劲之下爆炸成碎肉，便连骨头也成了渣子。

这是吸血鬼绝对没有想到的结果，他甚至不敢想象这究竟是怎么回事，即使对方全力一击也不可能有这样的效果，何况这只是轩辕体内生出的反震之力？

轩辕只感到一阵难以形容的轻松，但他却感到体内一阵强烈的巨震，两股异气通过吸血鬼的手臂泄出一些后，竟轰然合二为一，那是因为吸血鬼的一股极阴之气注入他体内，这股极阴之气便成了他体内两股气劲的中和体，成为二气合一的桥梁！

两股气劲在轩辕的体内一融合，便向四肢百骸冲击，轩辕的脑海也在刹那间嗡的一下变得一片模糊，在他的最后一点知觉中，听到了吸血鬼另一声绝望的惨号。

吸血鬼死了，在他身子跌倒在地之时，被自地下穿出的含沙剑刺穿了胸膛，他便这样被钉在地上。

这是吸血鬼做梦也没有想到的结局，也是轩辕没有料到的，他竟然这样让这个可怕的对手死去，实在是一种侥幸。只不过，轩辕此时已经不知道所发生的一切，跂燕也不知道，因为他们都昏死过去。

吸血鬼并未完全断气，他想扭头咬断跂燕的脖子，但是那柄剑已经将他与地面连在一起，如今他只有一只手，根本就没有能力移动跂燕的躯体，甚至连移动一下头部的能力都没有。只是他的思想仍然很清醒，而这更是一种痛苦，他知道这次自己必死无疑。而在刹那间，吸血鬼感受到了死亡的可怕，当死亡逼临之时，他也是脆弱的，他不由得松开紧抓跂燕身体的手，摸了摸胸口那透穿的剑尖，摸了摸那流淌的热血，然后再送入口中。

吸血鬼笑了，比哭还难看的笑，在最后一刻，他竟发现自己的血和别人的血是一样的味道，然后他死了，苦笑着死了，只是他永远都不明白为什么会这样。包括为何轩辕体内生出那股霸杀而可怕的力道？且这柄剑怎会自地下冒出？……或许他只能算是个糊涂鬼。

轩辕醒来，四周无光，但他依然可以看清自己是在一间木屋之中，屋顶是以一种他从未见过的大叶子覆盖着，而他所躺的地方是以柔软的干草所编织的草垫之上，感觉极为舒服，此刻已是黑夜，但对他却并无影响。

这不可能是囚室，轩辕第一反应便是这些，因为他的手足之上并无铁镣，而且这种房子根本就无法抗拒他的任何一击。

轩辕只感觉自己身上似乎充盈着无限的生机，有着永不枯竭的力气，浑身舒泰至极。这种感觉的确极好，比之轩辕往日功力最充沛之时还要更具力量。

屋子不是很大，但里面除了轩辕之外，再没有第二个人。

“跂燕在哪里？兵刃又在哪里？这里是什么地方？吸血鬼和他的杀手同伴又怎样了？是什么人将自己带到这里的？”轩辕心中充满了疑问，但他却不担心，因为他自信自己有能力应付这一切的变化。

轩辕推开门，却发现这间屋子是建在一棵大树上，推门便是一根极大的树杈，树杈之上悬着一架软梯，显然是供人上下的。

这并不是唯一的树上木屋，在这屋子的周围拥有许多相同的巨树，而在每棵树上都有着鸟巢式的建筑。巨树之底都生着一些奇怪的草，只有数条小径盘曲于其中，却给人一种极为幽森冷清的感觉。

轩辕正疑惑地扫视着周围环境的当儿，忽闻嗖的一声轻响，忙转身望去，却见一个小孩如飞鸟般划破虚空，自另一棵巨树向他的这棵树上投来。

轩辕不由得吃了一惊，那棵巨树离此至少有十多丈远，这小孩竟然能一飞而过，这几乎使他不敢相信自己的眼睛，但很快他便明白过来，原来这两棵巨树之间斜搭着一根光滑如丝，更若透明的丝线，在这黑暗的掩护下，若非轩辕的眼力好到了极点，还真的无法发现这根丝线的存在。

不过这根丝线设计得也极为巧妙，两边有一个高度差，只要以一件极滑的东西搭于丝线之上，便可以自高处轻松滑到低处，而且速度极快。

那小孩轻巧如猴地落到一棵大树杈之上，他似乎发现了轩辕，很快纵跃至轩辕的身边，一脸疑惑地以一种奇怪的语言说了一大堆。

轩辕听得一片模糊，不禁茫然地摇了摇头，问道："你说什么？"

那小孩也奇怪地望了望轩辕，对轩辕的话有些莫名其妙，也摇了摇手，表示听不懂。

轩辕不由得微急，如果照这小孩这般比画，那还真是很麻烦。不过，至少有一点可以让他放心，这里存在的应该不是敌人，否则的话，对方怎会派一个小孩过来，而且还如此客气？

轩辕想了想，比画了一大堆手势，是要询问跂燕的下落，可是花了半盏茶时间还没让那小孩明白是怎么回事，他不由得急了。

小孩似乎也急了，一把拉住轩辕向另一棵大树指了指，打了个"飞"的手势。

"你让我飞过去？"轩辕一边说一边比画着问道。

那小孩点了点头，轩辕却大为犯难，那小孩又向头顶指了指。

轩辕抬头看了一眼，却发现更高的树杈之上有许多根丝线系向远方，与周围的树身相连，他立刻明白过来，原来这里各树之间都有捷径，而这些丝绳便是各树之间的捷径。

小孩很快便攀了上去，再向轩辕招了招手。轩辕会意地爬了上去，只见那些丝绳皆有拇指粗细，却不知道是何质地，但估计不会比他的那根细细的丝绳差。而这丝绳上更有两个锁在一起、光滑至极的小环，似是用以让手抓握的。

小孩迅速解开锁住的小环，双手一抓，腿在巨树上一蹬，小小身体嗖的一声便投向了另一棵树。

轩辕一怔，也学着小孩的模样，拉了拉手环，也不知是何质地，但极为光润而坚硬，丝绳也极为坚韧，应该不会中途断开。试过之后，轩辕才噌的一下飞投向小孩所在的大树，速度之快，之中的惊险和刺激大大地出乎轩辕的意料，真的像是长了翅膀一般。

这手环与丝绳之间似乎没有一丝阻塞，更令人惊奇的是，两人用手环滑过丝绳时没有丝毫的摩擦。

小孩拉着轩辕迅速钻进另外一间鸟巢式的屋子，还低叫了几声。

“嗯，孩子，你醒了。”一个慈祥的声音传入了轩辕的耳中。

轩辕心头一松，终于有一个能够交谈的人，不过，他却发现对方是一个老妪，正就着一点微弱的火光搓着那光滑的丝绳。

“阿婆好，不知道这是什么地方?”轩辕客气地打了个招呼，问道。

“这里是青丘国，你已睡了四个时辰了。”那老妪平和地道。

“我的那位朋友呢?”轩辕并不惊讶自己睡了四个时辰，但他更关心的是跂燕，不由得问道。

“你说的是那位很美丽的女娃吗?”老妪反问道。

“对，和我一起的那位。”

“她很好，明天你就可以看到她了。”老妪温和地道。

“她现在在哪里呢?”轩辕心头松了口气，但仍有些不放心。

“这个你先不要问，到时候你自会知道。”老妪似乎不愿意答复轩辕的话。

轩辕心中微微升起一丝阴影，他似乎感觉到这老妪是在回避什么，所以才会言辞闪烁。不过，他仍诚恳地道："请婆婆告之我朋友的下落，不管她是生是死是伤抑或遇到了其他的事情，我都希望你能告诉我，我不想让她担心，也不希望自己为她担心。"

老妪笑了笑，道："年轻人，我是不可以告诉你的，必须等到明天你亲自去见她，否则的话，我将有违族规!"

"如果婆婆真的不想告诉我的话，那我只好自己去寻找了。我不可以等到明天!"轩辕心中微有些恼怒，坚决地道。

"年轻人，我希望你不要做傻事，若不是见你可能是花蟆族的敌人，我们根本就不会收留你。因此，请你不要无视我们的族规!"老妪并不是很客气。

轩辕心头微动，对于青丘国是花蟆凶人的敌人他感到很幸运，至少在对付蛤蟆的队伍中又多了一份力量。

"贵国救了在下，在下自然十分感激，但这与我寻找我的朋友并无关系，既然贵国之人救了我，何不再做一件美事，告诉我我朋友的下落呢?而以我的身份来说，绝不能置朋友于一边而不顾，一刻未亲见她是否安然，我便一刻不能安心。所以，我必须立刻去找她!"轩辕坚决而肯定地道。同时决定，如果老妪再不说，他便一棵树一棵树地找，只要跂燕在青丘国中，他便不信找不到人。

"我不会告诉你的，年轻人。不过，我却要劝你不要乱闯，这对你没有任何好处。"老妪扭过头去，专心搓着自己的绳子，淡淡地道。

"那好，就让我自己去找，到时候愿意向你们的首领请罪!"轩辕说完愤然转身向门外跨出。

嗖……一阵破空之声自轩辕身边响起。

轩辕一惊，却是一根丝绳向他腰际缠来，速度极快，更灵活犹如灵蛇。

出手之人竟是那搓绳子的老妪，这使轩辕感觉有些意外，他的确看不出这个老妪竟也是个深藏不露的好手。

轩辕身子一侧，伸手向那丝绳抓去，他根本就不在乎老妪这一式偷袭。

老妪冷哼一声，丝绳如灵蛇一般缩着扭头倒抽向轩辕的手背。

轩辕微怒，冷冷地道："那我就不客气了！"伸手如刀般斜斩而出。

那老妪眼角闪过一丝不屑，轩辕竟欲以手斩断她的丝绳，这便像是一个笑话，即使是利刀、利剑也对这软不受力的绳子无可奈何，何况是手刀？

啪……轩辕的手刀在与丝绳即将相接之时，以最快的速度化掌为爪。

那老妪还没来得及变招，丝绳便已经被轩辕抓个正着，旋即一股强大无比的劲气将丝绳抖直如枪。

老妪大惊，刚要运劲相抗，丝绳的头部竟掉头回射而至。

轩辕陡觉背后风声再次响起，竟是那小孩一声不响地拔出小刀向他刺到。

"我不想伤害你们！"轩辕有些怒意，但却并无杀意，他并不想伤害这老妪和小孩，不仅仅是因为对方根本就不值得自己伤害，也是因为他不想得罪青丘国的人，毕竟这也是花蟆族的敌人。

叮……轩辕单指一点，准确无比地弹在小孩的刀锋之上。

小孩力道虽不小，但与轩辕相比较起来，相差不知道凡几，小刀咚的一声脱手飞出，钉在木板墙上，老妪却被那回头的绳子给缠住，一时之间竟解不脱。

轩辕再不回头，大步跨出小木屋，立刻找到了一根通向另外一棵树的绳子，毫不犹豫地解开手环向另外一棵大树上投去。

当那小孩赶到丝绳旁之时，轩辕早已抵达那棵大树之上，不由得大急，掏出一个牛角般的小号猛吹起来。

呜……呜……

夜空的宁静似乎在刹那之间被打破。

吱呀……轩辕所在巨树之上木屋的门被打开，轩辕在那人犹未弄明白是怎么回事之时已经挤了进去，月光已使木屋之中的东西一览无余，却并没有歧燕的影子。

那开门的人这才回过神来一掌拍向轩辕，但很快发现自己竟然使不出半点力气，因为另一只手的脉门已被轩辕扣住。

"得罪！"轩辕不作任何停留，立刻冲出木门，黑暗根本就不影响他的视线，很快便发现了丝绳的所在，只不过此刻四周的巨树上几乎都先后亮起了火把，把林间照得很亮。

轩辕如夜鸟一般滑过丝绳，口中高声呼道：“燕——你在哪里——回答我！”

轩辕相信跂燕一定是在青丘国，而这里便应是青丘国的集居地。当然，所谓的国，只不过是一个部落而已，抑或是同源的一个氏族。而青丘国绝对不会拥有太多的人，否则怎会外人无从听过呢？所以，轩辕才会在深夜里高喊。

嗖……一支劲箭向虚空中滑过的轩辕射至，只不过因为轩辕的速度太快，箭矢根本就射不中。

哗……轩辕快要落到另一棵大树上时，那边的人竟然要解开丝绳，轩辕大惊之下，身子凌空荡了过去，犹如飞鸟投林般撞得树叶纷纷飞散，同时心中也大怒，身子在树杈上一荡，猛地直射向那木屋的小门。

木门应声而碎，但里面却只有一个小孩，被惊得哭了起来，一个妇人紧护着小孩。

轩辕一愣之时，身后传来铁叉破空之声。

轩辕想也不想，反手轻松弹出两指。

当当……那破空而至的铁叉便停在空中。

“得罪！”轩辕的身法犹如一阵风般，在那手持铁叉的汉子仍未回过神来之时已闪出了木屋。

那手持铁叉的汉子不由被这不速之客弄得莫名其妙，他搞不清楚为何对方如此匆匆而来，又匆匆而去，但他却知道，对方若是想杀他，只是易如反掌的事。

轩辕学了一次乖，并不走丝绳，而自几棵巨树相连较近的枝杈飞跃而过，犹如灵猿一般，一纵数丈，在这些巨树的密叶间飞掠奔走。而很快他便发现了远处有一片极为明亮的灯火，像是在一个高高的山丘之上，刚才是因为林子太过密集，使他无法透过密叶看到那片灯火，而此刻他在树枝间奔行，自然不受密叶所限，而那群守候在树杈上的人的箭矢却不知向哪里射。

轩辕知道一间间小木屋去找也不是办法，依他的估计，跂燕应该是在那片灯火明亮的山丘之上，这是他脑海中一种无法说明的感应，而他的这种预感似乎从来都没有发生过错误。是以，他只是自树枝间飞速纵跃，而不去搜查那些小木屋了。

这里才是青丘国的主力所在地青丘。这里有着与那死亡沼泽决然不同的生机，遍地生长着一种紫红色的小花，散发着馥郁的芳香，只有数条幽径通往山丘之顶灯火通明之处。

喧闹之声自轩辕的身后传来，显然是有一大群人尾随于他身后追了过来。

轩辕并不在意这些，在他的眼中，山丘之上的建筑已经越来越清晰了，那是一个以古木和土石所筑成的城堡，依山而建，倒颇有几分气势。不过，这座城堡并不是很大，因为这个山丘也不是很大。

“来者止步！”城墙之上传来了一阵低喝。

轩辕一怔，不过他却庆幸并不只那老妪会懂他的语言，也或许只有那小孩才听不懂他的话，其他的所有人都相差无几。

“我要见你们的首领！”轩辕并没有驻足，依然快速向城堡之下掠去，口中高喊道。

“有事明天再说，此刻首领不见外客，任何人不得打扰。”城墙之上的人回应道。

“那请你们交出我的同伴也可！”轩辕转瞬便已至城堡之下，沉声道。

“哦，是你，你请回吧！”城墙上的人在灯火的照耀下，终于看清了轩辕的面目，语气竟变得客气起来。

“不行，我必须现在见她！”轩辕沉声道。

“今夜她正在陪我们首领，要见你明天再来，请回吧。”

轩辕心头发寒，也感到一阵无法抑制的愤怒涌上心头，那人的话如一把利剑般刺痛了他的心。

轰……轩辕没等那人说完，已经一拳重重地击在那木质的大城门上，城门竟应拳而裂。

城头上的人只见轩辕一闪之后，城门竟不堪一击地碎裂，不由得大惊。

“阻止他！”立刻有人向轩辕赶来。

“燕——你在哪里？”轩辕真的感到愤怒，他本对青丘国之人抱着很大的好感，可是此刻他的感觉全改了，这只不过是一群乘人之危、行事毫无原则的野蛮人，他绝不能够让跂燕受辱于青丘国，为了跂燕，也为了他自己！

“你们首领在哪里？让他出来见我！”轩辕怒吼着向迎着他奔来的青丘国战士逼去。

“如果你想乱来的话，休怪我们不客气！”青丘国的一名战士头目以长矛对准轩辕，声色俱厉地道。

“哼，一群乘人之危的卑鄙小人，快将我的同伴交出来，否则我会让青丘国鸡犬不宁！”轩辕似乎根本就无视那斜指向他的长矛，依然大步逼去。

那名小头目禁不住为轩辕那漠视一切的气势所慑，道：“你若再逼我，我真的不客气了！”

“你们的首领在哪里？”轩辕冷杀地问道。

“给我杀！”那小头目的额角居然渗出了细密的汗珠，轩辕每一步都似乎是自他的心坎上踏过，他几乎有些不堪负荷之感，但又不敢退，只好下令攻击了。

“哼，乌合之众！”轩辕根本就没有将这群人放在眼里，自他们进攻的角度上可以找出无数个破绽。

第五十六章　霸意十足

轩辕身子犹如鬼魅一般，在那小头目仍未反应过来时已抓住了他持着长矛的右手，那小头目一声惊呼，整个身躯竟然完全不受控制地打横旋飞起来，他竟成了轩辕的“兵刃”。

砰砰……一串疾响，那小头目的躯体犹如巨锤般砸在四周攻来的青丘国众人的身上。

四周攻来之人立刻被撞得东倒西歪，乱成一团，也有的被撞飞而出。

轩辕冷哼一声，伸手扣住那已被转得晕头转向的小头目，大步向城中的高地走去。

“快说，你们首领住在哪儿?”轩辕的声音带着一种无可抗拒的压迫感，似乎一下子便侵入了那人的神经之中。

“在……在山顶大殿!”那小头目神志有些迷糊，刚才被轩辕当兵刃使，早已骇得魂飞魄散，此刻面对轩辕的询问，几乎不知道抗拒。

轩辕抬头向山顶那极明亮的大殿望去，甩手便将手中之人抛了出去，因为已有更多的人自他的四面拥来。

背后是那居于树上的居民，侧面是本来守在城墙之上的战士，上面是山顶闻声赶来的战士。

轩辕心头涌起从未有过的豪气，不由得仰天长啸一声，身形如疾风般向山顶掠去。

“阻我者滚开!”轩辕毫不畏惧地冲入自山上赶来的数十名阻路者的队伍中，身若游鱼一般在刀枪剑影之中滑动，拳、脚、肘、膝、肩，全身上下无一不是要命的武器，每一寸肌肤似乎都爆发着无与伦比的力量。

砰砰砰……凡靠近轩辕者或被轩辕靠近都几乎无一例外地飞跌而出，那些人的兵刃反而全成了碍手碍脚的东西，根本就起不了丝毫的作用。轩辕的身体便像是可以随意伸缩一般，滑行于刀剑之中连衣衫都未曾有丝毫的损伤。

砰……轩辕的最后一拳将那最顽强的对手击出三丈开外，鲜血狂喷而不能起来了。

轩辕正眼都未曾看一下倒在道路两旁呻吟哀号的众人，大踏步向山顶掠去。

所有人都看得心头发寒，虽然在轩辕的身后聚集了百余人，但竟没有一人敢主动向轩辕攻击，他们全被轩辕那近乎疯狂的勇悍给震慑了，他们哪里见过这般悍勇乃至疯狂的打法？

轩辕给他们的震慑并不全是因为那狂野粗猛的打法，也是因为轩辕那无可抗拒的气势，整个人如同一座燃烧的火山，似乎可以焚毁碾碎所有的攻击者和挡路者。是以，他们竟不敢靠近轩辕，连行近对方两丈范围之内都不敢，那是因为他们无法承受那种巨大的心理压力。

轩辕步子极大极快，但每一步都是那般沉稳而有力，似乎使环伺在他身边的人都可以感受到地面的震动，但轩辕的目光一动不动地盯着山顶大殿那扇黑色的大门，他甚至连守在大门两旁的八名带剑守卫也不曾注意。

没有人明白那扇大门为何会有如此的吸引力，竟让轩辕如此专注地注视着。

轩辕却知道，大殿之中的人已经知道他来了，而他也感应到了对方的存在，同时更感应到了跂燕的存在。

一切的一切，并没有因为一扇大门而阻隔，反而因一扇大门而实在。

轩辕已与门内之人交手了！这是一个外人根本无法明白的层次或是境界。

铮……铮……大殿门口的八名护卫同时出剑，剑芒在灯火的辉映之下交织成一幕似虚似幻的网，然后封住了轩辕前进的每一个方位，更透射出必杀的剑气。

轩辕没有动，只是轻轻地低啸，若龙吟，若凤鸣，悠扬婉转，直插虚空，良久不息。

有人以为轩辕疯了，有人以为轩辕傻了，居然不知道抵抗，竟对这种致命的剑网视若无睹，更有人为轩辕略略感到悲哀或是惋惜。

轰……剑网突然炸开，是轩辕的脚。

正当所有人都以为轩辕必死之时，轩辕出脚了，以快得不可思议的速度和刁钻至极的角度踢出这让人不得不惊叹、惊讶、惊骇、惊奇、惊悚的一脚。

剑网溃散，八名剑手的身子犹如遭受巨杵所击般倒跌而出，那所布的阵形更是溃不成军。

轰……让人吃惊的是轩辕的这一脚并未停止，而是带着整个身子撞上了那扇黑色的大门。大门应声而碎，根本就无法抗拒轩辕自足底爆散的疯狂攻击力。

轰……轩辕冲进大门内的身子倒弹而回，只是因为一只拳头。

轩辕倒弹而回的身子在地上打了个旋，以单足着地为中心，另一足却扫开了身边的两名剑手，于是他看清楚了那只拳头，那准确无误地击在他脚底的拳头。

轩辕笑了，他看见那拳头之后的手臂抽动了一下，那是因为痛。

的确，他的对手并没有想到在他的脚底之下竟镶有比金铁更坚硬的罗罗鳞片，所以那只拳头在没有任何防护措施下定吃了亏。不过，轩辕仍不得不惊讶这一拳的力量。

吱呀……那破碎的大门被拉开了，轩辕发现了那拥有古铜色脸庞，但面目阴鸷、身形高大的汉子。

“首领!”所有跟在轩辕身后而来的青丘国人皆鞠躬行礼。

那汉子没有动，只是定定地与轩辕对视着，似乎这个世上除了轩辕便再无他人。

轩辕的目光没有丝毫的回避，更没有避让的意思。在黑暗之中，他的目光更泛出一种幽蓝的光彩，似乎一下子便要射入对方的心脏、大脑。

那汉子的眸子里闪过一丝讶异，也闪过一丝愤怒，但他同时感觉到来自轩辕眸子之中那缕鄙夷和不屑的神采，不由更怒!

“你为何要不知好歹地来捣乱?”那汉子冷声道。

“很简单，只要你交出我的同伴!”轩辕语气丝毫不回避，冷然道。

“哼，她是自愿跟我的……”

“你放屁！何不让她出来亲自说说?”轩辕充满怒意地打断那汉子的话，冷然道。

那汉子大怒，充满杀机地冷笑道：“还从来都没有人敢对我丘犍说这样的话，我想不让你吃些苦头还以为我们好惹!”

“哈哈哈……”轩辕轻蔑而狂傲地大笑道，“跟你们这种卑鄙小人，我从来都是这种口气！我轩辕也从来都不是被吓唬长大的。我现在再说一遍，如果今日不交出我的同伴，我会让青丘国后悔一世!”

所有人都为之大为愤怒，吼道：“杀了他，杀了他，杀了他……”一时间，青丘国上下群情激愤。

丘犍大怒，轩辕的话、轩辕的藐视和辱骂的确是让他忍无可忍，但其声音仍然平静至极：“就算我杀了你，燕妹也不会怪我!”

“乘人之危的卑鄙小人，你出手吧，就让我轩辕看看你青丘国的绝技!”轩辕淡漠地道，此刻他实在是对青丘国中人再无好感。本来，他还存在一些感激之心，但是青丘国人竟然乘他昏睡而强夺跂燕，这种行为确实让轩辕对青丘国人大为鄙视。再加上跂燕几乎已经算是轩辕的女人，如此强取豪夺，分明是根本不将轩辕放在眼里，更是对轩辕的一种污辱，所以轩辕也不想再顾忌太多。

跂燕此时仍未曾有任何回应，显然是被丘犍软禁根本无法作出回应，是以轩辕也怒了，浑身散发出一股强大至极的杀机，使得方圆数丈之间的空气犹如蓦地被抽干了一般，围在四周的青丘国人纷纷向四周惊退。

那八名剑手小心翼翼地戒备着，他们深知轩辕的可怕。是以，不敢有半点松懈，轩辕竟以一脚之力破开他们的剑网，更碎裂大门，以至于与丘犍硬拼一招，这一切无不显示着轩辕那深不可测的功力。面对这样的一个对手，他们的确有些紧张。

轩辕暗暗心喜，他知道自己的功力在与吸血鬼交手后又更大大地跨进了一步，与以前的他已是不可同日而语了，是以他对自己更充满了信心。

“首领，这小子根本就不必劳你出手，就将他交给我们吧！”一阵雄浑的声音自大门内传了出来。

众人的目光不由得再一次落到大门处。

大门本就是敞开着的，自门内鱼贯而出三位面目苍奇的老者。

“长老！”众青丘国人全都向那三名行出的老者恭敬地道。

丘键淡淡地道：“不必了，免得让人说我青丘国以众欺寡！”

轩辕露出了一丝淡淡的笑容，道：“看来你也还是条汉子，不过，如果你们杀我灭口的话，谁又会知道你以众欺寡呢？这里全都是你青丘人，相信也没有人泄露出去。”

“呸，我青丘人讲的是志气，岂是你这外来人所能明白的！”一名汉子在人群中怒骂道。

“你出手吧，只要你能赢我，我便将燕妹交给你，绝不强留你们！”

“哦，那我便先行谢过了。”轩辕对丘键的承诺有些意外，不过，他感到青丘人不会轻易地放过自己，他已经作好了最坏的打算。当然，如果能有更好的结局，他自然乐意接受。

轩辕并不想客气，丘犍也不是一个易与之辈，只自刚才那一拳便可以看出。

“接招！”轩辕低喝一声，一掌平平斩出，似刀似剑，气劲回旋之中掩起地上的尘埃杂草，没头没脑地向丘犍极速移去。

丘犍眼中爆出一抹奇光，毫不畏怯地抢步而上，挥掌直捣轩辕胸间，意态极豪，霸意十足，有种君临天下的气概。

轩辕的确有些意外，丘犍竟然直捣中宫，拳势更是一往无回，一上来便是想以硬碰硬。

轩辕自是不怕以硬碰硬，但他却不欲太耗自己的体力，他并不像丘犍一般没有后顾之忧，因为他根本就不知道丘犍的话算不算数，他必须留些力气对付可能会出现的危机。

轩辕掌招再出一半，立刻在空中一阵搅动，那漫天飞溅的尘埃和断草更是一片凄迷，而虚空之中更是出现了无数只掌影，连轩辕自己的身子也完全隐没在掌印之中。

啪！丘犍只觉得自己一拳击得有些虚渺，虽然与轩辕掌势相接，但劲道却被轩辕卸向一旁，是以只发出了一声轻响，丘犍吃惊的当儿，轩辕的另一掌已无声地自腋底潜来。

砰……丘犍似乎能够把握住轩辕掌势的动态，竟先一步横截而到。

轩辕溜滑如鱼，一击不成，立刻转到丘犍身后，动作之快只让人感到有些眼花缭乱，目不暇接。

丘犍不挡，而是向前跨出两步，在轩辕掌势如影随行之时，倒踢出一脚。

轰……轩辕身子微震，丘犍竟能够清晰地捕捉到他的攻击路线。

丘犍并不好受，轩辕掌上的力道大得惊人，他根本就无法自控地再冲出数步才立稳足。

轩辕并没有乘机追击，他不以为有这个必要，只是静静地等待着丘犍转过身来。

丘犍脸色凝重，转身定定地与轩辕对视，他已经与轩辕对换了一下位置，同时也让他明白了轩辕的可怕之处，可能是他所遇到的对手之中最为难缠的一个。不过，他并不气馁，反而斗志更为高昂。的确，他已经很长时间都未曾遇到真正的好对手了，虽然与花蟆人也交过手，但那些都没有如眼前这般一对一地决胜负。

“你用什么兵刃？”轩辕淡淡地问道。

“对付你根本就不需要用兵刃！”丘犍肯定地道。

“拳脚的速度你根本就不可能胜得了我。”轩辕自信地道。

“拳脚的胜负并不一定要看速度。”丘犍也毫不示弱地道。

轩辕不由得哈哈大笑起来。

“你以为很好笑吗？”丘犍并没有轩辕那么轻松，淡漠而沉稳地道。

“也许并不好笑，但你这样一问就有些好笑了。”轩辕高深莫测地道。

“为什么？”丘犍也被轩辕这些模棱两可的话说得摸不着头脑。

“你自问力道可以胜我？”轩辕不答反问。

丘犍眉头微皱，他的确没有把握在力道上胜过轩辕，只自两次硬接便可以试出轩辕的功力并不比自己弱，所以他没有回答。

丘犍未答便已算是有了答案。

“那你输定了，你无法胜我的速度，无法胜我的力量，更无法胜我的定力。因此，比拳脚你唯有败北一途。”轩辕肯定地道。

“你太自视甚高了吧，你怎知我定力无法胜你？”丘犍不置可否，也不屑地道。

“这便是我笑的原因，当一个人很轻易地为对手的表情所惑之时，就说明这个人的定力比他的对手绝对差一个级别。高手相争，无视外相，自顾清明，独守灵台，万相皆为虚幻，受惑者自惑，自惑者心不纯。由此可见，你的定力并不好！”轩辕淡然而自信地道。

丘犍心头禁不住骇然，脸色变了变，而便在此时，轩辕出手了。

丘犍心神再乱，他几乎已经料到了结果，但他仍然出掌了，这也许只是一种无谓的挣扎，可他必须出手。

啪……丘犍的掌势才出一半，轩辕的身形已转到他的身后，丘犍根本就来不及回身反击，轩辕的手掌已经拍在了他的命门穴上。

轩辕一击即退，身形犹如鬼魅一般又回到丘犍的身前，竟像是故意撞到丘犍的掌上。

轰……丘犍身子猛退四步，轩辕也倒弹而出，落地之时，急迈一小步，这才是他们两人面对面的第一次硬碰硬的交手。

丘犍的脸色难看至极，他并没有受伤，因为轩辕印在他背后的一掌根本就没有用力。他自然明白这是轩辕故意给他留些面子。

“在力道之上，你犹要胜我一筹，如果这样比下去，只怕会是两败俱伤，谁也胜不了谁，不若首领好人做到底，既然已经救了我们，干脆便成全我们，将我的同伴还给我好了。这样我们会一辈子感激首领和青丘人的！”轩辕淡然道。

丘犍心中岂会不明白，轩辕是给他一个台阶下，其实他已经输了，绝对输了。在力道上，轩辕绝对比他更胜一筹，刚才只是轩辕故意撞在他的手掌之上，而且根本就没有全力而发，这才显得退得比自己更远，事实根本就不是这么回事。

轩辕的动作的确是太快，真正能够看清楚的只有一边的三位长老，而那八位剑手也隐约感觉到其中有些不妥，但他们却根本就说不出个所以然来。但听轩辕这么一说，他们便隐约觉察到有些问题，当然，他们并无权去过问丘犍的决定。

三位长老的目光落在丘犍身上，似在等待他的决定。

正当一切都隐入沉寂之时，城外突地仓皇冲进十多人，且再次响起一阵长而急促的号角之声。

丘犍脸色一变，在场之人除轩辕外，所有人的脸色都变了。

“报告首领！花蟆凶人来犯！”那自城外疾奔而至的十余人急促地报告道。

丘犍深深地望了轩辕一眼，冷冷地道：“你不用为我隐瞒，是我输了，你现在可以将她带走了。”

丘犍的话让轩辕大感意外，心头也涌起一丝欣赏之意。

三大长老也露出一丝赞许的表情。

“佩服！佩服！那我也就不想作太多虚伪的表示了。”轩辕赞赏地道。

“麻烦斗长老去将跂姑娘带出来。”丘犍愤然地道。

轩辕倒是对丘犍的爽快大生好感，因为此刻丘犍已经改了对跂燕的称呼，那也就是说，丘犍已经否认了与跂燕的关系。

那最先行出的老者望了轩辕一眼，并没有多言，只是很快地又行回大殿之中。

轩辕望了望天空，已经是月上中天了，不知不觉之中，已三更天了。

“首领，花蟆凶人……”

“走，让我去会会他们！”丘犍望了轩辕一眼，并没有说什么，领头向山下行去。

跂燕并没有多大的惊讶，但却有着太多的激动，一下子便扑到轩辕的怀中，犹如经历了一次生离死别般。

轩辕没有说什么，什么也不想问，只是轻轻地拍了拍跂燕那抽动的肩头。

“如果你们仍要留在这里，就请去城外的飞巢之中，这里无法留外客居住！”斗长老声音平静地道。

“谢谢，这我知道。”轩辕平静地道。

“这里是你们的兵刃。”斗长老说着，举起轩辕的含沙剑，轻弹了一下，感叹地道，“这确实是一柄难得的好剑，希望你能好好地利用它。不过，如果你是想去君子国的话，拥有这柄剑，你就要小心了！”

“哦，多谢长老提醒，我会注意的。”轩辕伸手接过剑和刀，又记起了什么似的道，“还请长老代我向贵族人表示歉意，刚才因为我情绪太过激动，说错了一些话，在此便向贵族所有人说声对不起了。”

“该走了，年轻人！”斗长老似乎并不喜欢说得太多，淡漠地道。

轩辕带着跂燕，在八名剑手的环视下缓缓地行出城堡之外，这才扭头向怀中的跂燕道：“一切都已经过去，不必再有任何的情绪，现在我们应该感到庆幸，终于可以找到牵制花蟆凶人的对象！”

“是我连累了你。”跂燕忧戚地道。

轩辕淡淡地一笑，心中似乎隐着一丝难以排遣的阴影，不过仍坦然地道：“这种话根本就不应该说，事情已经到了这一步，我们唯有相依为命、共同面对苦难方是正理。因此，我不希望你以后再有同样的话，难道你不承认是我的女人吗？”

跂燕羞涩地一笑，并没有答话，只是将头向轩辕的怀中埋得更深。

“好了，我们现在去为青丘人准备一些报恩的礼物吧。”轩辕望了望正上中天的明月，淡然而悠闲地道。

“礼物？”跂燕惊奇地问道。

“不错，是礼物！”

花蟆人来势很凶，但退势也很怪，简直让青丘人弄不懂。

花蟆人的七彩花蟆并不敢进入青丘国的范围，就是因为青丘国中所种的那些密密的花草，使得毒虫之类的东西根本不敢越雷池半步。

这种花草乃是毒虫的克星，散发出一种让毒虫唯恐避之不及的气味，这也是为何青丘国生在这死亡沼泽之中而不惧毒虫的原因。不过，青丘人也绝不敢在夜间追袭花蟆人，便是在白天也是谨而慎之。没有人比花蟆人更会在沼泽之中潜行匿迹，那会是极为致命的伏杀方式，是以青丘人一般不会追袭花蟆人，也不会主动攻击花蟆人。当然，花蟆人想在青丘国占上多大的便宜那也是不可能的。

这之间的对抗几乎持续到天亮，双方都有些伤亡，到最后，丘犍连花蟆人的来意都没有弄清楚，只能猜测这其中的原因可能是因为吸血鬼的死和另一名杀手的死，这才使得花蟆人大动干戈。

花蟆族与青丘国是两大宿敌，两族之间的斗争似乎持续了数十年，抑或更久，直到今日，这种局面依然存在。

轩辕和跂燕走了，也没有人知道他们是什么时候离开青丘国的，丘犍有些遗憾的是竟双手将美人儿送给了轩辕。跂燕本来可以是他的人，因为跂燕亲口答允过他，甚至表示对他有极大的好感，而且只要丘犍答应送轩辕安全去君子国就可以，丘犍自然欢喜。

的确，跂燕有着足以让青丘国所有男女倾倒的魅力，自第一眼看到跂燕，丘犍便深深地为之震撼，也难得跂燕竟表示对他有好感。虽然丘犍不否认他有些迫切得到跂燕而用了一点点手段，也许这是有些卑鄙，可是也并没有轩辕所想象的那般卑鄙。是以，他对轩辕的骂话难以释怀，此刻跂燕又回到轩辕的身边，这是因为他没有料到轩辕竟拥有如此可怕的武功，在青丘国中，根本就找不到对手。

丘犍还有些不明白的，那便是为何跂燕竟会以他将轩辕安全送到君子国为下嫁条件。以轩辕的武功，何须别人护送？他不去护送别人已经是很好的了，是以丘犍有些不明白。

此刻，丘犍早已自花蟆人的争斗之中回过神来，只是他又陷入了轩辕和跂燕的记忆之中。他想到轩辕的武功招式，想到轩辕的一举一动，想到那玄奥而诡异的步法以及变幻莫测的手法，想到轩辕每一击之中所隐含的气势……他不明白轩辕如此年轻怎会拥有如此可怕的功力？究竟是什么人？跂燕又是来自什么部落呢？

丘犍身子一震，他竟还忽视了跂燕是来自哪一族哪一部落的，他居然忘了问这个重要的问题，这不能说不是一个失误。或许轩辕说得很对，他的定力真的是不够，至少在这一点上表现得很差。的确，丘犍很清楚地认识到，自己的败并不是偶然，绝对不是偶然，他应该感谢轩辕为他指出了这个很可能致命的缺点。

“首领，轩辕说是为首领送上这份礼物。”五名剑手每人手中都提着几颗血淋淋的人头，这些人的头上都有着一个共同点，那便是皆长着七彩的疙瘩。

丘犍一惊而起，吃惊地望着那被提入大殿的十二颗人头，他不知道该如何开口，半晌才问道：“他什么时候送来的?”

“刚送来不久，丘富说轩辕走的时候身上受了伤。”一名剑手道。

“让丘富进来。”丘犍道。

丘富是一个极为精壮的汉子，是负责岗哨的一名小头目，紫糖色的脸上，配着浓浓的胡子楂，看上去极为粗犷。

“轩辕将这些人头交给你了?”丘犍问道。

丘富望了那堆人头一眼，道：“轩辕说这是献给青丘国的礼物，也是代表他和他的数百龙族战士向我们表示歉意和谢意。”

“他还说了些什么?”斗长老也问道。

“对了，他说希望将来再见之时，能以朋友和战友的身份一起去对付共同的敌人。”丘富想了想道。

“他是不是走的时候受伤了?”丘犍望着那十二颗人头，心中有些骇然，他当然认识这十二个人。在长期与花蟆人交手的过程中，他对花蟆人的高手也知之甚多，只凭这十二人脸上的七彩疙瘩便可知这些人全是花蟆人的一流好手。这十二个人无一不是花蟆族的杀手精英，虽比不上吸血鬼，但也不会相差太远。轩辕竟能以一己之力搏杀这十二名高手，实在是让他有些心惊，何况当时在场的也许还不止这十二个人，抑或……丘犍无法想象那是怎样一种场面。

“是的，他走的时候，我看见他的背上仍在淌血，胸口处也有两个掌印，我想他受的伤应该不轻。”丘富心中也生出深深的敬意，对这样一个勇敢而强悍的对手生出敬意。

丘犍刹那间对轩辕的恨意尽去，反而似乎有些了解轩辕这个人了。但他却从来没有听说过龙族战士这个名称，也或许是新起的一股力量。不过，他不仅是对轩辕起了好感，而且对那群未曾谋面的龙族战士也生出了好感。

“首领，我们要不要派人去保护他们的安全?”一名剑手试探性地问道。

“不必，他是一个很自信的人，我相信他也有能力应付沼泽之中一切可能出现的危险!”斗长老似乎对轩辕极为了解，肯定地道。

众人不由得全都为之讶然，似乎还是第一次认识斗长老一般。

轩辕伤得的确不轻，不过，对于沼泽之中的生存并没有太大的影响，皆因少了花蟆人的追杀。

花蟆人的损失更大，也许是真的尝到了轩辕的可怕，也终为追杀轩辕付出了惨重的代价。不仅仅是吸血鬼的死，而是因为轩辕竟在他们毫未觉察之时杀入了营地，于是花蟆营地之中平添了十二具无头之尸，更添了二十多条孤魂野鬼，他们终于知道了轩辕野性的一面。

对于花蟆凶人，轩辕绝不会有半点怜惜，他只是不知道花蟆人的老巢在哪里，否则他早就去找对方的晦气了：对付残忍的敌人，只有以更残忍的手段去让敌人为之战栗。

轩辕做到了这一点，他的形象几乎已经深深地烙在花蟆凶人的心头——霸杀、凶狠、无情、冷酷。

这是一个反面的形象，的确，在这个充满死亡杀机的世界中，生存的条件便是武力。

这一役，花蟆人死伤了数十名好手，当然包括被青丘人所杀的在内。这种伤亡使得花蟆人无力去追杀轩辕，因为他们所剩的高手只能用来对付青丘国的进攻，唯一遗憾的却是让轩辕轻松地杀出重围，还带走了十二颗脑袋。

此时花蟆人中已有人开始后悔不该去惹轩辕这个煞星，许多人都在怀疑惹来轩辕这样的一个对手是对还是错。不过，事到如今，已经没有回头的余地，轩辕已成为花蟆人的头号大敌!

轩辕的伤势用了四天才恢复，这其实已是一个很漫长的过程。不过，能够用四天的时间恢复过来也算是很值得庆幸了。若非轩辕的体质特异，只怕已经死了许多次了。

轩辕第一次领略到花蟆人那歹毒掌劲的可怕，便是轩辕这百毒不侵的躯体，居然也烂下了一层皮。如果是其他人，轩辕还真不敢想象，也许正是因为花蟆人对自己的毒掌太过自信，才并没有派人来追杀，否则以轩辕这四天的状况，实在是无力作出太强烈的反抗，那么后果将难以想象。

沼泽其实也并没有想象的那般可怖，只要处处小心，便会使危险减小到最低程度。轩辕手中的这份地图所指示的路线显然是经过前人摸索所得出的，在这一路上的自然危机并不多，就算有，这些危机的大概位置也标得很清楚。每到一个面临危机出现的地方，两人便打起一百二十分的精神，也就有惊无险地闯了过去。

在沼泽中，轩辕发现了巨大的毒蜂和一片毒蝎生长的死亡之地，这里的毒蝎之多之大更是超出了轩辕的想象，所幸轩辕那双皮靴经地蝎族蝎王用特殊药物浸泡过，毒蝎闻到气息便四散而开，并不敢纠缠。而这一路上，更是处处可见到白森森的骨头，有人骨，有兽骨，也有鸟禽之骨，而这些骨头便似乎是一种危险的路标。有白骨之处便有异常的危险存在。

在许多白骨身边都有兵刃，也可看出这些生前极可能是人，最让轩辕称奇的却是一人一兽两骨相对而坐。

兽骨之巨大让轩辕暗暗吃惊，但他却看不出是什么兽。在兽骨那近三丈的骨架里，有一柄利剑，而且有两根骨头断裂的痕迹。而那人前胸肋骨有三根断裂，很容易便让人想象到当年人兽大战的惊险场面，而后人兽同归于尽的惨局。

这四天之中，轩辕和跂燕还发现了另一种让人恶心的东西——蚂蟥。

那是一种极为特别的蚂蟥，比之水蛭更粗、更长，漆黑的身子便像是淤泥一般，若非几条吸饱了鸟血变得通体发红、粗如拇指、长达半尺的蚂蟥被轩辕发现，只怕轩辕和跂燕也将成为这数不尽的“吸血鬼”的猎物。

当两人看到一条条粗大而滑腻的蚂蟥纠缠于一起，在淤泥之中蠕动的时候，轩辕和跂燕全都吐了，而他们所吐出的残渣也很快被这些蚂蟥吸得一滴不剩。

轩辕和跂燕为此好些天心情都未曾好转，虽然他们很及时地调整了路线，但两人只怕永远都无法忘掉那种恶心的场面。

跂燕对轩辕的伤势照顾得体贴入微，但似乎并不很理解轩辕这样做的动机。

两人在这沼泽中生存似乎也并不是很单调，至少互相有个伴，使得这一路的行程增色不少。

轩辕离开青丘国后的第五天，终于看到了远处起伏的山岭和苍翠的森林。

这种单调而惊险的旅程终于走到了尽头，轩辕和跂燕都禁不住感动得跪了下来，将头深深地埋入双手之间，贴上冰凉的地面，以表示内心的欢喜。

“我们终于走到头了！”跂燕激动不已地道。

“是的，我们走到尽头了。”轩辕也无法掩饰内心的激动，一把抱紧跂燕，将之甩了两圈才放下，欢喜地道。

跂燕竟落下了泪水，回头望了一眼杂草丛生、一望无垠的沼泽，仍心有余悸。

轩辕此刻才深切地明白，为何人们会对这片沼泽如此畏惧，为何会称之为死亡之界，事实上也是这样。虽然此刻他已经顺利地走了过来，但现一走出沼泽，那种放松的感觉，直让他有种再世为人之感。他知道，能够走出沼泽多少有一些幸运的成分夹杂其中，因为并非每个人都很幸运地拥有一张这样的地图。不仅仅如此，这一路之上也有许多险死还生的情节，若非幸运，只怕真的很难闯出这片死亡沼泽。

任何人走过一次这样的沼泽，自然是不想再去走第二遍，也许，这并不是死亡的负担，而是没有能够承受如此大的心理压力的心态。这七天来，每一刻轩辕无不是绷紧神经，打起一百二十分精神去面对可能会发生的危险，连睡觉也不能安稳。没有多少人能够如此长时间地绷紧心神，幸亏有跂燕相伴，否则只怕连轩辕也要崩溃了，这需要无上的意志和毅力。

“前面走过去，应该便是君子国了！”跂燕将已经很乱的头发向后拂了一下，激动地道。

轩辕望了望跂燕那沾满了泥浆的衣服，又望了望那脏兮兮的俏脸，不由得笑了起来。

跂燕也望着模样差不多的轩辕笑了，笑得很真诚，这七日的苦难终于过去了。

“走，我们去找河水，好好地洗他个鸳鸯浴。”轩辕一搂跂燕的小蛮腰，不怀好意地道。

跂燕一怔，一时间羞得俏脸绯红，挣开轩辕的魔爪，笑道：“我可没有说要投降哦。”

“你不是已经投降了吗?”轩辕故作惊讶地反问道。

“此一时非彼一时也!”跂燕不依不饶地道。

“我不管了，哪有这么多计较，今天我无论如何也不会放过你，乖乖地过来吧，小宝贝!”轩辕似乎是已横下了一条心，凶巴巴地道。

跂燕一声娇笑，并不依轩辕的话，转身向那山岭的方向奔去。

“哈，还想跑，看谁快!”轩辕心怀大开，尾随跂燕身后缓步而追，有种说不出的轻松和惬意，像是在刹那间得到了新生，又回到了大自然的怀抱。

“轩辕已到了君子国的边境!”敖广恭敬地向风骚道。

“花蟆的飞鸽传书?”风骚漫不经心地问道，配合着他面部所戴的鬼脸，有种说不出的阴森。

敖广最怕风骚以这种语气说话，其实，他并没有听风骚说过太多的话，他甚至已不知道风骚长成了什么模样。的确，当一个人二十多年未曾见过对方的面目时，的确很容易忘记那并不是很深刻的印象。

风骚的这张脸谱戴了二十多年，从那一年他没能成为九黎王起，便一直将面目遮于面具之中，除了他的女人之外，只怕连最近的亲信都没有再见过他的容颜。其实，并没有谁能够证实风骚的女人能见到风骚的面目，但敖广绝不会怀疑风骚的身份。

风骚的气势和每一个动作都绝对不是别人所能够仿冒的，就是风骚不言不动，都会有一种别人难以描述的风度和气势。

“不错，花蟆人并没有能够杀掉他!”敖广有些无可奈何，轩辕是他见过的最可怕的对手，也是他恨得咬牙切齿的对手。可是，他所寄希望的花蟆人却没能实现他的愿望。

“好，果然是个人物，配做本座的对手！”风骚并没有感到太大的意外，只是很平淡地道。

敖广不由得愣了愣，试探性地道：“要不要请出渠瘦杀手？”

“嗯！”风骚双目之中闪过一丝锐利的神芒，冷望了敖广一眼，却没有说话。

敖广心头一凉，再也不敢喘口大气，他知道风骚这个动作便是表示不快，可是他一想到轩辕的可怕，心头又有一丝寒意。

“你只需用心去给我寻找龙歌的下落就行，我听说最近有个叫神农的年轻人杀死了鬼方所派出的几大高手，你不妨自这个年轻人身上去查查，或许能够得出龙歌的消息。不过，我警告你，这次绝不容有失！”风骚冷冷地道。

“是！”敖广心头却又多了一层阴影。

“你不高兴？”轩辕望了望神情竟似乎有些忧郁的跂燕，不解地问道。

“没什么。”跂燕勉强地笑了笑道。

“不要再骗我了，你的心神已经乱了，一走出沼泽，越接近君子国，你的心越乱，有什么事情不可以跟我说吗？”轩辕搂过跂燕的小蛮腰，诚恳地道。

跂燕仍似有些回避：“也许，是因为有些累吧。”

轩辕不语，用力地扳过跂燕的肩头，认真地审视着跂燕的表情，目光如电般深深投入跂燕的眸子深处。

跂燕似乎很畏惧轩辕的目光，低下了头，不与轩辕对视。

轩辕根本不容跂燕的目光稍有逃避，伸手抬起她的尖俏小下巴，以一种极为沉稳而柔和的语调道：“看着我！”

跂燕竟然闭上美眸。

“有什么事情是不可能解决的？说出来，你会轻松一些。”轩辕低沉地道。

第五十七章　自暴身份

跂燕突然把头紧紧地埋入轩辕的怀中，低低地抽咽起来，同时死命地抱紧轩辕雄伟的躯体。

这突如其来的变化连轩辕也不知道该如何去解决了。

半晌，轩辕才抬起跂燕那挂满泪珠的俏脸，轻轻地吻干她脸上的泪花，望了望远山尽处的平原，那里便是君子国的所在地，不知怎的，他竟有一种异常的沉重之感。

“对不起，轩辕，其实我一直都在瞒着你。”跂燕语气里充满无奈和苦涩。

轩辕没有说话，只是拉着跂燕坐到那一片柔软的青草上，任由身边的跂燕扭着自己的头脸。

跂燕顺从地坐到轩辕的身边，轻轻地叹了口气，沉吟半晌，才幽幽地道：“我并不只是为了陪你才会到君子国，而是我有着很重要的目的。”说到这里，跂燕不由得将头扭向轩辕，便见轩辕并没言语。

“这次我来到君子国，便很可能再也不回去了。”跂燕似乎有着无尽的遗憾。

“为什么？”轩辕大感惊讶，跂燕的话不能不让他心生疑惑。

“因为我本身就是君子国的圣女，一个并不属于跂踵族的人。”跂燕语破天惊地道。

“君子国的圣女？”轩辕吃惊地望着跂燕，竟感到有些好笑，事情的变化也显得有些离奇。

“不错，我本就是君子国的圣女。”

“那你怎会自小生长在跂踵族中?”轩辕的脸色变得有些古怪，一谈到圣女，他便不由得记起凤妮。

“跂踵族本是君子国的一个分支，这一点你应该知道。”跂燕淡淡地道。

“但跂踵族脱离君子国至少有五六十年的时间了，而且君子国也并没有认跂踵族……”

“你所知的并不全面，君子国并不是不认跂踵族，而是因为跂踵族丢掉了圣器，无法回归君子国，没有圣器根本连沼泽也过不了。君子国当年遇到了危机，我娘便将我寄养于跂踵族中，只是希望我爷爷能在我成年之后，再行送回族中，可是没有圣器相护，根本就无法避过沼泽之中毒虫的袭击，是以一直都没有机会将我送回君子国。”跂燕似乎只是在转述某一段典故。

“这是跂蚂老族长告诉你的?”轩辕问道。

“不错，我的父母依然在世，但只是生活在君子国中。这便是他们留给我的信物!”跂燕说着自脖子上取下轩辕曾经见过但并没有留意的项链。

轩辕无言地接过项链，入手微沉，却不知是何质地，链坠之上是两柄交叉的剑形图案。一见这图案，轩辕不由得为之一震，神色间的惊讶一闪即逝。

跂燕似也捕捉到了轩辕那一刹那间的震惊，但她却并不明白为何轩辕会为此而如此震惊。

“这是采首山之金而炼制成的，天下间，只有这一条，本来爷爷不想让我戴来，但为了能见父母一面，我也顾不了这么多了，我要赌上一回，而你便是我的希望……”

“那现在你成功了，也赢了，你应该感到高兴才对!”轩辕心中有种说不出的惆怅和失落，本来那满腔的欢喜全都变得有些可笑了。

“不，我失败了!”跂燕的话再一次让轩辕惊讶，也感到不解。

“难道还有什么不妥?”

“是的，我安全抵达了君子国，也定能够顺利地见到我的父母，可是从此我将可能失去所有的幸福!”跂燕顿了一顿，痛苦地望了轩辕一眼，接着道，“在君子国中，圣女是不可以动情的，更不能爱上一个人，可我做不到，轩辕，我爱你！”

轩辕呆若木鸡之时，跂燕已经再次扑入他的怀中哭泣起来，但轩辕的心中却涌出了一丝无奈和酸楚。他知道跂燕并不是在说谎，但他的头脑也有些乱，一时之间根本不知道如何去安慰她。

“你便是为这而痛苦？”轩辕深吸了一口气，悠然地反问道。

跂燕没有回答，只是哽咽着，冰凉的泪水已经湿润了轩辕的胸膛。

“鱼与熊掌如果注定不能兼得的话，你便必须作出一个选择，也许，选择是很痛苦的，可是这便是现实，也是生活，或许这只是命运所开的一个玩笑。”轩辕无奈地继续道。

“你说我该如何选择呢？”跂燕心神无主地问道。

“一切只能见机行事了，说不定到时候你既可做圣女，也不用守什么规矩也说不定呢。”轩辕安慰道。

“那是不可能的，这是君子国历来不变的……”

“如果你真的感到很痛苦，完全可以不表明身份，便当是一个普通的过客也同样是可行的，如果你能够和你爹娘商量一下，他们也不一定会真的就逼你做圣女。”轩辕淡淡地道。

“你是不知道，如果我不以圣女的身份出现，只怕你永远都没有机会摘到薰华草。”跂燕道。

轩辕再震，反问道：“为什么？”

“你可知道君子国实是分自神族的一支，乃是专为镇守薰华草而居于东山口。薰华草是绝不会让外人所得的，这之中似乎关系到地帝女娲的秘密，我并无法得知。因此，外人欲得薰华草实在是难如登天！”跂燕正色道。

“难道薰华草不是在东山口随处可见吗？”轩辕讶然问道。

“错了，薰华草所生之处只是在东山口极热之地，那是一个火山口之中，每隔六十年才开一花，朝生夕死，根本就是极为稀罕的东西。是以，有些人穷尽一生都不可能守得一株薰华草。”跂燕解释道。

“你是从哪里听说的？”

“这是我们君子国中不是秘密的秘密，而在跂踵族却只有我爷爷和发伯才知道，而我是自爷爷的口中所得知，而且薰华草应该是在这几日开花。”跂燕道。

轩辕不由得陷入了一片沉思之中，但他并不是沉思于跂燕所说的那个问题，而是突然间想起了青云剑宗，想起了贰负。

贰负眉头微皱，柔水刚自共工氏赶来，带来了数十名共工氏的好手，也带来了一些最新的消息。

共工氏全力支持龙族战士，这是一件极为值得欣慰之事，还有青云剑宗。不过，以目前的实力，仍无法与九黎族一较长短，谁都知道，九黎族真正的实力并未真的动用，而那股实力足以给仍很脆弱的龙族战士致命一击。

这并不是贰负所担心的，贰负担心的却是那神秘的龙歌踪迹初现，而此刻轩辕又不在，他很难下定论如何去加入这个战局。

其实，并没有人真的能够证实龙歌的具体行踪，只是在太行山附近异军突起了一位年轻的高手神农。

这只是一个传闻，有人说并不是只有一位年轻的高手，而是两位，也有人说是三位或更多，但是不管是多少，鬼方十族之中的土方十余名高手在太行山附近全军覆灭，这是一个不争的事实。

并没有多少人知道神农的来历，或许有人知道，但对贰负来说，这个人却是极为陌生的，或许对于九黎人来说，这人也同样是陌生的。是以，有人猜测，这群年轻人是龙歌的亲近，是自西方返归有熊族的龙歌的前锋高手。于是，这一路之上牵连出了许多变故。

贰负不能不参与其中，与九黎族作对当然是需要的。不过，他得依轩辕所言，保存实力，休养生息，人员根本就不能浪费，这也是在这个世道之中生存的本钱。

贰负自然曾深切地体会过人单力薄的滋味，因此，对此刻所拥有的力量自是分外珍惜，但对于龙族战士的训练却是极为严格的。让贰负欣慰的是，龙族战士的力量正在不断地壮大之中，而龙族战士在各自的部落中的地位也逐渐显得重要而崇高，更引来了各自部落之中最优秀精良之人到龙族训练营中接受训练，使得龙族战士多了许多的生力军。

在龙族之中，与贰负有着同等地位的人便是叶皇，叶皇像是轩辕的影子，同时也是因为叶皇的武功。

武功，本就是在这个世道生存的本钱。此刻，龙族战士之中的高手并不少，因此，对于龙族战士的训练更是得心应手，全面到位。不过，叶皇却不得不为太行山所出现的那神农分出精力。

叶皇自然是与柔水同行，经过数月的分别，柔水再也不愿与叶皇分开，是以，便去做一对同飞的鸳鸯。虽然此行也许是极为凶险，但叶皇对柔水也极为信任，认为她应有能力应付一切的变故。

“快传，便说是跂踵族来人，送回圣女！”轩辕面对大步迎来的君子国剑手沉声道，同时他也以最快的速度打量了一下君子城的建筑形式。

君子城城门高阔，皆以石为基，看上去气势磅礴，但又质朴大方。

城门洞开，进出于城门内外的人皆佩长剑，气态雍容，倒真的有一些君子风范。轩辕和跂燕两人的衣着打扮很轻易地便可分辨出其为外来之人，是以城门口的守卒才上前盘问。

轩辕并不看好这群佩剑的绅士，其实自这些人的步伐也可以看出其剑术基础并不是真的很好，但作为一个普通的族人来说，能有这样也绝不算差。

轩辕的话让守城剑士愕然，惊疑不定地望着轩辕和跂燕，半晌才不屑地一笑，道：“胡说八道，我们的圣女才回来两天，又哪里冒出个圣女来？你们休要到我君子国来胡闹！”

轩辕正愕然不知如何以对的当儿，另一名剑士淡淡地道：“朋友，在这半个月之中，我们不希望看到有任何人前来捣乱，你还是走吧，否则的话，就凭你刚才那一句话，我们就可以擒杀你！”

“我是真的圣女，出了问题你们俩可敢负责？”跂燕也被两位剑士给说得乱了心神，辩道。

“哈，小姑娘，你随便找个人问一下，看他可否知道圣女回来的消息？”那人说到这里顿了顿，又换了一种冷厉的口气道，“如果你们仍要胡闹的话，休怪我们不客气了！”

跂燕一时气得脸色煞白，与轩辕相视望了一眼，却不知道该如何是好。

“真的有这么回事吗?”轩辕也被这意外的消息给弄得头大了，不由换了种口气问道。

“我为什么要骗你？你们给我有多远便走多远，乘没有别人知道你们俩的事时走远一些，想骗人也不用新招！”那守门的剑士态度还算是极好，不耐烦地道。

“你……”

“我们还是走好了。”轩辕突然打断跂燕的话。

跂燕一时间满腹的委屈和愤然，但轩辕既然这么说了，她自然便不能反对，只好愤然地跟着轩辕离去。

“站住！”那守门的年长剑士突然喊道。

“什么事?”跂燕忙转过头来，似乎是突然间又时来运转，刚才只是那老剑士在说笑。

“可怜的孩子，我这里有两个馒头，想来你们是饿了，想弄点吃的，你们就先拿去吃吧，以后别去骗人了。”那老剑士自怀中掏出一个包着两个馒头的纸包走过来，将之递给轩辕道。

轩辕和跂燕心中不由得大感好笑，这剑士也许是因为见他们的衣衫已经很破了，以为他们只是为了骗饭吃，但他们也不想点破，只是接过馒头，道了声“谢谢”，也便转身离去。

“怎么办，怎会这样?”跂燕不由得有些六神无主，又自哪里冒出一个圣女来？这可就真的是有些奇怪了，而且这也太突然，太出人意料了。

那两个守门的剑士并不是在说谎，轩辕自那些走出君子城中的君子国子民们的口中也得出了相同的结果，另外一个圣女已经先一步到达了君子国。难道君子国会有两个圣女？抑或是说其中有一个是假的？但谁真谁假呢？而她们演这场戏又是什么目的呢？另外一个圣女又是谁呢？轩辕也不由得有些头大，他弄不明白这之中究竟掺杂了些什么。

“看来你这个圣女是做不成了。”轩辕不由得笑了笑道。

“那人肯定是假的。”跂燕狠狠地瞪了轩辕一眼，似有些怪他幸灾乐祸的态度，断然道。

“为何你如此肯定?”轩辕并没有感到太多的烦恼，反问道。

“当然了，因为我才是真正的君子国圣女!”跂燕愤然道。

“哦，是，是，你才是圣女，行了吧?也许，你娘生了两个女儿也说不定呢。”轩辕猜测道。

跂燕不语，她明白轩辕所说的话并不是没有可能，但是这却是一个很难接受的事实，不管怎样，至少她要去见见亲生父母，就算不当圣女也没有什么稀罕。

“如果是这样的话，我们怎么去摘到薰华草?”跂燕反问道。

“只好是走一步算一步了，当然是不可以强抢硬夺，我看君子国中的那么多剑手，虽然并没见到真正厉害的，但每个人的身手应不弱，凭我一人之力如何能胜数千之众?”轩辕无可奈何地摊了摊手道。

“我们连城都进不了。”跂燕没好气地道。

轩辕自信地笑了笑道:“这很好说，进城根本就不是问题。”

的确，进入君子城的过程很顺利，轩辕和跂燕只不过弄来了两套衣服，就很轻易地混入了城中。

君子城中并非全都只是君子国之人，还有一些外来交易的人，因此，城门口并非查得很紧，何况最初所遇到的两个镇守城门之人显然已经换班。是以，轩辕和跂燕进入君子城中甚是方便。

君子城中很繁华，或许是因为君子国的众子民好让不争，是以，交易者乐于来君子城。当然，像轩辕、跂燕一般自沼泽之中走来的人却是绝对没有。这些人多是自沼泽的另一面行来，很多为九黎族的附属之族，也有的却是为了避九黎族之难，而安身于君子国。

其实，君子城之中，单只君子国人的交易量并不大，真正的交易却是君子城附近各部落之间的交易，他们只是借君子城这个交易点而已。因为，这里至少很安全，没有人敢来君子国撒野，便是九黎族也不敢。

当然，九黎族的实力比君子国要强大，但若想对付君子国，唯有倾其全力，打一场惨烈的仗，最后只能换来两败俱伤的战局，即使是九黎族胜，但也绝对损失不起。是以，君子国与九黎族一直都相安无事，不过，君子国距东南方向的九黎族仍有三百余里路，这段距离也是制约两部发生冲突的原因之一。

君子城中的货品倒是极多，有许多轩辕往日见所未见的东西，倒是极美。有些极似河贝，但又不是，且大得多；有些形状极怪，问了之后才知道叫海螺，是在东方大海里长出来的东西；甚至有很美很晶莹圆润的珠子，据说这是自一种海贝里长出来的东西，很难找到，那些人都叫它珍珠。不过，这种大珠子很贵，竟等同于两张虎皮的价格，让轩辕望其兴叹。不过，看看这些玩意儿倒也长了不少见识，使得轩辕禁不住对大海生出一丝向往之意。

轩辕最主要的却是要在君子城中找到一个落脚点，君子城中专门有一块地方供外来交易者住宿之用。当然，若想住入此地，自然必须向君子国交上一些物品，以作宿资。抑或各交易者在天黑之前出君子城，在野外宿营，这样自然是不安全，因此，商旅们大多住在君子城中。

轩辕和跂燕因不敢直接去找君子国的女王和跂燕的父亲跂通，只好也寄身于那些简陋的竹木结构的房屋之中。不过，这样至少已经算是安顿下来了，现在的问题却是如何去找到那个新回来的圣女和跂通，如何去弄到薰华草。

这些当然都是棘手的问题，但轩辕却不能不去面对这一切。

君子宫，位于君子城正中心的位置。其实君子城的位置本就很奇特，这里的地形乃是呈丘陵之状，而在城中心，便是东山。

东山并不大，方圆才近二十里，君子城地势奇险，他们只需紧守数道关隘便足以防止大批敌人入城。在天险之地，几乎不怎么设防，因此，君子城极大，方圆数百里，所有的君子国子民全都在城中。若是将数道城门紧闭，完全可以成为一个与世隔绝的小国。

城内分为许多小块，包括农田、果园、居住等各个不同的板块，这之中本就是一片水土丰饶的地方。

轩辕的身形快若鬼魅，在夜幕的掩护下，几乎毫无阻碍地便到了君子宫外。他听跂燕说过，薰华草乃是长在极热的火山口中，而这火山口正是东山的最顶部。所谓的东山口，也即是火山口之意。

君子宫并不在东山口，而是在上山的必经之路上。轩辕今日前来，并非为了去看看薰华草，而是想看看那个圣女究竟是谁，更来探听一下君子宫中的一些情况，这些将可能关系到他今后行事的难度。

君子宫周围的守卫似乎比较严密，抑或是因为圣女初回，这才加强戒备。

宫外燃着几堆篝火，使得宫墙外一片光明，若想无声无息地靠近宫墙倒还的确有些难，因为宫墙之上有来回巡走的剑士。

轩辕不明白为何君子宫的守卫竟如此严密，一副如临大敌的架势，倒让他很是意外，心忖道："难道君子国长年会有敌人入袭，而需要用这样的阵容?"随即又忖道，"对了，肯定是薰华草这几日便要开花了，是以君子国怕外敌前来偷薰华草，这才守卫森严。"

轩辕倒感到有些头大，在这种情况下他如何能越过这十多丈的空阔之地，而不被守在宫墙之上的剑士发现呢？他无法肯定这些剑士的武功，但以他的速度要越过这十丈之距也要一弹指的时间，而这时间足够让那些注视着空地的人发现他。

轩辕在宫外溜了一圈，却只发现一片绝崖可以翻入宫中，只要能将身子攀附在绝崖之上，再横移十丈，便可以越过宫墙而入宫中，但这样做是极为冒险的，谁也不知道在绝崖的另一头守候着的会是什么东西。不过轩辕已经决定一试，他并不是想自绝壁之上直入宫内，而是借绝壁避开那些人的视线而至宫墙之下。此时，他不由得有些羡慕花蟆凶人那遁土之术，如果能得那种奇术，直接自地下进入宫内岂不是更好？当然，他心中明白，此刻便是花蟆人也不会有办法，因为这里的地面全是石头，绝不似沼泽之中那些烂泥。

轩辕庆幸自己的钩索和丝绳全都备好，不然的话，对着这悬崖，他也不知道该如何办。

钩索的钩子紧紧勾在一棵古树的粗根之上，轩辕再把铁钩捏合，这样子除非是以巨力拔开，否则定不会脱钩。绳子的另一头则是系在自己的腰际，然后轩辕便神不知鬼不觉地潜到崖下火光无法照到之处，借凸起的石头，手脚并用地横移，他根本不担心会掉入悬崖，因为即使他松手，也有绳子吊着。因此，他很放心地向君子宫横掠。他的整个身子如一只壁虎般贴在崖壁上，偶尔手指会攀在崖顶，但在黑暗之中，谁还会注意崖边那移动的五指呢？是以，一切都很顺利。

君子宫的建筑并不是很规范，虽然对外面监视极严，但对宫内的动静并不是很在意，轩辕将腰间的绳索卸下，系于宫墙上一块凸起的石头上，准备回来之时再用。

轩辕在君子宫中小心翼翼地逛了一遍，但却不知道这么多房间，哪里是属于哪里，也不敢贸然查看，因为他感到在君子宫中的确潜藏着许多他惹不起的高手，那是存在于虚空之中的那一层无形的气机告诉他的。而且，君子宫中还有来回巡逻的剑手，这使得轩辕不能不小心翼翼地行动。

不过，这之中也得归功于轩辕身法的快捷，满苍夷的神风诀果然不同凡响，虽然轩辕仍未能修到满苍夷的那种境界，但是此刻他的身法和速度已与当初不可同日而语。是以，在君子宫中，竟未被巡逻的剑士发现。

“这样下去也不是办法。”轩辕暗自思忖道，“得找个人带路，方能找出圣女所在的位置，或跂通所在的位置。”

喳……一声轻响惊断了轩辕的思路，也吸引了轩辕的目光。

轩辕微惊，却发现一蒙面人自一扇窗子中跃出，谨慎地向四周打量了一眼，这才小心翼翼地关上窗子，向后宫奔去。

轩辕大为惊奇，却不明白在君子宫中怎会出现这样一个蒙面的神秘人，这人又是什么身份？又为何如此神秘地蒙面行动呢？轩辕在惊愕之中，也不由得跟在蒙面人的身后追去。

蒙面人似乎对君子宫中的情况比较熟悉，竟轻巧地避过了几路岗哨，径直出宫向后山顶奔去。

在速度之上，蒙面人自要比轩辕逊色一筹，而且轩辕的眼力之犀，几可洞穿黑夜。是以，在遥遥的相随之下，那蒙面人并未发现可疑现象，但轩辕却似有所发现。

是的，轩辕觉得这个背影极为熟悉，但一时却又想不起来在哪里见过这道背影，而且，他敢肯定，这神秘的蒙面人功力极高，这是一种直觉的判断。但同时轩辕又想到，在君子国中，他不可能有熟识之人在此，因此，怀疑也只能是怀疑，不能够当真。

行不多久，轩辕便感觉到了一阵阵热浪，这是一种极为反常的现象，越向山顶竟越热，这的确是极为反常，但轩辕却听跂燕说过，这里的气候本就反常，这才是为何薰华草生长在此地的原因。气温的升高也就是说已经接近了薰华草生长的地方。

蒙面人骤然停步，掩于一块山石之后，轩辕也只得相随而隐。

“朋友，其实你并没有必要隐藏，当你感觉到我的存在时，我也同样知道了你的存在。”一个苍老的声音自山头暗处飘来，悠闲而轻松，更有些慨叹之意。

轩辕一惊，这话自然不是那蒙面人对他说的，而是一个潜在暗处的老者对蒙面人所说的，只听这声音，便知道山顶之人绝对是一个极为可怕的高手。

蒙面人也像轩辕一样惊愕了一阵子，那苍老的声音明显是针对他的，他似乎没有料到在山顶之上还有如此厉害的高手。

“朋友，如果你愿意一直守着那方寸之地，我也不会反对。”那苍老的声音淡淡的，似乎对一切都是那么漫不经心。那种毫不在意的心态只让轩辕和蒙面人心里发寒，到目前为止，他们仍未曾发现对方的所在，因为那苍老的声音竟似是自四面八方传来，根本让人无法掌握其具体的方位。虽然明知道对方就在前方不远，但这只是一个大概的方位。

蒙面人知道自己已经没有必要再躲藏下去，但他并不是向那无法捕捉方向的高手迎去，而是缓缓地向后倒退。

蒙面人竟要退走，抑或是故意要引出那神秘的人物，但这种结果的确有些出乎轩辕的意料。不过也使轩辕知道跂燕所说的话并非全是没有根据的，在薰华草的周围的确守候着一群可怕的高手，如果按照跂燕的说法，若是无法让她成为君子国的圣女，那便无法顺利取到薰华草，甚至根本就不可能夺到薰华草。

“哈哈哈……”那苍老的声音变得空灵悠闲，似乎是自很遥远很遥远的地方传来，依然让人无法知道他身在何处。

轩辕心中一阵惊骇，因为他发现自山头上涌下一阵浓浓的雾气，雾气犹如巨兽之口，吞噬了轩辕视线所能及的景象，使得一切都变得模糊，变得难以辨清。

蒙面人的身形快退数步，但那团浓雾却犹如巨大的雪球，滚了下来，一直向蒙面人存身之处涌来。

一股浓浓的剑意自雾气之中升起，似乎成了那死寂雾气中强大的生命主流，仿佛就是因为这一股强大的剑意才驱动了这团浓雾。

蒙面人冷哼一声，再退几步，轩辕已经可以看清蒙面人的手指在颤动。

那绝不是因为蒙面人害怕，而是在蓄聚自己的气势，准备给即将出现的对手以致命的一击。

轩辕心中的惊骇是无与伦比的，蒙面人身上所散发出来的气势太熟悉了，他差点想喊出来，但他却知道这样做绝对是不明智的。

轩辕绝对不会去做蠢事，此刻正是他一探虚实的时候，他要看看镇守在东山口的人究竟是什么人，究竟有什么了不起，这是关系到他能否夺到薰华草的关键。当然，轩辕更感受到了那股强大剑意的存在，作为一个剑手，他更愿意在这个用剑高手的招式之中找到一些启迪。

雾气到蒙面人身前两丈之时，突然裂开，向两边激涌，一股汹涌的剑气破雾而出。

蒙面人冷哼一声，身子一抖，手中竟似射出一条乌龙——长矛！

是矛！的确是一根丈二长矛，轩辕对此并不陌生，但这根长矛击出的速度似乎更快，更狠，也更诡异。

轩辕没有猜错，绝对没有猜错，这神秘的蒙面人竟是数月前惨败于他手中的帝恨！

绝对是帝恨，轩辕可以肯定，但是此刻的帝恨似乎比之数月前更为可怕，也更凶、更悍，出手更快。不过，那根长矛的出处轩辕依然看得清楚，只是，轩辕很难想象帝恨怎会出现在这里，而且那根长矛竟可如绳子一般绕在腰际。

的确，帝恨的长矛出得很突然，无论是角度，还是速度都是那般精绝。

当……叮叮……

轩辕看清了那自浓雾之中破空而出的老者，白发青须，一身素衣。剑式更快得惊人，竟在刹那之间击出了一百多剑，几可与叶帝的快剑相提并论。但老者的功力却不知道比叶帝高出几许，以帝恨的功力竟被迫得疾退数步。

轩辕曾与帝恨交过手，知道帝恨的功力比自己高出甚多，而且武功更比自己高出两筹，但是在这老者的一轮疾攻之下，竟相形见绌，可以想象这老者的剑术之可怕。不过，轩辕在老者的剑式之中似乎隐隐看到了一些路子，也找到了似曾相识之感，这一发现他却没有丝毫意外之感。

轩辕并不意外那老者剑招的似曾相识，倒是为老者能驱雾而至感到骇异。他不知道白天会是怎样的情况，难道白天山头之上也会浓雾缠绕？但不管有雾还是无雾，若是在白天，轩辕的目光定可以看得更远，他自信一定能够看清山头之上有什么东西。

帝恨似乎也被这老者凌厉至极的攻势给惊住，但他却没有丝毫的畏怯，反而矛式一变，如同一条无可捉摸的软蛇般更飘忽轻灵，一根长矛在他手中竟不可思议地可软成绳子一般。

这怪异的矛法果然让那老者吃了一惊，也退了两步，使得他身边雾气绕得更急，但一时之间却也无法找到破解帝恨矛法的招式。

帝恨一声怪啸，突然抽身疾退，向山下疾掠，他知道自己要想战胜眼前这个老者，只怕得千招以上，但他却没有时间，更不能与其纠缠，谁也不知道山头之上是否只有这一个老者镇守，如果再有高手加入，只怕他是败定了。因此，他根本就无心恋战。

那老者也是一愣，没想到帝恨在占到上风之时突然抽身而退，一时之间竟未追赶，当帝恨奔出十多丈之外时，才回过神来，淡淡地道：“想不到竟是矛宗的高手驾临，恕老朽不远送了！”

轩辕不由得有些讶然，暗自忖道：“难道帝恨也是神族后人？就是和剑宗、逸电宗齐名的矛宗之人？”旋即心中又暗暗担心，“如果帝恨也在的话，那么这场夺薰华草之战只怕很是艰辛，甚至有可能无功而返。”

轩辕根本来不及有太多的想象，因为他已经感觉到剑气向他罩来。

那老者竟然也发现了他的存在，这绝对是一个意外，大大地出乎轩辕的意料。

轩辕没有丝毫的犹豫，他必须走，立刻便走！他没有胜这老者的把握，更何况，此刻他没有丝毫出手的念头，毕竟，这里是君子国的重地，而他只有一人而已。

老者依然驱雾而至，剑疾至极，这之间数丈的距离根本就没有丝毫的阻隔作用。

轩辕冷哼一声，陡然出剑，他对青须老者的剑路似乎有些了解，一出手便是以最快的速度回击。

那老者似乎也吃了一惊，轩辕竟不是出矛，这与他的估计有些差别，他以为轩辕定是帝恨的同路人，但此刻他却没有这样的疑惑，因为轩辕出击的是剑，不仅仅是出剑，而且其势之快比之帝恨的矛有过之而无不及。

更让他心惊的却是轩辕竟似乎能够把握他剑式的动态，一出手便使他的剑势受阻。

叮……哧……那老者吃惊的同时后撤三步，方挡住轩辕这一剑，但是他的剑竟被削去三寸的剑尖，这一下更是出乎那老者的意料。

轩辕在那老者一怔之时，不再恋战，轻啸一声，向帝恨消失的方向追去。

那老者望着轩辕离去的身影，自言自语道：“想不到没落的逸电宗竟也有如此人才……”

轩辕急速向君子宫逸去，所幸那老者并未追来，一路上更有两具尸体，显然都是帝恨的杰作，不过这样也好，至少可使轩辕少一些麻烦。有帝恨这样一个高手开路，实在不是一件坏事。

东山口的高手也许全都是会聚在山头之上，所以这下山的路上并没有遇到什么阻碍。

帝恨显然并不知道其后仍有轩辕这个大仇人，或许是轩辕的动作太过迅捷，抑或帝恨根本就没有想到居然会有人潜随其后。当然，在返回君子宫之时，帝恨显得极为谨慎，皆因此刻他的行踪已经暴露，受到追踪自是难免，因此，他显得异常小心。

轩辕早知道帝恨所住之处，也明白了帝恨的身份，是以他根本就不需尾随帝恨之后，而是直接潜入帝恨所居之处。能让自己的敌人睡不安枕，自然是一件大快人心的事，而轩辕则正有此意。

帝恨的速度比轩辕要慢些，加之他一路上小心谨慎，故意多绕弯路，更是比轩辕落后一大截。

帝恨小心地推开自己的窗子，在开窗的刹那，飞速地掠入自己的房间。黑暗之中，只听得一声轻啸，竟有一支利箭在帝恨开窗和掠入的同时射出。

帝恨大吃一惊，身子疾沉，他怎么也没料到自己的房间中居然有人对他进行暗算，虽然他的功力高绝，但是在这等情况下，他竟然也无法避过来箭。

帝恨忍住惨叫之声，身子往地上滚去，而在他身子落地的刹那间，他才发现地面上竟钉满了一层长长的利刺。那黑暗之中的敌人似乎早就料到了对方会有此一招，此刻帝恨才忍不住发出一声惨哼，同时，他也对黑暗的屋子扫视了一遍，但却并没有发现敌人的存在。

帝恨强忍身上的惨痛，将身子缩在窗角下，连大气也不敢出，他做梦也没有料到竟有人在他的房中布下陷阱，更是布置得如此精巧。

帝恨仔细地倾听半晌，发觉屋子之中并没有任何敌人，而此时窗外却传来了脚步之声，显然是君子宫中的剑士闻到帝恨的惨哼声赶了过来。

帝恨不由暗暗叫苦不迭，但他迅速支起上身关好窗子，确定屋子之中并没有敌人后，他心中稍安。

啪啪……“骆长老……骆长老……”

“什么事呀？”帝恨听到这几下敲门声，又有人呼叫，故意装作被吵醒的样子，不耐烦地问道。

“你没事吧？”门外的剑士担心地问道。

“我没事呀，到底发生了什么事？是不是圣女出事了？”

此时轩辕潜于一个假山洞中，本来听那些剑士在喊骆长老，心中一怔，但他一听到屋内之人的答话，立刻可以肯定屋中的人正是帝恨，只是那些剑士唤帝恨为骆长老的原因却不是轩辕所能知道的。不过，他对帝恨所吃的这个哑巴亏却是感到极为满意，也极有趣，他几乎可以想象帝恨慌里慌张地收拾残局的那种狼狈之态。

“你们快去看看圣女，我立刻就来！”房中的帝恨急道，那种语调，使得轩辕不能不觉得帝恨是个演戏天才。

那些剑士见房中的确似乎没有什么动静，也忙应道：“好，我们这就去！”

轩辕却有些惑然，不知道帝恨与圣女之间又是什么关系？这些人为什么如此相信帝恨的话？想到这里，轩辕心头陡地一动，心中微骇：“难道这个圣女是帝恨所带来的？否则，帝恨怎会出现在这里？而且这群剑士如此尊重帝恨，那么，这个圣女又是什么人呢？”

帝恨手忙脚乱地脱下一身黑衣，匆忙地将肩头的箭伤包扎一下，这才点了油灯，但他骇然发现床上一片零乱，显然是被人翻弄过。而窗子下边所铺的那一层倒立的尖刺之上也有许多血迹，显然是他身上所流。

帝恨心中的惊惶更胜过愤怒，他不知道是谁闯进了他的房间，并布下这样一个陷阱。他发现那支利箭是被一根系在窗子上的细绳所操控的，只要窗子一推开，便会触发那早已对准窗口的利箭。帝恨因一时失察，这才触动了那支利箭，也便坠入了敌人所设的陷阱之中。

伤，并不可怕，可怕的是这无形敌人所施的压力。

“难道有人发现了我的身份？那这个人究竟是谁呢？为什么要翻我的房间？为什么要布下这个陷阱？……”帝恨的脑海中一片混乱，刹那间，他感觉自己似乎陷入了危机四伏的险境，似乎君子宫处处都是敌人。

在这种情况下，帝恨怎能不有所怀疑？怎能不有所担心？他怎么也想不到这正是轩辕所需要的，而且这一切全都是轩辕一手安排的。

轩辕发现帝恨走出房间时，脸色很难看，更有些疑神疑鬼的感觉，心中不由得大感好笑，也大感痛快。不过，他却并没有立刻离去的意思，他倒要看看那个圣女究竟是何许人物。

帝恨并没有化装，看样子他是根本就不害怕君子国之中有人能识破他的身份，也可看出他对自己身份的自信。轩辕却不得不摸了摸蒙面的黑巾，此刻他却成了一个不能够曝光的阴影人物，除非他想死。在君子国中，大概比在神谷更凶险，因为这里像帝恨这般的高手不知有多少，而且在君子国内，他们完全可以全民皆兵，对于轩辕来说，的确是死路一条。

轩辕自然不想死，他已经做好了一个不行便溜之大吉的打算，这当然是万不得已的打算。

“圣女怎么样了?”帝恨发现那一群剑士又走了回来，不由得开口问道。

“啊，是骆长老，没事，一切都很正常!”一名剑士见到帝恨立刻恭敬地道，显然帝恨的身份在这里受到了极大的尊重。

轩辕却弄不明白帝恨凭什么能够在君子国中受到如此礼遇，不过，却知道帝恨很可能也是为了那薰华草而来的。

“圣女让属下叫长老过去一趟。”那名剑士又道。

轩辕心头一动，暗忖道：“看来帝恨真的与圣女之间有什么关系，那圣女本身就有些古怪，如果与帝恨扯在一起，只怕真如跂燕所说，是个假货，而且这必定是一个阴谋了。”

“好了，你们辛苦了。”帝恨淡淡地说了一声，便向西厢行去。

那群剑士便像什么事都未曾发生过一样，又继续举着火把巡逻。

轩辕并不敢轻视这些剑士，只自这群人的步伐来看，比之守城和自城门口进出的剑手们更沉稳多了，至少功底很扎实，这些人都不可否认是一群难缠的对手。

等轩辕绕过这群剑士的巡逻时，帝恨已经消失不见。不过，轩辕并不担心，至少他知道在如此短的时间内，帝恨不可能会走得很远，那么肯定会在附近的几间房中。

轩辕选中一间灯火明亮的屋子，小心地潜靠过去。他估计，如果圣女与帝恨是一路的话，那么帝恨肯定会向圣女汇报今晚所发生的事情，那么自然不能不亮灯。这里毕竟是君子国之中，男女身份有别，虽然帝恨身为长老，但也不能不注意平时的言行举止。因此，圣女的住房之中肯定亮着灯。

第五十八章　族门圣器

“我看事情有些蹊跷!”轩辕可以清楚地辨认出这是帝恨的声音，不过帝恨将声音压得很低很低，若非他伏在屋顶之上，附耳倾听，只怕还真难听到。

“长老是怀疑有人已经怀疑我们的身份了?”这是一个女人的声音，显然是那个所谓的圣女。轩辕的目光斜斜扫了一下，发现那些守护在圣女房子周围暗处的几个人犹如黑暗之中的石头，显然是圣女的心腹正在为之把风。轩辕不由暗自得意自己的精明和利落，竟能在这一群高手的环护之下爬上房顶，这大概也是帝恨所意料不及的。不过这也多亏了这间厢房的另一头靠墙所生的那棵大树，否则的话任轩辕有通天彻地的本领，也只能暗自叫苦，除非能如花蟆凶人那般遁地而行。

帝恨沉默了良久，才无奈地道:“我想，他们并不敢怀疑你，只不过，我的身份可能会引起某些人的怀疑，更可虑的却是，在暗处似乎有许多我们的敌人，这些人很可能会破坏我们此行的目的。”

“哼，谁敢怀疑我这圣女的身份?!”

“这是自然，这并不是说有人怀疑我们的身份，这之中很可能关系到王位的问题。”帝恨怀疑道。

“你是说柳洪在搞鬼?”圣女的声音充满了杀机。

“这很有可能，在君子国向来都是女子继承王位，如果没有你这突然冒出来的圣女的话，这个王位顺理成章便成了他的，他乃是女王柳静和跂通的亲子，而柳静让柳洪姓柳本就有让之继位的打算。可是现在你突然出现，打乱了柳洪的计划，他自然要找我们的麻烦，甚至恨不能除掉我们这两颗眼中之钉。所以，他才会在我的房中设下这些陷阱……”

“我看他没有那么大胆，就算他要对付我们，也绝不敢明目张胆地干!”圣女分析道。

“嗯，那这会是谁干的呢？不过，我今晚去山顶试探了一下，那里果然存在着极为厉害的高手，只怕我也不能说可以稳胜，而且山头之上的虚实我们仍然未能探清，这个问题可能也会很棘手。”帝恨担心地道。

顿了一顿，帝恨又接着道：“其实，我们早就应该想到，昔日剑宗的高手岂是易与之辈？若是在这里与他们硬拼，我们只可能是死路一条。若非这里存在着许多当年剑宗的高手，只怕少昊大神早就已经将此地扫平。不过，我们现在的目标并不是那些薰华草，而是即将到来的轩辕!”

“按飞鸽传书所示，这小子近几日应该到了君子城，很可能还有另一个女子，我怀疑这随之而来的女子就是跂踵族的跂燕，这个女人绝不能让她活在世上，否则的话，很可能会破坏我们的好事!”君子国圣女冷杀地道，只听得轩辕心头发毛。

“我绝不会让轩辕这小子逍遥地活着，如果落在我的手中，定要煎他的皮拆他的骨!”帝恨对轩辕的恨几已到了无以复加的地步。

“听说师妹失踪是跟这小子一起走了，我倒想看看这小子有什么魅力，居然连桃红也无法控制自己……”

“圣女千万要以大局为重，否则圣姬会……”

“嘻嘻……”那圣女狐媚地笑了笑，道，“我只不过是说着玩的，你以为我真的如此不知轻重，师父要怪肯定是先怪我，还敢拿长老怎么样吗?”

“圣女知道就好，不过轩辕这小子极度狡猾，还是交给我去对付好了。”帝恨松了口气。

“长老是怕我会败在他的手下?”

“我当然不是这个意思，圣姬的媚功天下无敌，而圣女又得到圣姬的真传，自然不惧这小子。”帝恨悻悻地笑了笑道。

屋顶之上的轩辕越听越心惊，他怎么也没想到这所谓的圣女竟会是桃红的师姐，此刻他几乎可以肯定帝恨是为了薰华草而来，只是他却无法明白帝恨是通过怎样的手段使跂通相信这个所谓的“圣女”便是他的亲生女儿，而帝恨又怎会知道圣女这个秘密呢？这便像是一个谜。

轩辕倒很想看看这神秘的圣女究竟是什么样子，这自是出于人类的好奇，轩辕也不例外。是以，他忍不住伸手掀开一片土瓦。

这是轩辕往日从未见过的遮房子的东西，硬硬的呈一种弧状，泛着淡淡的青灰色，显然是经过火烧烤才成形的。这不仅使轩辕感到新奇，也让轩辕感到惊讶。

君子宫给他的感觉很是不同，无论是气派，还是这种庄严古朴的氛围，都让他意外。不过，轩辕仍是掀开了那片土瓦。

哗……轩辕掀开了一片，却带动了另一片瓦，这些瓦本就是片片相连，大有环环相扣之势。

“谁……”“什么人……”

轩辕吃了一惊，在瓦片一响之时，他便已知道可能不妙，匆匆地只是向屋内瞥了一眼，便立刻向那棵大树飞弹而起，这次脚下用力未曾刻意收敛，使得瓦面大响。

哗……帝恨如大鸟一般自窗口飞射而出，而另一道身影则自屋后的窗子射出，守在屋子四角的高手急速地翻上屋顶。但轩辕早就有备，等他们飞掠上屋顶之时，他已经以最快的速度投入了那棵大树的密叶之中。

呼……轩辕正欲潜去，但在密叶之中忽地多出一只手掌来，掌劲极雄。

轩辕吃了一惊，仓促之间只得挥掌相迎。

轰……轩辕和那偷袭者同时一震，分别向两个方向跌去。

帝恨一声低吼，长矛破空而至，他绝不允许有人窃听到他的谈话，否则只可能是死路一条。在这君子国中，他绝不能有失！

轩辕暗暗叫苦，刚才与之对击一掌之人的功力也极高，此刻几乎是四面环敌，他哪敢与帝恨正面交手？只得反手甩出一箭，身子尽力向黑暗之中掠去。

那圣女也一声娇叱，但却并非扑向轩辕，而是向与轩辕交手的那偷袭者攻去。

轩辕被弄得有些莫名其妙，显然那偷袭者并不是与帝恨一路的，这当然是一件好事。

帝恨不能不对轩辕甩出的那支劲箭作出回应。

这一箭的速度太快，而且更蕴含着爆炸性的力道，且几乎正是迎着帝恨所追路线而发，使得帝恨不得不作出反应。

啪……帝恨只能以矛头将劲箭击碎，但他也为这一箭所蕴之力感到惊讶，他想不击碎这支劲箭都是不可能的，只因这支箭太具攻击力。

轩辕再不犹豫，迅速向黑暗之中掠去，而此时已有剑士自远处迅速掠来。

帝恨望着轩辕犹如鬼魅般消失在夜幕之中时，心中涌起了一丝古怪的念头，而此时那偷袭轩辕的神秘人根本就不曾与圣女交手，只是迅速地融入黑暗之中。

帝恨和圣女本来就要迟到一步，那几名守在屋子四周的高手速度似乎要慢了半拍，也无法追袭。

君子宫内的地形似乎极为复杂，而那神秘的偷袭者更似乎是极熟悉宫内的地形，是以，在帝恨和圣女追至之时，轩辕和那神秘人已经失去了踪影。

跂燕听了轩辕的叙说，不由得目瞪口呆，她怎么也没有想到，这所谓的圣女竟是九黎族的阴谋，但是她却根本不知道该如何去做。

“那现在我们该怎么办？”跂燕六神无主地问道。

“目前肯定不止帝恨他们这一群人来到君子国，但是眼下我们人单势孤，根本就没办法与之硬拼，而且他们早有先入为主之利，就算我们贸然踏入君子宫，其结果只能以暴露身份而告终，反而要引来九黎杀手的疯狂追杀。因此，我们不能莽撞。”轩辕提醒道。

跂燕几乎有些绝望，九黎人如此强的力量，连轩辕都敌不过帝恨，何况还有其他许多九黎族高手，甚至别的势力……如此一来，只怕她想去认父母都不可能有机会了，这叫她如何会不急？

“你也别灰心，虽然我们不能力敌，但可以智取，说不定会让帝恨和那妖女饮恨收场。”轩辕自信地道，旋又道，“不过，我们现在不能暴露身份，否则的话，我们只会成为他们的靶子！如果我所猜没错的话，今天帝恨便会有所行动，此刻的形势对我们非常有利。”

“我一切都听你的。”跂燕根本就不知道该如何做，只得服从。

“这才是乖孩子。”轩辕不由得笑了笑，然后伸了个懒腰道，“我要好好地休息一下了，等我睡醒了再想办法吧。”

君子城之中的气氛似乎有了些改变，或许是因为昨夜君子宫中的确发生了一些变故。

最让轩辕和跂燕惊讶的，却是帝恨领着一干手下高手离开君子城，这种场景让轩辕感到有些意外，不过却并不吃惊，如果昨晚不是帝恨，而换了轩辕的话，今天或许也会作出同样的决定。

不过，跂燕有些不解。

“他不会真的离开君子城的！”轩辕肯定地道。

“难道他还会返回来？”跂燕问道。

“他会由明转暗，暗中来对付我们或是帮那妖女完成任务，也是为了给那妖女布置后路。”轩辕淡淡地道。

“帝恨走了，我们岂不是更好去揭发那妖女的身份？”跂燕喜道。

“你错了，他走了，我们更难揭发那妖女的身份，反而有人会说你诬陷。我在想，那妖女是如何能够让你爹和你娘相信她的身份的！”轩辕微微皱眉道。

跂燕愣了半晌，突然道：“我知道了，几年前我族所遗失的圣器，肯定是被九黎人给拾去了，唯有这妖女持有圣器才会不让人怀疑。但是我族的圣器是在范林丢失的，又怎会落到九黎人的手中呢？他们又怎会知道这圣器的用途呢？”一时之间跂燕也陷入了沉思之中。

“便是跂云为之而被逐出族门的圣器？”轩辕也吃了一惊，问道。

“我想应该是吧，除了圣器之外，便只有我身上所带的这件信物了。但这些秘密只有我族中的有限几个人才知道的呀，九黎人又怎会知道呢？”

“会不会是你们族中出了奸细……”说到这里，轩辕又道，“我看先别谈这个问题，你先在房间里等我，我倒要看看帝恨想要什么花样。”

“你要去追踪他？”跂燕吓了一跳，拉住轩辕急问道。

“不错，我倒要看看他们有什么布置，只有知己知彼，方能有更多的胜算。”轩辕肯定地道。他自然知道，此刻不仅仅是要夺薰华草，更要与帝恨这个凶人交手。若一个不好，就算夺得薰华草也会是死路一条。

“那你小心一些！”跂燕知道轩辕所说的是事实，只得叮嘱道，此刻轩辕可谓是她唯一的寄托，但她又有些无能为力，似乎根本就帮不了心爱之人的忙。

轩辕转过身，轻搂着跂燕的肩，自信地笑道：“你放心吧，我不会有事的！”

跂燕只得沉重地点了点头。

才追出君子城不久，轩辕便感到有些不对头，但究竟是哪里出了毛病，他却说不清楚。

帝恨出城后的行踪似乎突然销声匿迹，无从找起，这一点的确让轩辕心中生出了一种不祥的预感。

帝恨的速度自然没有如此之快，轩辕追出君子城只是在帝恨走后不到一盏茶的时间，而在这一盏茶时间之中，帝恨又能够行出多远呢？以轩辕的脚程来计算，此刻绝不应该追丢了帝恨，但事实却让轩辕无法解释。

唯一的解释，那便是帝恨根本就未曾走远，一出城便潜伏在城郊的某处，而这是轩辕无法预知的。

君子城外，有一片旷野，这里或许是曾经经历过一场大火，使得这方圆百里之内，没有几棵古老沧桑的树，而这片旷野之中也无甚大树，树林更是稀稀落落，无法将视线遮挡得很严密。

轩辕不得不驻足，他根本就无法得知帝恨究竟是自哪条路走的，而此刻再前行便是一片湿地，湿地之上似乎并没有脚印存在。因此，他可以肯定帝恨未自这个方向行走。

轩辕只得转身向来路行去，但是，在他转身之时，却感觉到一股浓烈的杀机，已经弥漫了这片荒野。

也许并不是弥漫了整个荒野，而只是弥漫在轩辕存身的这片空间，当然，这个并不重要，重要的是这杀气本身的存在。

轩辕驻足，但他却无法找到这股气息的来源，抑或可以说，在刹那之间，杀气又全部收敛，像是这个世间从来都未曾存在着这股气息。但这短暂的一切根本就无法瞒过轩辕的触觉。

虽然轩辕并不知道对方究竟是谁，但那种充满敌意和仇恨的气息却无法抹去轩辕心中的戒备之意。

林间有风，枝叶轻摇，沙沙的枝叶摆动之声使得林间显得异常静谧。

这是一个春末，野花倒也灿烂，在这鸟语花香的静谧林间，居然潜伏着致命的杀机，或许有些大煞风景。

其实，轩辕并无意观赏风景的雅致，所谓的风景，只是人的一种心态，何为美景？何为丑景？当灵台一片空明之时，所有的景物全都变成虚幻，实实在在存在的只有体内奔涌的生机，只有大自然之中涌动的生机。

每一株草所代表的不是一片景色，而是一种生命、一点生机，景色只是一种视觉上产生的主观概念，真正让人感动的并非景物，而是生机。正如有人为戈壁之中一株独生的小草而感动得哭泣一般，让他们震撼的并非外在的景象，而是这顽强不息的生命力，是这种可歌可泣的精神……

轩辕便是在大自然怀抱之中成长的生命，在这原始的世界之中，美景已经麻木了人的视觉，他们也真正能够深切地体会到生命的力量、生机的震撼。

轩辕依然无法发现敌人身在何方，那暴露出杀机的敌人，似乎在陡然之间化成了这片林子的一部分，已经将生机融入了这片花草树木之间，使人根本就无从分辨。

轩辕露出一丝冷笑，大步向来路上行去，似乎根本就不知道这些危机的存在，更在不经意间折下一根狗尾草，轻松地把玩着。

他只走了五步，刚好五步，似乎经过精确的计算，然后弹出指间把玩的狗尾草。

其实，随在狗尾草之后弹出的并不只是狗尾草，更有一根细小的铁刺。

目标，只是一棵极不起眼的大树树干。

那棵树并不是特别古老，灰褐色的皮质上长着一个个木疙瘩，密密的树叶，如蓬头垢面的疯女。但轩辕并不在意那密密的枝叶，而是只注视了那根粗壮的树干。

轰……轰……轰……

那根树干爆裂而开，之间竟似是空心，空心之中却藏匿着人。

不仅如此，轩辕立身周围的地面也在突然间爆裂而开。

弧光闪烁，寒风大作，雪一般银亮的刀光在虚空中交织成无结可解的罗网……

轩辕立足之处竟然开出了一条美丽的大莲花，在阳光的辉映下，闪烁着灿烂而让人心悸的寒芒。

其实，那并非真的莲花，而是数十柄圆弧状的弯刀所拼成的楔角。刀锋半入土中，半在土外，每一柄刀上扬的角度都是那么精致，那般优雅，那么有规则，便使得这一组合犹如破土而出的白莲。

花开之时，轩辕隐而不见，自然不是被这数十柄弯刀削成碎片，否则地面之上至少会出现一堆碎肉，但地面之上并没有这些。因此，可以肯定轩辕没有死。

轩辕的消失让所有自泥土或树干之中蹦出的杀手们一阵错愕。

便在这一阵错愕之时，轩辕出现了，出现在这群杀手们最不希望对方出现的地方。

轩辕的刀锋如雪，在阳光之下，并不比那弯刀拼成的莲花逊色，但在轩辕的刀气中，更多了一股无法抗拒的霸杀之气，犹如怒潮汹涌的海啸。

轩辕认出了其中两个花蟆人，那两人脸上的七彩花蟆便是最好的标志。其实，他早就知道这之中有花蟆人，唯有花蟆人才能够潜匿得如此深沉，使人根本就无法觉察到他们的存在。当然，轩辕是一个例外。

其实，这群杀手并非只有花蟆人，还有一群黑衣人，那种黑色让人联想到黑夜的死神，那绝对不是一种舒服的感受。

当然，死亡并不用去感受，但当一个人面对这群黑衣人之时定会心有所感，原来死亡是如此接近……

轩辕也联想到了死亡，是自这群黑衣人的身上，这群黑衣人所代表的，似乎便是这个世界的阴暗一面，没有任何阳光感，这与他们的兵刃存在着极不相称的矛盾。

让轩辕吃惊的是这群黑衣人的目光，与之相视的那种感觉便像是陷入了一个无法自拔的黑洞中。那种邪异的感觉使得轩辕也无法不为之松弛了心神。

轩辕失神之际，刀光再闪，虚空之中似乎又弥漫出一片苍茫的雪花，那些插于地面之上的弯刀竟然反射而回，再次锁定轩辕。

黑衣人只有八个，但却能够同时驱动数十柄弯刀，这一点便足以让人心惊。其实，轩辕根本就没有心惊的机会，也没有任何时间去吃惊和思索，弯刀已自四面八方向他包抄过来。对手似乎想在虚空之中，以弯刀为他做一个封闭的囚笼。

轩辕低啸，这是勉力而为的低啸，他的思绪已经陷入了那群黑衣杀手的目光之中。是以，他必须以最强大的意志将自己自噩梦之中解脱出来，然后再挥刀。

轩辕的速度虽然极快，但在他回过神来之时，仍然迟了一些，这不是他的错，但这确确实实是一种无奈。

叮叮……轩辕借弯刀的反击之力，犹如飞鸟般向另一棵树上跃去，但却并不能完全挡开这些以弧形轨迹飞行的利器，是以衣衫尽裂，鲜血四溅，犹如铩羽之鸟踉跄地斜掠上一旁的树身。

呼……呼……那些弯刀竟然全都似富有灵性般盘旋追至，似乎不杀轩辕势不罢休。

数十柄飞旋的弯刀，便像是数十张急速滑动的银盘，显得格外绚烂，而且每柄弯刀所取的角度和方位都不相同，使一切变得更诡异，更让人心悸。让人心悸的，是那交相辉映的银芒，使得天地之间一片苍茫，根本无法辨清在银芒之中潜藏着什么样的凶险。

轩辕的眼睛也被迫眯得很小，在这种强光的刺激之下，的确会让人产生许多错觉，但任何错觉都是足以致命的，这一点轩辕心中十分清楚。

血，仍在流。第一个回合，轩辕便受了伤，这对于轩辕来说，不能不算是一个意外，一个让他愤怒而又无奈的意外，他甚至不知道这群黑衣人是什么来历。不过，这群黑衣人与花蟆人有关系，那是可以肯定的。也就是说，这群黑衣人更有可能便是帝恨伏于城外的杀手。这对轩辕而言，的确是一件倒霉的事情。

倒霉，但未曾倒下，只要未曾倒下，轩辕便必须出手，必须战斗，为生存而战！其实，没有谁会愿意死。

轩辕再次弹身而起，他所栖身的树已经枝飞叶散，满天满眼竟是泛滥的绿影，还有银色的光润。

轩辕终于发现，这数十柄弯刀全是被一些细绳所操控，因此才能够隔空而动。其实，这之中有些像是魔术，这群黑衣人竟然能够凭借一根根丝绳以一双手操控如此多的弯刀，更将这些弯刀使得出神入化，实在是让人难以置信。

这当然是不能不信的事实，轩辕在空中倒翻数个筋斗，双足落于另一棵巨树之上，那两名花蟆杀手也自底下飞扑而至。

轩辕并没有驻足，而是将身子迅速弹起，在升上半空之时，还刀拔剑，更蓄气一声暴吼。

剑出，在如雷鸣般的暴吼声中，化成漫天丝雨。

不，并非漫天丝雨，而是在刹那间抽干了虚空中的空气，凝成了神魔结界般的巨网，让人窒息的杀气在剑气的锐啸之中张狂地冲撞、喧嚣、沸腾、扰动、打旋、撕扭、交缠……

整个虚空似乎在刹那之间扭曲、变形，轩辕的身子也消失，像是被风吹散的雾气，像是被烈日融化的冰。其实，什么也不是，消失便是消失，或许正是因为虚空的扭曲。

虚空真的扭曲了吗？

不，那只是一种错觉，致命的错觉。其实，天地间本不存在任何实物的陡然消失，只是由一种形式变成了另外一种形式，但它依然存在。

的确，轩辕依然存在，包括他的剑，他仍存于虚空中的每一寸，存在于每一个应该存在的空间里。其实，那群黑夜杀手听到了轩辕的声音。

轩辕的声音似乎来自于遥远的九天之外，又像发自深远的地府之中，抑或可以说那是一种被割碎的声音，碎得有些模糊，但依然可以辨出是“天变”两个字。

天变，的确，天地已变。虚无空洞，了无生机，像沉睡了千万年的死神倏然苏醒，在呻吟中毁灭一切！

八名黑衣杀手与那两名花螟凶人几乎为这突然而起的变化给惊得呆住了，这是什么剑法？这是梦还是现实？或许，这正是那缥缈之声所陈述的两个字——天变！

除了天变，实无其他解释。

十名杀手退，他们几无半点战意，在这灭天毁地的气势之下，他们的神经几乎已经麻痹，他们能够做的便是挣扎，拼死挣扎！虽然每一寸肌肤都在忍受着犹如罡风刮削的痛苦，可求生的本能让他们作出了最后一击。

轰！一声巨炸，剑气犹如怒潮般四散射涌而出，方圆十丈内的花草树木犹如摧枯拉朽般翻倒。

天空之中，扬满无法挥去的尘土木屑，每一寸空间都变得嚣乱混沌，所有的生命似乎也在刹那之间瓦解崩溃……

尘落已是那声巨炸的半盏茶之后，灰暗中，仅有数根秃了枝叶、去了皮毛的木柱孤立在这毁灭的范围之中，这里便像是被泥石流冲击了的废墟。

轩辕跪立于废墟之中，像残喘的病人。这是一个连他也未曾想象到的结局，他居然能够使出惊煞三击之中最具威力的天变，更没想到的却是天变竟有着如此狂野而又无法控制的杀伤力。

轩辕轻轻地呕出一口鲜血，与这灰色的尘土和绞碎的绿叶、红花夹杂在一起，更有着一种异样的凄惨。

伤人伤己，看来他并不能完全驱驾这惊世骇俗的一招，所幸此刻他的功力比之当初与帝十三那一战时已有不可同日而语之别，否则，只怕今天最先死去的人会是他。至少，那股回冲的劲气会将他自己炸得粉碎。

轩辕深深懂得，惊煞三击之所以威力惊人，便在于它能够在最短的时间内凝聚体内和身体周围所有的力量，然后在最巅峰之时突然爆发而出，在出击之前绝不会外泄半点劲力。因此，施招之人能使自身的力道和借来的力道得到最有效的利用，而不会有任何的损耗和泄漏。但这也必须要求发招之人自身有承受能力，如果自身的承受能力不行的话，只会让自己先一步爆裂成碎片。

当然，惊煞三击最厉害之处，是可以借任何外力，甚至是虚空之中的阴阳两极之气。施招之人在击出此招时，其身体便像是一个不知满足的容器，无休止地吸纳外力，从而击出最狂最野的一击。只有像青云那般功力已达到巅峰的高手，方能够收发由心，操控自如。

轩辕与青云之间存在着极大的距离，这是不可否认的，但轩辕并没有死，只是受了伤，内伤。其实这一切也有吸血鬼的功劳，日前轩辕在与吸血鬼一战之后，其功力几乎激增了一倍，这才能够击出天变而不死。

其实，使出天变，这是一个很冒险的举措，但轩辕实已被十名杀手逼得急了，不得不使出这最为可怕的杀招。

这十名杀手，实是他所遇杀手之中最可怕的，尤其是那八名黑衣杀手，武功诡异得让他心悸，比之神谷的杀手和花蟆杀手几乎是不可同日而语。最为可怕的并不是他们各自的武功，而是他们整体的配合，完全是一个天衣无缝的组合，要胜过他们，便必须以硬碰硬，绝对没有半点余地。是以，轩辕不得不冒险击出惊天地、泣鬼神的绝杀之招天变！

“咳咳……”轩辕轻轻地咳了几声，这被绞碎的尘末的确有些呛人，但轩辕不想动，只是想静静地休息片刻。

他的确有些累，那或许可以叫是一种虚脱的感觉。人都会有一个疲劳极限，轩辕自也不例外。所以，他只想静立，根本就不想去多管其他的闲事。

尘土渐落，阳光依然明媚柔和，这片废墟之地似乎更为光亮，因为再也没有密叶相遮，那静立的几根光秃秃的树杈，看上去极为怪异，也有些滑稽。

地面之上，断树、断枝，一片狼藉，但轩辕身子周围方圆三丈之内没有半根杂草，连泥土都被剑气给震得细碎而柔软。

那数十柄弯刀似乎也变成了一块块晶亮的废铁，在阳光的辉映下，依然闪烁着银色的光泽，依然让人有种心悸的感觉。

断肢、残臂被渐落的尘末给掩盖，那喷洒于泥土之上的血迹依然斑驳苍凉。

之中的过程，并没有几人能够明白清楚地说出来，亦不会有人能感受其细节的内涵，死亡便是死亡，毁灭便是毁灭，根本就没有任何异议，有的，也许只是个人的情绪，只是一种苍凉的氛围。

轩辕抹了一下嘴角的血迹，眼里也有些茫然——这是自己一手制造的杀戮。当然，他绝不会后悔，也不会手软，即使是历史重演一次，他依然会选择使出这最具杀伤力的杀招。

哗……一只手突地破土而出，倒吓了轩辕一跳。

这是一只血淋淋的手，依然有鲜血流淌而出，但这却是一只活生生能够动的手。

轩辕呆住了，他看到了那几乎已经没有皮肉的五指在地面上吃力地伸缩了几下，然后地面上那已有些蓬松的泥土动了动。

轩辕从来不相信鬼神，但这一刻他禁不住想起了鬼，自地狱之中窜出的恶鬼，他甚至怀疑自己刚才的那一剑是不是已打破了阴阳两世的界限，而使阴世的厉鬼得以逃出。

哗……又是一只流血的手破土而出，但与刚才不同的，这是一只左手，而刚才是一只右手。然后两只手间的泥土松动了一下，那两只手便在泥土松动之处吃力地抓动着，犹如两只破茧而出的蛾虫，虚弱地动着。

泥土再次松动了些，自泥土之中竟缓缓探出了一颗脑袋。

这是一颗已经秃了顶，而且头顶仍有数道剑痕交错的脑袋，便像是一个雕了花的蛋壳，又是泥，又是血，倒让人感到一阵毛骨悚然的寒意自心头升起。

轩辕心神一紧，手中更紧地握住剑柄，他并未见到这颗脑袋的脸，他甚至在猜想这会是怎样的一张脸。

这颗脑袋只距轩辕四丈而已，并且缓缓地扭头四顾。

“呀……”那颗脑袋在看到轩辕之时，突然发出一声凄长的惊呼。

轩辕一时未想到这颗脑袋叫声如此凄长，竟吓得连退三四步，而此时，他也看清了这颗脑袋的面目，那竟是花蟆凶人的头颅。但此刻，这颗头颅已经变得更难看、更恶心，让人看了几乎想吐。

那花蟆凶人的双手在地上一挣，如受惊的蛤蟆一般跃出土面，似乎有些疯狂，背向轩辕狂奔而去。

轩辕不由得呆住了，怔怔地望着那人不像人、鬼不像鬼的花蟆凶人，他竟不知道追，只是缓步来到那花蟆凶人破土而出的地方，那是一个像曾经埋下一个巨大的萝卜，但萝卜又被拔走之后所留下的坑，而在坑边的土壤里，还渗入了缕缕血丝。

这是一个幸存者，这人居然在那充满了毁灭气息的一剑之下活着，这完全是一个意外。当然，这也不能不说明这的确是一个极为机警的人，竟能在危险逼临之前借遁地之法潜入泥土之中，而躲开了轩辕绝杀的一剑，但他的手却因护着头顶而被割入泥土之中的剑气削得皮肉尽裂，甚至连头皮也被割开了数道剑痕。由此可见那一剑的杀伤力是如何的强大，连泥土之下的生命都无法免受伤害，不过，这人的头发一定是在潜入泥土之前被剑气绞削干净。

轩辕不由得笑了，笑得有些莫名其妙，也许，连他自己也读不懂这笑容之中的含义，只是在顿首苍穹之时，蓦地多出了无数的感慨，而这种感慨正是他笑的原因。

笑，更因为他有一种说不出的轻松，解脱的轻松。毕竟，他这一剑杀死了九名敌人，更吓退了剩下的一名敌人。那幸存的花蟆杀手惊叫时的表情，便像是见到了噩梦之中见过千百次的魔鬼，充满绝望和疯狂，显然是轩辕那一剑已在他心目中种下了无法抹去的噩梦。

轩辕笑了之后，缓缓地转过身来，竟轻轻地叹息一声，脸上的表情也在刹那之间变得深沉冷漠，或许可以说是一种无奈，深沉的无奈。

但他又能如何？也许，这就是命，不可逆转的命，这一切，只是因为帝恨的出现。

帝恨悄然出现在轩辕身后七丈之遥的地方，脚下正在轻拨着那杂乱的枝叶，每一步都是那么沉缓，像是在敲击丧钟，将一切的基调置于一种哀婉而郁闷的情绪之中。

帝恨出现于轩辕最不想他出现的时候，这也许正是帝恨的战略，正是帝恨所想要的——杀人者，从来都是会把握机会的人。

帝恨是一个杀人的高手，所以他比别人更会把握机会。因此，他此刻的出现，不是个意外，而是在意料之中，只是在这之前，轩辕着实让帝恨吃了一惊，这一惊绝对不小！

帝恨吃惊轩辕那惊天动地的一剑，惊讶轩辕居然能够击杀那九名一流杀手。其实，他在神谷的那片迷阵之中，便知道轩辕有一手极为可怕的剑招，正因为这可怕剑招的存在，所以帝恨才会受了那般侮辱，也因此而恨透了轩辕，但那个时候，他知道轩辕根本就没有力量使出这可怕的剑招。不过，轩辕此刻却是毫无阻隔，而且将这可怕的一招发挥得超乎了他想象的可怕。如果刚才换了不是那十名一流杀手，而是他，他真不知道自己是否能够避开这无与伦比的一击。

帝恨只是轻轻地踢开那些倒地乱七八糟的断枝碎木，似乎只是在计算轩辕刚才那一击的可怕力量，而并未注意到轩辕的存在。但轩辕却知道，接之而来的便是他所面临的最为严峻的考验，而他此刻的状态，根本就没有可能再使出惊煞三击。不仅如此，此刻的功力大概还不到正常状态下的五成，而帝恨却是生力之军，他又如何能够胜过对方？抑或是自帝恨的手下离去？

轩辕迅速盘算，他该如何去面对这场战斗，更以最快的速度恢复功力。他绝不能死，但帝恨肯定不愿让他活。轩辕甚至明白，自他追出君子城之时，便一直坠入了帝恨的算计之中，这也是他为何一出君子城便有一种极为不祥之感的原因。只不过帝恨怎会知道他一定会跟着追出君子城？不过，他已经没有心情再去考虑这些问题。当一个人面对生死之时，周遭所有的一切都不再重要了，重要的是如何保命！唯拥有生命，才能思索更多的问题。

“好霸烈的一剑，了不起，真是后生可畏呀……”帝恨不知道是在赞赏抑或是揶揄。

当然，轩辕并不想计较这些多余的废话，不管帝恨此刻说什么，下一刻照样会有另外一个结局。

“也许这只是一个意外！”轩辕轻轻地笑了笑，望着缓步逼近，立定于三丈之外的帝恨，满不在乎地道。

“也许，不过，你能够杀死渠瘦八煞，已经是了不起的表现，你可以为之感到骄傲了。”帝恨意味深长地望了轩辕一眼，又扫视了那满地狼藉的残肢碎刃，淡淡地道。

“渠瘦八煞？”轩辕也有些意外，他这是第二次听说渠瘦这个名称，第一次是在沼泽之中听跂燕谈到这个神秘的部落，当时他并没怎么在意，这一刻方知那八名黑衣杀手竟是最为神秘的渠瘦族人，这的确有些意外。

“不错，他们可以算得上是渠瘦杀手中的二流人物，你居然能够将之一举击毙，的确有值得骄傲的本钱!”帝恨淡淡地道。

轩辕再惊，刚才那八名杀手的联击犹让他有些心有余悸，却没想到这群人只是二流角色，那渠瘦的一流杀手该是怎样的可怕呢？当然，这不是他此刻所要考虑的问题，他此刻所要考虑的问题是，该如何应付眼前的帝恨。

“其实我真的有些不忍心杀你，只可惜，你太惹人嫌了，更是我九黎人不可饶恕的罪人!”帝恨不无遗憾地道。

轩辕笑了笑，不免有些得意，能够让九黎人受到那么惨的损失，他的确有资格骄傲，他也对自己所做的一切很是满意。虽然这也许并不是一件好事，但作为一个生存在这弱肉强食的年代的分子，这一切又是必不可免的，也是自然的法则。

为了生存，便必须斗争，也许不仅仅只是为了生存，在轩辕的心中，或许还有其他别人无法明了的情绪。

“笑吧，此刻不笑，以后就不会再有机会了!”帝恨无情且冷漠地道，他的心中充满了恨意，虽然轩辕是一个不可否认的人才，可惜也是一个可怕的对手，但正是因为轩辕使得他失去了神谷总管之职，更颜面大失，而且花了几个月时间才将自身的伤势养好，恢复功力。是以，他对轩辕可谓是恨之入骨。

“你未免也太自信了。”轩辕不置可否，淡漠地道。

“这不是自信，而是事实，我想不出今日你还有什么继续活下去的理由和能力!”帝恨自信地道。

轩辕又是一笑，但眉宇之间透出一股强大的自信和斗志。

帝恨也感到了来自轩辕身上的气势，但他只是不屑地笑了笑，他根本就不相信轩辕还会有什么战斗力，刚才所发生的一切，他在一旁看得清清楚楚，包括轩辕呕血的场面，他都一丝不漏地捕捉到了眼内。

轩辕绝对不会向任何人屈服，对于帝恨则更不会。战，是无条件的。

废墟上空再次起风，席卷着杀机的风，轩辕的破衣无风自动，像是一块长满水藻的石头，在激流中存身。

第五十九章　无畏之战

帝恨没有动，轩辕在蓄势而击，竟使帝恨找不到半点可以攻击的契机，虽然轩辕可能有伤在身，但却令对手找不到半点可以攻击的破绽，使得帝恨一时之间也无从下手。他感到，自己无论自哪个方位攻击，都只会引来对方最为无情的反击，是以，帝恨没有动。

对峙，轩辕的目光和帝恨的目光似乎可在虚空之中擦出火花，双方都没有半丝回避的念头。

轩辕无畏，早已置生死于脑后，在他的心中、眼里，便只有敌人，只有帝恨。于是，帝恨的每一点细微表情、动作，都深深地锁在轩辕那空灵的灵台之中。

帝恨立如古松，轻松地睇望着轩辕，这曾经的大仇人此刻似乎真的有很多改变，无论是在气质和仪表上，都已经趋近成熟，趋近完美。那当然是一种感觉，帝恨的感觉，这也让帝恨诛杀轩辕的决心更大。他绝不能让轩辕继续活下去，这样一个顽强的对手实在太可怕了，而且在轩辕身上似乎有着无穷的潜力，其武功似乎每天都在飞跃式地进步，这样一个对手对他来说，存在本身就是一个极大且不可改变的威胁。是以，帝恨绝不能让轩辕再继续逍遥而活。

帝恨的脚步缓缓向轩辕逼去，他要打破这个对峙的僵局，首先，他便想打破距离的僵局。

轩辕没有动，只是十指不自觉地收紧，或许只是因为帝恨那紧束的气机在收紧，但不可否认，轩辕已经准备了全力一击。只是，此刻他仍需要机会，一个全力出手的机会。他知道帝恨的可怕，因此他绝不能贸然地将先机让给帝恨，那几乎是等于将自己推上死亡之路。轩辕不想死，所以他必须待机而出。

帝恨终于出手了，轩辕也在同时发动进攻。但轩辕的速度似乎比帝恨更快、更绝。

轩辕出招的速度让帝恨有些吃惊，这种速度几可与叶帝出剑的速度相提并论，快得让人无法以肉眼去细察。

轩辕并不与帝恨硬拼，反而只是一味地游斗，以快打快，甚至不与帝恨的长矛接触，他自然明白，此刻他的功力根本就不能与帝恨硬拼，只好采取游斗方式。但这样一来，他的体能消耗将比帝恨快多了，此刻的表现只不过是在饮鸩止渴。当轩辕力竭之时，也即是他的死期。

帝恨自然明白轩辕这种打法的意图和结果，是以，他并不急，只是稳守方寸之地，与对方干耗。

轩辕心中有苦难言，帝恨的防守几乎是滴水不透，他一口气攻出七百多剑，竟没有一招可破入对方的矛影之中。他本想借“快”在短时间内取胜，但眼下看来这是根本不可能的事。而且此刻轩辕不敢有丝毫的松懈，只要他的速度一慢，帝恨的攻势将会如同泄洪的潮水般破入他的剑网，那种结果不想可知。是以，轩辕此刻几乎只能不停地攻击，直到力竭。

帝恨心中的得意之情却渐冷，并不是因为轩辕的表现，而是因为他感到又有一股冷肃的杀意自身后传来。

不，并不只是一股，而是数股！帝恨的心神一直都保持着异常的警觉，是以，他清晰地捕捉到了那掩至的杀机。

绝望中的轩辕眼中闪过一丝异样的亮彩，有兴奋，有欣慰，本来渐弱的斗志竟在刹那间高昂起来。因为他看到了一个极为出乎他意料之外的人，不！不只是一个，应该是四人。

这的确是个意外，但正因为这个意外才让轩辕捡回了一条命。

救下轩辕的竟是青丘国的两大长老和另外两名高手。

在五人的围攻之下，帝恨只好含愤而去，他并不明白这是哪里钻出来的高手，虽然这些人单打独斗没有一个是他之敌，但是五人联手，那力量却又强横得让他吃不消。

死里逃生的轩辕却有些不解，为何竟能在这里见到青丘国的长老们？不过，只要能先保住命就是万幸。

“谢谢几位的救命之恩，若非几位赶到，只怕轩辕唯有客死荒野了。”轩辕诚恳地道，他其实并不知道这几人的姓名，但却可以肯定是青丘国中的重要人物，尤其那两位老者，正是青丘国三大长老中的其中之二。

“如果你还感激我们的话，便将圣器金铃交还给我们。”一名年长的长老冷冷地望了轩辕一眼，沉声道。

轩辕大愕，讶异地向那老者望了一眼，惊奇地问道：“什么圣器金铃？”

“你别装傻了，盗走了我们青丘国的圣器，居然……”

“丘武！”一名长老低喝了一声，打断那正在说话的中年汉子。

那汉子不服气地道：“事实本就是这样，定是他们所盗。”

“我不知道你们所说的圣器金铃是什么东西，是不是你们弄错了？”轩辕莫名其妙地望着这四名青丘国的高手，惑然道。

“你……”那被唤作丘武的中年汉子似乎极为暴躁，见轩辕否认，便又要发作，但却被他身边的人给拉住了。

“我的确没有听说过什么圣器金铃，也没有见过这种东西……”

“你的另一位同伴呢？”那年长的老者突然打断轩辕的话，淡然冷问道。

轩辕心头微动，忖道：“又是一件圣器，难道真的跟跂燕有关？”但他却不得不道：“这里不是说话之地，帝恨可能很快便会带高手前来，因此我们还是先离开这里再说吧。”

“你逃不掉的！”

“我为什么要逃？”轩辕气恼地反问道。

“我们今次之来，主要是追查圣器金铃的下落，只要你能够交出圣器金铃，我们依然是朋友，我们的首领还让我谢谢你所送的礼物呢。”那最年长的老者淡淡地道。

“敢问长老如何称呼？”轩辕诚恳地问道。

“老夫柳相生。”那年长的老者自我介绍后，又指着他身边的老者道，“这是柳杨。”当他将手指指向一旁那个一直未曾开口、神情冷峻的汉子之时，那汉子冷硬地迸出两个字："斗鹏！"

"这位便是丘武兄了。不管你们相不相信，我没有见过圣器金铃这是事实，如果我真的知道的话，绝对不会隐瞒各位，人生在世，敢作敢为、顶天立地方能无愧七尺之身。是我做的，我绝不会否认！作为同进退的朋友，如果你们相信我，我很愿意为你们找回圣器金铃。"轩辕激昂地道。

"多好听的话，谁……"

"丘武！"柳相生出言阻止丘武继续说下去，目光定定地望着轩辕，半晌才哈哈一笑，道，"但愿斗老大没有看错你，有你今日这番话，我相信你是一个守诺的君子，我希望你记住今日所说的话，回去问一下你的那位朋友。因为她可能是知情者，据我们的分析，那晚只有她才能够轻易地自首领房中拿走圣器金铃。"

轩辕一怔，对柳相生的信任他倒有些感激，但他真的不知道圣器金铃为何物，不过，看柳相生的表情，应该不会是在说谎，不由问道："你们的圣器金铃便是那晚失踪的吗？"

"不错，每天我们首领都会在黄昏之时检查圣器，在你们入我青丘国那日的黄昏，金铃依然在，但在第二天黄昏取出宝盒时，却失去了金铃的踪迹。而在这段时间内，只有你的那位朋友深入了首领房中，所以我们都怀疑是你们拿走了圣器金铃。"柳杨也道。

"圣器金铃对于我们青丘国有着神圣不可取代的地位，因此，我们绝不能有失，希望轩辕公子能够认真以对，因为我们已经将你当作了朋友！"柳相生说这话的同时坦诚地伸出手来。

轩辕心头一阵激动，这两个青丘国的长老的确有着让人感动的魅力，竟然在这种时候仍能够保持着如此温和而坦诚的态度，这让任何虚伪之人脸红。轩辕不自觉地伸出手与之握在一起，沉重地点了点头，道："不错，我们是朋友！"

柳相生和柳杨都露出了一个坦然而真诚的笑容，他们自然知道轩辕这番话中的分量，也知道这句话的含义。其实，他们绝不想多轩辕这样一个敌人，因为他们自花蟆人的口中，也隐隐听到了轩辕在黄河之畔与九黎人相斗的故事。是以，他们自然希望能有一个这样的朋友，而非敌人。而且他们前来君子国之时，三大长老之首斗天鹤便一再叮嘱要小心处理，更断言轩辕会是一个守信之人，只因为轩辕冒死杀入花蟆人的营中，为青丘国送上礼物这一点，便可看出其存于骨子之中的豪气和傲气，而一个自傲的人绝对不会做出不要脸的事。在青丘国中，斗天鹤不仅武功是三大长老之首，更有着一双别人所不能比拟的眼睛，看人看物都极准，是以，青丘国之人对他的话向来言听计从。

柳相生之所以相信轩辕，还是因为轩辕刚才那充满豪气的话，更感受到了那来自内心的坦诚，这才使他不得不赌上一把。且此刻他们根本就不知道跂燕在何方，就算对付轩辕也是无济于事。是以，他们倒不如做个好人。

“我的那位朋友已经到了城中，那我们便一起入城吧。”轩辕诚恳地道。

“哦，你怎会一个人来到这城外的荒野？”丘武似乎仍有些不领情，怀疑道。

轩辕也不生气，只是平和地笑了笑道：“我只是追踪帝恨而来，想看看他究竟要玩什么花样，谁知却反被帝恨给算计了。若非你们及时赶到，只怕我今日还真是在劫难逃。不过，其中的细节一时也说不清楚。”

“刚才那人便是帝恨？”柳杨问道。

“不错，他曾经是神谷的总管，现在似乎又是九黎族的长老了。”轩辕点头道。

“难怪武功如此可怕！”柳相生也不由得恍然，虽然刚才他们逼退了帝恨，但却费了五人很大的力气，之间的凶险也非三言两语所能解释。他知道，如果是单打独斗的话，在青丘国中大概只有那么一人或是两人可以与之抗衡。是以，他又怎能不吃惊？

“既然如此，那我们就先入城再说吧。”柳杨出言道。

轩辕实不敢在城外过多地逗留，谁也不知道帝恨在城外伏下了多少杀手，此刻的他，的确已经禁不起对方的第二轮攻袭，他必须找一个安全的安身之所休养，以应付即将到来的威胁。

他之所以与柳相生握手言和，也是出于一种战术上的考虑。在君子国，轩辕可以说已经孤立无援，但如果能争取到青丘国的支持，至少便多了一份力量，也就会多一些机会。至于什么圣器金铃对他来说，却根本就没有任何用处，何况他本就不知道有这劳什子的存在。因此，他并不介意去为其追查这件圣器，不过，他却希望能够在夺薰华草时，得到这些人的相助。

柳相生和柳杨很识趣，竟不与轩辕一起去见跂燕。当然，这是对轩辕的一种信任，但也是出于其他各方面的考虑。也许，让轩辕独自去询问跂燕效果会更好一些。

其实，柳相生也不知道自己凭什么要相信轩辕，但他总感觉到这是一个可以相信的人，也许，只是因为轩辕本身所存在的气质使他们生出一种连他们自己也无法明白的感情。

在轩辕的身上，似乎有一股自骨子里透出的霸气，正如轩辕所说，那也许便是顶天立地的男人气，让人不得不信服。是以，柳相生并不想将轩辕逼得太紧，不过，他不相信轩辕能够逃过他们的追踪。这当然是他们的神秘技能之一，外人根本无法明了。

跂燕并不在客房中，这让轩辕大感意外。不！说实在一些，其实应该是跂燕失踪了。

是的，房中有些零乱，却并非是经过剧烈争斗的迹象。

轩辕找到了跂燕落于地上的发簪，跂燕本有两个，很精致，这一切只能说明一个结果——跂燕被人掳走了。以跂燕的武功，根本就不会有什么抗拒力，是以，这里并没有很明显的打斗痕迹，但却呈现出一片零乱。

轩辕感到从未有过的心乱，这个结果实在让他感到意外，也有些沮丧，此刻方感到人单力薄的痛苦，可是事已如此，他又能够说些什么呢？

跂燕究竟是死是活？究竟谁是凶手？

轩辕茫然地抓起地上的发簪，竟半天未曾回过神来。当他回过神来时，却又在盘算，究竟谁是凶手？

“难道这一切也全是帝恨所安排的？”轩辕猜想，但如果真是如此的话，那帝恨则太可怕了，那也就是说，自己的任何举动都未曾逃过帝恨的监控。可是帝恨也没有必要再将他引出君子城呀，以他们的实力，如果能够知道自己的准确位置，便足以将两人置于死地，根本就没有任何必要去做一些太麻烦、太无聊的事情。

当然，帝恨也可能是怕自己借这君子城之中复杂的地形和并不规范的房子逃生，而在城外完全可借花蟆人和渠瘦杀手干掉他，更可以减少在君子国之中的嫌疑，这样做亦无不可。

难道真的是帝恨所为？他又是如何知道自己的行踪的呢？这根本就不可能，如果说对方在他前往追踪帝恨等人时才发现他的住处，这还说得过去，可事实上全不是这样。

也可能并不是帝恨所为，而是柳相生诸人带来的青丘国高手所为，轩辕不能排除这个可能。

虽然柳相生表现得那般大度、那般友善，但那或许只是为了掩盖他们掳走跂燕的事实，而让轩辕不会怀疑到他们的头上，否则为何柳相生不愿与他一起到这里来一观？

“可是，柳相生为何要救自己呢？他大可待帝恨杀死自己，然后一了百了，根本不用承担掳走跂燕的风险，又何乐而不为呢？”轩辕不由得头脑有些发热，他无法理清这之间的头绪，或许是因为他本身受了伤，心中已乱的缘故。

“或许，柳相生觉得自己还有可以利用的价值，这才救下自己，但他的目的究竟是什么呢？他们有掳走跂燕的理由，就因为丘犍喜欢跂燕。也可能正如他们所说，还有关于那圣器金铃的事，是以，他们便掳走了跂燕，如果就只是因为这些，他们便没有必要救自己。”想到这里，轩辕脑中灵光一闪，“是了，他们并没有在跂燕身上发现圣器金铃，所以认为金铃被我藏起来了，这才不想我死得太快！”

“但是，这之间的时间也不够呀，柳相生他们怎么可能在如此短的时间内得知跂燕身上并无圣器金铃？并且能够如此迅速地追上自己，以解自己的生命之危呢？”轩辕不禁浮想联翩。

“抑或他们只是想双管齐下，是以在自己遇到危险之时，他们不得不出手。而此刻他们之所以不前来见跂燕，是因为他们早就知道跂燕的失踪。想必这时他们定是去与另一伙人会合了，询问圣器金铃的下落，然后再定下计划来对付自己，一定是这样!”轩辕越想越怒，越想越心惊，但以此刻的状态，根本就不可能胜得了青丘国的高手。

当然，还有一种可能便是，不是帝恨干的，也不是柳相生干的，而是居住在附近的某些人发现了跂燕的美丽，这才将之劫走。他们根本就不存在任何的目的和意图，只是垂涎跂燕的美色。如果是这样的话，跂燕的情况将会更加可虑，也更难以入手去查。轩辕心中很清楚，如果真是第三种可能的话，他所要调查的范围也太大了，几乎是大海捞针，不仅如此，他还必须去面对柳相生，甚至不知道如何向柳相生解释。一个不好，他可能还会与青丘国翻脸成仇，那时他在君子国可真是处处是敌，寸步难行了。但轩辕必须去面对一切！他也无法逃避自己的责任，无论是对自己还是对跂燕，他都没有任何理由逃避。当然，这之中会涉及方式和手段的问题，怎样去处理好这件事的确是一个头大的问题。

轩辕不怕死，到了这一刻，他早已将生死置之度外。身处险境，他已经没有太多选择的余地。

正当轩辕思忖之际，窗门突地无风自开，轩辕扭头之时，却发现一纤瘦的男子自窗口钻了进来。

轩辕想也不想，迅速出剑，这莫名其妙的来敌，让他立刻联想到掳走跂燕之人。是以，他不想让这人好活。

“请住手!”那汉子面对轩辕的怒剑却没有半丝慌乱的表情，只是急促地呼道。

轩辕的剑硬生生地顿在距这汉子咽喉的五寸处，只要他稍用力，便足以将对方置于死地。

那汉子似乎也没有想到轩辕的剑竟如此之快，使得他竟没有丝毫的反抗余地，甚至连准备都没有，不过，当轩辕的剑顿在他咽喉之处时，这才稍稍松了口气。

“你是什么人?”轩辕杀意不减，冷问道。

“你就是轩辕?”那汉子不答反问道，神情极为平静自若，似乎根本就不知道轩辕只要稍一动手，便足以置他于死命一般。

轩辕也对这汉子的镇定感到微微惊讶，但他却并没有顺其意而行，只是将剑尖斜斜一挑。

哧……“呀……”那汉子一声痛呼，轩辕竟然毫无征兆地在他身上留下一道浅浅的剑痕。

“这是对你居然胆敢不先回答我问题的惩罚！”轩辕冷酷地道，此刻他心中本就有极大的怒火，而这汉子如此轻忽的样子更激怒了他，所以一开始他就给了对方一个下马威。

那汉子的脸色果然变了，他感到胸前有血在流，而且轩辕剑上透出的那抹森寒剑气似乎已经侵入了他的骨髓，也更为轩辕与生俱来的霸烈气势所慑，不由惶恐地道：“你敢伤我，一定会后悔的！”

轩辕冷冷一笑，剑尖再挑，眸子里闪过比狼还凶狠的神采。

“呀……”那汉子又发出一声惨叫，轩辕比他想象中还要狠辣和无情，竟然又在他的胸膛上交叉地划了一道剑痕。

“我最恨人威胁我，如果你会让我后悔的话，我也乐意奉陪，这是给你的教训！”轩辕冷杀地道。

那汉子脸色都青了，但仍咬紧牙关不敢稍动，眼里闪过一丝恐惧。

“你会后悔的！”

“哦，是吗？”

“除非你不要你同伴的命！”那汉子一听轩辕这种语气和那变得更为凶狠的目光，不由疾呼道，他知道若再不说话，轩辕的剑又会有所动作。

“你是什么人？”轩辕其实早就明白跂燕的失踪一定与这人有关，但他却不想让对方看出他对跂燕的关心。

“我叫尤响，即使你杀了我也没用，因为我只是代人传讯而已。”那汉子终于无法再逞强，在轩辕那冷酷的眼神和强大的气势压迫下，几近崩溃。

“现在你可以说了，我的同伴在哪里？”轩辕冷冷地问道。

“你只要跟我走，就会知道的！”尤响畏惧地望着轩辕，小心翼翼地道，他不知道如果惹恼了这个煞星那将会是怎样一个后果，但他必须尽量不去惹恼轩辕。本来，他还以为自己一直掌握着先机，可是当与轩辕相见时，他却发现自己一下子先机尽失，变得极为被动。

“我凭什么相信你?”轩辕冷漠地道。

“你看了这个就知道了。”尤响小心翼翼地自袖中滑出一个精致的发簪，似生怕轩辕怀疑他有不轨图谋而狠下杀手一般。

轩辕一震，这的确是跂燕之物，与刚才他自地上拾起的那只发簪一模一样，正是跂燕一对发簪之一。

轩辕不再怀疑尤响所说的事实，跂燕真的落在了他们的手中，但是这些人又是什么来头呢？为什么要抓走跂燕？而将自己也诱去，是不是有什么阴谋呢？但跂燕在对方的手中，就算有什么阴谋，轩辕也不得不去。

“是帝恨让你来的?”轩辕突然问道。

尤响一怔，一脸惑然地反问道：“帝恨?”

轩辕仔细审视对方的表情，尤响倒像是真的从没听说过这个人，是以，在他问出这句话之时，尤响便一片茫然。

“你的主人是谁?”轩辕又问道，他总不能稀里糊涂地跟着尤响走，虽然此刻先机已全都捏在对方的手里，但若能够多了解对方一些，自然便会多一丝胜算。

“你去了就知道。”尤响并不想太早地回答。

“哼，你当我是傻瓜吗？如果我数三声你仍未答出来，别怪我剑不留情!”轩辕冷酷而不屑地道。

尤响咬咬牙，轩辕却已开始数数：“三……二……”

“好，我说!”尤响的额头上都渗出了汗珠，终于屈服了。他根本就无法捉摸轩辕的心态，更不敢拿自己的身体去做赌注。

轩辕露出一丝淡淡的笑意，其意似有些残酷，但也无法否认其中的得意成分。

“是我们长老派我来的，其他的我就什么都不知道了，长老只是让我将你带到东宫塔，其余的事情就不关我的事了。”尤响惊惶地道。

“东宫塔？在什么地方?”轩辕不由得微愕，冷声问道。

“在城东七里外。”

"你敢骗我?！那里根本就没有塔!"轩辕对别的地方或许不是很清楚，但是城东七里外却是他曾去过的几个地方之一，因此，他才有此一说。

"我没有骗你，没……"尤响只觉轩辕剑尖一紧，似欲刺透他的咽喉，不由急得大叫道。

"是，那里是没有塔，但在我们君子国，都将那高高的土丘叫作东宫塔，我真的没有骗你。"尤响急忙分辩道。

"就是那形状极为奇怪的土丘?"轩辕又问道。

"不错，其他的事情我真的不知道，长老只是吩咐我将你带去，自然会有人接应的。"尤响道。

"就是那与圣女一起来的骆长老吗?"轩辕冷问道，心中却在盘算着，如果真的是帝恨和那妖女所布下的圈套，那该怎么办?

"不，不是他，是我们君子国中的尤长老。"尤响一怔，解释道。

"哦，到了那里，你们怎么联系?"轩辕又逼问道。

"根本就不用联系，那里本来就有人在……呜……"尤响的话刚说到这里，便被轩辕一拳砸晕过去。

轩辕望了一眼软倒在地的尤响，又扫了室内一眼，立刻将该准备的东西全都备齐。然后向远处柳相生诸人存身之处望了一眼，却不知道该不该跟他们打个招呼。

东宫塔，正如尤响所说，只不过是一个形状极奇的土丘。

土丘状如尖头螺丝，又像是层层相叠的塔身，是以，君子国人都称之为东宫塔。

土丘不是很大，方圆不足一里，而且土丘之上并无什么大树，仅有的三棵只是长在土丘之顶，犹如三把巨大的绿伞将整个山头都覆盖住了。

这土丘似是人为的杰作，像是人工垒积的废土堆，当然这只是一种怀疑，事实并没有人去考证。

东宫塔极为静谧，各种鸟雀在林间跳跃欢叫，倒也生机勃勃。

轩辕一动不动地盘膝坐于土丘一角的一棵不是很粗大但却枝叶极密的树杈之上，他自身便像是凝成了一根树枝。

轩辕已经在这里静坐了半个多时辰，土丘之上依然一片宁静，甚至没有一个人走上这土丘。这其实便是一件值得奇怪的事情，也是轩辕为什么仍要坚持等下去的原因。

安静并无可厚非，但在大白天，宁静得毫无人迹却有些说不过去了，除非是因为这里发生了什么事。

轩辕体内的气旋一口气游走了十多周天，他功力恢复的速度极为惊人，或许是因为他的体质本就极为特殊。而在他的体内更似有一个宝库，那便是丹田之中的龙丹之气。此刻他体内所具备的劲气正是与龙丹同出一辙，所以并不像最初那般两股真气相互排斥。此刻，他可以凭自己的功力慢慢地去炼化丹田之中的那股异气，从而使自己的真气迅速恢复。

轩辕此刻唯一能够凭借的只有自己的力量，他并没有告诉柳相生诸人他的行踪，那是因为他并不想有太多的耽误和麻烦，在这种情况之下，似乎一时很难解释清楚。因此，他只好自另一个方位偷偷地甩开柳相生，等到事情有了结果之后，再去向柳相生请罪也并无不可。

当尤响赶到东宫塔之时，轩辕在那棵树上已经静坐了近一个时辰。当然，这对于轩辕来说，根本就不算什么。在有侨族之时，他一坐便是数天，早就养成了让人难以想象的耐性，更有着超乎常人的镇定。

尤响赶来东宫塔并不出轩辕的意料，也估计出尤响应该是在这个时候赶来。他一拳击晕尤响，并没有用太大的力气，因为尤响必须尽快醒来，以为他带路。他在这里等，也便是等尤响。

其实，轩辕这之间还有赌的成分，他本应该守在自己的房外，然后跟踪醒来的尤响。他估计尤响任务失败肯定会找联系之人，所以，他要自尤响身上下手，但他又不能不顾忌柳相生，是以，他只好放弃在屋外守候尤响的打算，而选择了这里。但此刻，他赌赢了。

尤响出现在土丘之顶，立刻低低地吹了声口哨，自那三棵古树之上立刻跃下三人。

这三人的行踪隐藏得极为紧密，盘坐了一个时辰的轩辕并未发现他们的存在，不过，这三人的出现并没有让轩辕感到什么意外。

“人呢?”

“我被那小子耍了，他还没有出现吗？”尤响恨恨地道。

那三人望了望尤响胸前的血迹，不由同时问道：“他伤了你？”

“那小子简直不是人！长老在吗？”尤响想到轩辕那冷酷的眼神，仍然心有余悸。

“我不相信这小子会不出来，他肯定已经到了这里。我们分头去找！”一个汉子提议道。

“不必了！”一个中年汉子缓缓地自树后走了出来，漫不经心地道，而他的身后正是似仍昏睡未醒的跂燕，只不过是在另一人的相挟之下。

“轩辕，我知道你已经来了，如果你再不出来，别怪我对你的女人不客气了！”那中年汉子扬声道。

轩辕心头一紧，他也猜到这群人可能会有这么一招，但他偏偏无法解开这一招，在这种情况下，他又怎能不现身呢？就算明知这是陷阱，他也必须跳进去。

“轩辕，如果你的忍耐力够强，你的心够狠的话，那你就躲在一边看戏吧……”那中年汉子说到这里，禁不住将目光向轩辕存身之处投去。在这一刹那之间，他竟然捕捉到了一股强霸无比的杀意，空间似乎一下子全都失去了限制的作用。

“哈哈哈……你果然已经来了，何不现身一叙？！”那中年汉子神情一松，露出一丝欢快的笑意。

尤响却大吃了一惊，轩辕存身之处离他所在之地至少有十丈之远，可是，他竟能够清晰地感应到自那棵树上传来的杀气。

浓烈、冰寒的杀气在林间弥漫开来，似乎此刻已经不再是春天，而是萧索的晚秋。

轩辕身轻若鸿般落地，但却给人以重若泰山的沉稳，这是一种矛盾的概念，但却又真真切切地存在着。

那中年汉子显出一丝讶异的神情，他看轩辕，便像是在欣赏一柄古朴而锋芒四射的宝剑，这种感觉很动人，也很让人感到意外。

轩辕给人的感觉的确像是一柄剑，但又显得那般虚渺而无法揣测。

“你终于肯现身了，果然是人中之龙，少年英雄。”那中年汉子并没有为轩辕的气势所逼，从容地笑了笑，有一种说不出的雍容和洒脱。

轩辕绝不敢小看眼前这个中年人，但他却对对方有一种似曾相识的感觉。这是一种直觉，除这之外，那中年汉子能在这么短的时间内觉察到他的存在，足以说明其功力之高绝不下于自己。

“为何要拿我的朋友作威胁？这难道便是你们君子国的礼遇吗？”轩辕逼近那中年汉子三丈之外站定，冷冷地道。他可以肯定这群人便是君子国之人，只自这群人的气质和风度及腰间所佩之剑，他便不会怀疑这群人的身份。

“事非得已，如果不这样的话，我还真怕请不来阁下。”那中年汉子并无尴尬，坦然笑道。

“哦，似乎我们之间并没有任何瓜葛，我不明白你们有何必要请我来这里？”轩辕沉声道。

“这个世上没有什么真正的瓜葛，有瓜便有葛，有葛也不一定有瓜。而我请你来这里或许可以说是我们所得之瓜，但在我们之间并无葛可言。”那中年汉子淡然一笑道。

“你说话倒很有趣。”轩辕冷眼相望，不无揶揄地道。

“我叫尤扬！”那中年汉子对轩辕的话不置可否地笑了笑。

“说吧，要我来此有何目的，不必说太多的废话。”轩辕淡漠地道。

“其实也并不是什么大不了的事，我只是想自你的口中知道一些我想知道的东西。”说到这里，尤扬把目光一扬，坦然地注视着轩辕，沉声道，“我想知道你昨日在圣女屋顶听到了些什么，我相信你应不会拒绝告诉我吧？”

轩辕掩饰不住心头的震骇，但他却只是冷冷地笑了笑，道：“真是笑话，我不明白你这话是什么意思。”

“你会明白的，只是你不想承认，也许你会认为自己所做的事情神不知鬼不觉，但却无法瞒过我的眼睛。不过，我的确很佩服你，居然能够出入君子宫如入无人之境。”尤扬嘿嘿一笑，顿了顿，又道，“我并没有敌意，相反，我倒很希望我们能够好好地合作。”

“合作？你认为我们可以合作？”轩辕反问道。

“我想应该是这样。”尤扬并不否认。

“你身为君子国的长老，而又认为我是擅闯君子宫的人，难道你便不想为君子宫效力？”轩辕反问道。

“我可以这么做，但我认为这并不是应该强调的重点，我相信你明白自己的处境。不过，我更希望你能告诉我骆长风为什么这么快便匆匆地离开君子城，昨夜究竟发生了什么事？你究竟听到了什么？”尤扬正色道。

轩辕心头一动，自然知道尤扬口中的骆长风正是指与假圣女一起来的帝恨，但他却不明白尤扬怎会知道昨晚他闯入君子宫，而且还偷听到了帝恨和假圣女的谈话，也就是说他昨晚的行踪很可能完全被尤扬所掌握，这是一件很可怕的事情。不过，尤扬知道他入君子宫了，这是不争的事实，这也让轩辕心中多了一丝疑惑。

“我想知道你为何如此肯定我昨晚入了君子宫，而且知道了骆长风的秘密。”轩辕忍不住问道。

尤扬神秘地一笑，不语，却缓缓地抬掌以一个很古怪的角度凭空推出。

轩辕一震，失声道：“你就是昨晚躲在树上的神秘人？”

尤扬不置可否地笑了笑，道：“现在你应该明白为什么我会如此肯定了吧？”

轩辕一眼便看出尤扬刚才那古怪的一掌正与昨晚突然偷袭的神秘人那一掌如出一辙，也难怪，一开始见到尤扬，轩辕便有一种似曾相识之感，这证明他的直觉并没有错。只是他仍有些不明白，皆因他昨晚也是蒙面而行，而且在他返回住处之时，根本就未曾发现有人跟踪，就算昨晚的神秘人是尤扬，他又是如何知道自己的住处？如何知道自己的身份呢？这的确有些邪乎，更让人有些不解。

“也许你在惊讶为什么我会知道你的身份，其实这很简单，昨晚之所以要与你对一掌，并不是想阻留你，而只是想在你的身上留下线索……”

“你在手掌上做了手脚？”轩辕打断尤扬的话，同时抬起昨晚与尤扬交手的手掌，惊疑地问道。

“不错，但这‘手脚’只是在你的手掌之上留下了一种特殊的气味，并不会对你有任何损伤。”尤扬并不否认。

轩辕此刻才恍然，也暗忖尤扬阴险，不过，他不得不承认对方的老谋深算，自己的确已输了一筹，还自认为无人知道自己的行踪，其实一切早就落入别人的计算之中，这让轩辕有些汗颜。

“你是在替柳洪办事?”轩辕突然反问道。

尤扬的脸色微变，淡淡地道：“我有能力为自己办事，如果你认为我是为主子办事亦无不可。”

“如果你真是替柳洪办事的话，我们或许还有合作的可能，否则的话，只怕难说。”轩辕淡漠地道。

“别忘了，你的女人仍在我的手中。”尤扬反而笑了笑道。

“如果我向你说的是假话，骗了你，你会知道吗?”轩辕悠然反问道。

“我自然会加以查证。不过，我相信你会合作的，因为你与骆长风之间似乎有着一段外人所不明的恩怨，而我却是你的朋友。”尤扬毫不回避地道。

“哦，这样倒还有得考虑，但你必须先放了我的女人，我不习惯被人威胁着合作。”轩辕冷然道。

“这很简单!”尤扬大方地一笑，向身后之人吩咐道，“放掉这位姑娘。”

轩辕不由得大愕，尤扬的爽快简直让他怀疑是不是有何种阴谋。不过，事到如今，唯有走一步算一步了。其实，他并不介意将昨晚所听到的说出去，如果尤扬便是昨晚那神秘人的话，他相信尤扬不会是完全站在帝恨那边，甚至可以说尤扬其实便是在搅乱子，所以他根本就不在乎对尤扬说说话。

轩辕有种说不出的轻松，虽然此刻他依然是孤立无援，但是他却已使得形势再非最初那般全是对自己不利。

尤扬的出现和反应对轩辕来说，是一个意外，也是一个转折。至少，已经为帝恨增添了无尽的麻烦，能让帝恨头大，当然便对自己有利，形势越乱越好，不过，轩辕并不敢暴露跂燕的身份，这样只会让自己也多出许多麻烦，这是轩辕所不想的。当然，轩辕将自己随在帝恨之后追上了东山口的事隐去未讲，他自然不想让对方知道自己的意图。

对于尤扬来说，轩辕的话几乎等同于一个炸弹，他本只是想知道圣女的秘密，却没想到得知这个圣女竟是妖女所扮，而被唤作骆长风的长老竟是九黎族的凶人。一时之间，他无法回过神来，他甚至不敢乱说，甚至怀疑轩辕说错了。因此，他根本就不表态，当然更不敢在未获得证据之前便去揭穿阴谋。不过，他真的是松了口气，这比他想要的结果更好，这对柳洪来说，也便更加有利。

当然，尤扬并不能肯定轩辕没有在说谎，但轩辕所说的一切都有条有理，毫无破绽，让人不能不信。不过，他明白，如果真的要对付轩辕，又不能够把事情闹大，这并不是一件容易的事情，他并不敢赌一把，若是引起了女王柳静或圣女的注意，可能会弄巧成拙。而昨晚他与轩辕对过一掌，知道轩辕的功力高绝，绝不下于他，在没有十足把握取胜之下，他不想太过得罪轩辕。何况，能让帝恨多个敌人，他又何乐而不为呢?

尤扬也有些担心，因为按照轩辕的说法，相助帝恨的，不仅仅是九黎族的高手，更有花蟆凶人，甚至连魔族的渠瘦人也参与了其中，这对于君子国不能不说是一个威胁。作为君子国的长老，尤扬自然不能不为君子国操心。

第六十章　圣器金铃

轩辕本以为离开了尤扬便可以松一口气，但是他错了。

轩辕错在低估了柳相生，在他走出东宫塔之时，去路便被柳相生所阻。

柳相生的脸色很难看，因为轩辕骗了他，他并不知道轩辕和跂燕所发生的事，但在他的印象之中，轩辕的确是骗了他，这让他有种受辱之感。

“我就知道他绝对不可靠!”丘武怒气冲冲地道。

“你让我很失望!”柳相生也有些愤怒。

“我想你们是误会了……”轩辕一见到柳相生出现，便知道事情要糟，他也没想到柳相生诸人竟如此快便找到了他。

“你不用说了，出招!”柳杨打断了轩辕的话，愤然拔剑道。

跂燕自然也认出了这几人正是青丘国的高手，她不由得也怔住了，却不知道这几人怎么会赶到这里来。

“你们能不能听我解释?”轩辕急道。

“除非你交出圣器金铃，否则休想再骗我们。”柳杨也失去了最初的温和。

跂燕脸色微变，身子向轩辕紧紧地靠了靠，而这个细小的动作并没有瞒过柳相生。

“跂姑娘，我希望你能够将圣器金铃还给我们，我并不想与你们为难。”柳相生极力使自己的语气变得平静。

“我不知道什么是圣器金铃，我也根本不知道你们在说什么。”跂燕脸色难看地道。

“你这妖女，除了你还会有谁偷我们的圣器?你以为我们不知道你的身份吗？今日你若不交出圣器金铃，休想活着离开此地！”丘武神情激愤地吼道。

跂燕气得脸色泛白，但却不知道如何回应。

“丘兄，我希望有话能好好说，有些事情并不是无法解决的，只是你不愿意好好对待而已……”

“与你这不讲信用的人有什么好谈的？哼，说的话倒是很漂亮，若不是我们早料到事情会这样，还不知道要去哪里找你了。”丘武不屑地道。

柳杨将剑缓缓平举，神色极为冷峻，他似乎不想再听什么解释，更有些恼恨轩辕辜负了他的期望。

“我再重复一遍，除非你们能够交出圣器金铃，否则的话，我不想听任何解释！”柳相生声音也很冷漠。

“你们在冤枉人，我们根本就不知道什么圣器金铃，又如何能够交给你们?!”跂燕依然坚持道。

“好，那就别怪我们不客气了！”柳相生吸了口气，冷厉地道。

轩辕轻轻地叹了口气，丘武的剑已经化成一道寒芒直划向跂燕，出手极为狠辣，他似乎极为厌恶跂燕，是以出手根本就没有丝毫的怜香惜玉。

轩辕心中暗怒，丘武对跂燕出手竟如此狠辣，也将他潜伏的烈性给激发了出来，但是他却知道自己实不能伤了这几人。

“走！”轩辕一手拉着跂燕，同时之间，他竟抓住了丘武的剑，只用了两根指头，其准确性让人吃惊。

柳杨的剑划出之时，丘武竟如一只大锤撞向柳杨。丘武根本就想象不到轩辕力道的强猛程度，竟然无法控制住自己的脚步而被轩辕扯动。

锵……柳杨的剑才挥出一半，便被挡住了，是丘武的剑，但丘武也是身不由己，轩辕所用的力道的确太过诡异，也太过巧妙。

柳杨对轩辕的打法的确感到极为意外，但轩辕的打法确实起到了意想不到的效果。丘武那硕大的身躯使得柳杨不得不放弃下一招的攻出，而要阻止丘武的撞击之势。

“小心！”跂燕惊呼，出手者是那沉默寡言的斗鹏。

轩辕从来都不曾忽略这个人，自与帝恨交手见到这个人之后，他就不曾小看过斗鹏，这是一个不动则已，一动惊人的对手，就像是一条伺机而动的毒蛇，攻击往往都是致命的。

俗话说，会叫的狗不咬人，咬人的狗不叫。当然，斗鹏不是狗，但却是个致命的对手。

柳相生微微叹了口气，他似乎并不希望看到轩辕死去，但是他并不知道轩辕能不能在斗鹏这一剑之下继续活着。

斗鹏的这一剑的确是精准到位，更有着一往无回的气概。

轩辕有些无奈，他并不想这样，但事情却逼得他不得不去面对所发生的一切。

叮……丘武的剑断成两截，一截在轩辕的手中，一截仍在丘武的手中。

丘武心惊不已，并不只是因为轩辕以两指截断他的剑，更是因为轩辕竟以两根手指驱使那只剩下八寸的剑尖。

锵……斗鹏并未能杀死轩辕，他的剑锋在将要切在轩辕肌肤上时，轩辕已经将那八寸长的剑尖切入了斗鹏之剑与自己的皮肤之间。

斗鹏几乎不敢相信轩辕的速度，但事实却是如此。

哧……轩辕的八寸剑锋顺着斗鹏的剑身滑过，直切向斗鹏握剑的手。

轩辕手指之间的力道大得惊人，整条手臂也灵活得惊人，便像是玩魔术一般。

斗鹏飞退，他感到袭来的不仅仅是那八寸剑锋，更似乎是无数柄无坚不摧的利剑。

柳相生骇然出手，轩辕的可怕完全出乎他的意料，竟能在指断丘武之剑后使那八寸剑锋散发出千丝万缕的剑气，而且逼退了斗鹏。相隔才两个时辰的轩辕似乎已经变了一个人，在与帝恨交手之时，轩辕虽然剑快如疾电，但却看不出有什么很可怕的地方。可是此刻，无论功力和招式都完全不可同日而语。

斗鹏退得极为及时，包括丘武也在退，因为轩辕的那八寸剑锋不仅仅散发出千万缕剑气，更化成数十片白光，四散射出。

轩辕退，他指间的八寸剑锋已经消失，所以他退。

退，只是因为不想再与这几个人纠缠下去，此刻路边竟有两名君子国的百姓正在仔细地观看着这精彩的一幕，甚至有人在叫好。

的确应该叫好，柳相生也在为轩辕的这一手叫好，竟然能以两指之力将八寸剑锋震成碎片，再随迸散的剑气射出，这份功力、这种应变能力实已经达到了普通人难以想象的境界，但柳相生依然毫不犹豫地出掌了。

轩辕一手拉住跂燕，根本就没有机会出手相抗柳相生的这一掌，是以，只能抬肘硬挡。

轰……

轩辕拖着跂燕的身子横飞而出，他无法抗拒柳相生那狂野无伦的冲击力量，不过，他并未受伤，只是及时地将那涌入体内的劲气转化，更借机横移。

天空中飘落几片破碎的布料，却是轩辕肘端的衣衫被强劲的劲气给击得碎裂而飞。

布料犹如旋舞的蝴蝶，在狂旋的气流之中翩翩起舞。

轩辕双脚刚落地，柳杨的剑便已经攻到，剑式之快，使得轩辕不得不甩开跂燕。

跂燕在惊呼之中被轩辕甩出四丈，但却并没有受到任何损伤，当她扭头之时，轩辕已经出刀了。

刀锋，剑锋，激起一溜火花，火花闪过处，柳杨迸退两步。

轩辕不仅出刀，更同时出指，两指直戳柳杨的双目。

让柳杨不解的是，轩辕的手似乎完全不受距离所限，更似乎在突然之间暴长，使得柳杨不得不退。

轩辕一声轻啸，在柳相生赶到之前，犹如出巢的飞鸟，一掠之下紧挟着跂燕向远处的丘地奔去。

"别走！"丘武自轩辕那快绝的打法之中回过神来，怒呼道，但轩辕根本就不理他的呼唤。

"轩辕，你是跑不掉的！"柳相生也气恼地呼道。轩辕的顽强的确远远超出他们的想象，竟似乎比帝恨更可怕。而且这之间只相隔了两个时辰，轩辕几乎似脱胎换骨了一般。此刻，柳相生倒有些后悔给了轩辕两个时辰的休养机会，没有及时制伏他。

轩辕不语，此刻他带着跂燕自是不如独自一人，若是再分神说话，只怕柳相生真的会很快追上来，到时事情就难办了。当然，他并不惧柳相生四人的联手攻击，只是他不愿得罪青丘国人，更不想让帝恨捡了便宜，谁知道此刻有没有九黎族的人在附近？是以，他必须走。

跂燕的神情之中多了许多关切之色，她发现轩辕的手肘之处竟似被火烧了一般变得焦黑。

"你没事吧？"跂燕关心地问道。

轩辕皱了皱眉，虽然感到手肘之处犹如有千万枚小针在刺扎，但依然摇了摇头，道："没事，只是一点皮外伤而已。"

此地似乎极静，风景也不错，一条小河缓流而去，河水之中的石头上生有一层青苔，还有些小虾在石头边时动时静地潜游着，看上去悠闲至极。

轩辕喘了几口粗气，刚才一阵疾奔倒也耗了不少力气。不过，总算暂时甩开了柳相生诸人的追踪，但他并不敢肯定柳相生便不会追到这里来。

"燕，你是不是拿了青丘国的圣器金铃？"轩辕在河畔一块石头上一坐，抬头突然问道。

"你怀疑我？"跂燕脸色一变，反问道。

"我并不想怀疑你，但你能告诉我为什么那日在青丘国之时，你会突然答应丘犍的要求，作出那个决定吗？"轩辕不答又问道。

跂燕低头不语，只是以指尖摆弄着自己的衣角。

"我之所以一直都不想问这之中的原因，是因为我相信你会坦然告诉我的，你有什么打算我并不想过问，但我希望你知道眼下的形势，我们每一步都必须慎之又慎，否则的话，只可能落个战死异地的下场。"轩辕嘘了口长气，淡淡地道。

"其实你早就在怀疑我。"跂燕幽怨地道。

"也许可以用怀疑，但在我们之间根本就不用出现这个词。我只是觉得你那日的所为很异常，不应该是你所作出的决定。因此，我想你定是有什么苦衷。”轩辕依然语调平静，但却有着一种让人无法抗拒的力度。

“不错，圣器金铃是我拿的。”跂燕突然一抬头，肯定地道。

轩辕露出了一丝笑意，他并不对跂燕的回答感到意外，反而伸手将跂燕拉到自己身边坐下，淡淡地问道：“你要金铃有用吗？”

“我没用，但对你却有用。”跂燕并不回避轩辕的目光，沉声道。

“对我有用？”轩辕愕然反问道。

“不错，如果你想入东山口那极热之地取薰华草，没有圣器，你根本就无法办到。本来，如果我跂踵族的圣器未丢的话，倒可以一用，但可惜……”

“所以你便拿了青丘国的圣器金铃。”轩辕未等跂燕说完便反问道。

“是的。”

“你怎会知道青丘国会存在着圣器金铃？”轩辕不解地问道。

“因为青丘国与我们跂踵族同出一源，而我们祖先传下来的圣器有四件。君子国一件，跂踵族一件，青丘国一件，神族一件。青丘国的圣器对于我来说，其实并没有什么秘密可言。我知道你欲求薰华草恢复你兄弟的神志，所以我便只好去将圣器金铃拿来了。”跂燕认真地道。

轩辕不由得微微一呆，他似乎没有想到这之中竟会有如此多的曲折，而跂燕只是为了他而已。此刻轩辕倒不知道该如何去处理这件事情了，如果圣器金铃真的是取得薰华草所必需的东西，他还能将之交给柳相生吗？如果将圣器金铃交给了柳相生，那猎豹、花猛、叶七他们又该怎么办？难道就让他们一辈子成为圣姬的面首，成为迷失本性的杀手吗？

轩辕心中有些取舍不定，事实上，他能够去夺得薰华草吗？能够赶在薰华草花开之前摆脱这么多敌人的纠缠，突破君子宫抵达东山口吗？

轩辕往日的信心，在这一刻竟然很难找到，甚至对夺取薰华草之事一点把握也没有，他从来都没有像这一刻这般没有信心。一想到帝恨，想到渠瘦杀手，想到东山口那神秘的老者，抑或是在东山口潜藏未出的高手，轩辕就有些无可奈何，甚至沮丧。他能够突破这么多人的重围，顺利地夺取薰华草吗？就算夺得了薰华草，可是能否杀出重围，保住性命呢？这一切的一切，使得轩辕心中一点底都没有。不过，如果此刻不将圣器金铃还给柳相生的话，那么与青丘国翻脸成仇只是眼下的事，那他将更是难以摆脱眼前的困境了。

“我要将金铃还给他们。”轩辕突然认真地道。

跂燕吓了一跳，反问道：“难道你便不想夺薰华草了？”

“我想，但眼下的形势已经不允许我们做一些傻事，就算失去了圣器金铃，我们也绝对不会吃亏，因为我们将多几个战友。现在阻碍我们的还不是东山口的炽热，而是那些潜伏在暗处的杀手和守护东山口的高手，包括帝恨及君子国之人，就算我们拥有了青丘国的圣器金铃，如果我们无法一一突破这重重阻碍，就是拿着圣器也一无是处。”轩辕认真地道。

“可是当你突破了一切阻碍想拥有圣器时，你却已找不到它了。那岂不是一切都等于白费？”跂燕质问道。

轩辕轻轻地拍了拍跂燕的肩头，笑了笑道：“别小孩子气了，我知道你是为我好，可是你想过没有，如果我们能够突破重重阻碍，还不能自那妖女的手中得到圣器吗？帝恨那里肯定有一件，而君子国也有一件，说不定到时候这圣器金铃也仍在君子国，那时只要我们有着足够的机警，再夺回圣器也并不是一件很难的事情。”

跂燕愣愣地望着轩辕，心中充满了委屈，但她却并不想违拗轩辕的意志。是以，她并没有说话。

“一切，我们都可以从长计议，请你相信我，我一定不会让你这次的出手等于白费，事有轻重缓急，我们只要能够把持住这个度，便足以应付眼前的一切，保证会让帝恨再栽一个跟斗。”轩辕自信地道。

“那好吧，一切我都听你的就是。”跂燕无可奈何地道，不过，她也觉得轩辕的话极为有理。

轩辕暗自松了口气，笑了笑，轻拍了跂燕一下，道：“好吧，就让我们去面对柳相生他们吧！”

“咦，奇怪，他的气味越来越淡，竟然消失了。”柳杨吸了吸鼻子，不解地道。

“不可能，难道他已经知道我们在他身上做了手脚？”丘武不敢相信地道。

“他是我所见过的最可怕的敌人，但很可惜，我们仍要去面对他……”

“我们必须找回圣器金铃。”柳相生打断柳杨的话道。

“我就知道这小子狡猾如狐，不能够相信的。如果我们一开始就出手，谅他也逃不了。”丘武埋怨地道。

“现在不是说这些的时候。”斗鹏冷不丁地道。

丘武望了斗鹏一眼，也就不说了，他对斗鹏倒还有几分敬畏，因为他知道这是一个从不轻易说话的人，一旦说话，便有着极大的分量，因此他只好不语了。

“定是他已经发现了我们所做的手脚。”柳相生吸了口气，目光四处扫了一眼，肯定地道。

“那我们该怎么办？君子国这么大，我们一时之间又到哪里去找那小子？或是耽误了薰华草的花期，那可怎么办？”柳杨心中似乎很急切，担心地道。

柳相生不语，此刻他倒是真的有些后悔没有在轩辕最虚弱的时候制伏他，而酿成了这个后果。

“轩辕！”斗鹏突然驻足，一声低低的惊呼打乱了所有人的思绪。

柳相生和柳杨诸人的目光也在同时之间锁定了缓缓行出密林的人。

是轩辕，没错，一切都如故的轩辕。

丘武就要逼上去，但却被柳相生制止。他们并不知道轩辕葫芦里卖的是什么药，是以，唯有以不变应万变。

斗鹏和柳相生也都停步不前，四双目光皆锁定在轩辕的身上，每个人的手都已经搭在了腰间的兵刃上，他们心里都很清楚，轩辕绝对不是普通人物，哪怕他们只有一点点的松懈都有可能遭到致命的打击。

轩辕的神情似乎极为轻松惬意，更有若闲庭信步，让人摸不清其本意为何。

数十丈的距离，对于柳相生来说，似乎是一个很漫长的过程。其实，这只是内心生出的一种压力，压力不是来自轩辕，也不是来自大自然，或许可以说只是由于等待和对未知的茫然才会生出的无法排遣的压力。

丘武感到手心已经渗出了细微的汗珠，他的剑已经断去了一截，这是轩辕给他的教训，也是植于他内心深处的压力。

轩辕停步，距柳相生两丈，望着几人坦诚地笑了笑。

“你还敢回来?”丘武充满敌意地反问道。

“我为什么不回来？我早说过，这之间有一些误会，我不希望你们依然这般误会下去。”轩辕悠闲地道，同时自怀中掏出一样东西。

“圣器金铃！”柳相生首先忍不住低呼出来。

丘武和柳杨诸人全都面面相觑，他们自然认识轩辕手中所握的东西，那正是他们所要追回的圣器金铃，只是这一刻如此突然地自轩辕手中拿出来，的确有些出乎他们的意料。

圣器金铃的样子并不大，非金非铁，让人看不出是什么质地，黝黑无光，但却可让人感到寒意逼人。

“这便是你们的圣器金铃吧？拿去看一下，是否是真的。”轩辕轻松地将金铃一抛。

柳相生忙一把抓过金铃，他几乎看也不看便可以判断这正是他们所要追回的圣物，不过，他仍然小心仔细地检查了一遍。

“我们真的是误会公子了。”柳杨不好意思地道。

“我丘武鲁莽之处，还请公子勿怪。”丘武似乎没有料到事情会如此发展，此刻倒真的有些诚惶诚恐。他是个直人，对就是对，错就是错，倒也磊落。

“一切都已经过去了，难道不是吗？我们依然是朋友。”轩辕坦然笑了笑，行至丘武的面前，伸出手道。

丘武嘿嘿一笑，不好意思地伸出手来，与之相握，道：“是的，我们还是朋友，如果有用得上我丘武的地方，丘武定会不遗余力。”

轩辕笑了笑，道：“如果真有这样的事情，我自然不会忘记你。”

“果然是圣器金铃！”柳相生显出欢喜之色，这个结果来得很轻易，简直是很出乎他们的意料，是以，他掩饰不住内心的喜悦，将圣器金铃放到柳杨的手中。

柳杨自然一眼便看出圣器金铃的真伪，这是外人所无法伪造的，这奇异的质地根本就极为罕见，正因为如此，才会称之为圣器。要是别人能以同样的质地伪造出来，那他也没有必要分别是原来的还是新的，两件都可以算是真的。

“老夫先在这里代表我青丘国谢过公子了，你永远都是我们青丘国的朋友。”柳相生伸手与轩辕相握，真诚地道。

“我很荣幸，不过，这也是我应该做的，作为伙伴，我们拥有共同的敌人，自然会是朋友。”轩辕悠然道。

“如果公子经过青丘之时，勿忘了我们欢迎公子再次光临。”柳相生道。

“一定!”轩辕也笑了。

斗鹏一直都不语，但却可以看出，他对轩辕的看法已经有了很大的改变，至少多了几分热情和友善。

“哦，我的朋友仍在前面，我不宜久留此地，先行告辞了。”轩辕扭头向远处跂燕所在的方位望了一眼，道。

柳杨和丘武一呆，但旋即明白，识趣地道：“如果公子有事，我们也就不打扰你了。”

“后会有期!”轩辕道了一声，便转身向来的方向行去。

轩辕才走出不到四丈远，突觉警兆一现，不由扭头向一棵大树上喝道：“什么人?!”同时身子如飞鸟般向那棵大树上扑去。

“呵呵……”一声尖厉的低笑声蓦地破空而起，那棵大树上也同样飞掠出一缕暗影，速度比轩辕更快。

轩辕吃了一惊，柳相生和柳杨也吃了一惊。

呼……轩辕一掌击空，那道身影便像一缕善变的幽风，化成一道弧光自轩辕的身边错开，让人根本就看不清其面目。

柳相生出掌，他已经感觉到这神秘的高手是冲着他们而来的，而这神秘的高手也的确是有如此意图。

柳相生的掌击空，不仅如此，他更成了神秘高手的借力点，神秘高手如风一般自他身边吹过，而后柳相生便觉自己的肩膀被人踏过，再就听到柳杨一声闷哼。

"呀……"丘武狂喝，斗鹏出剑，在剑光交织之中，柳杨几乎是毫无抗拒之力地被踢飞，也不知道是中了对方三脚还是五脚。

"满苍夷!"轩辕身子落地，忍不住惊呼。那笑声太熟悉，那身法太熟悉，那诡异的攻击方式天下间也只有满苍夷才能够做到。

柳杨做梦也没有想到，天下间竟有如此快的速度，如此诡异的攻击方式，他在根本就来不及完全击出一招之时便已中招，更要命的是对方稳稳地抓住他手中的圣器金铃。

"金铃……"柳杨在身子着地之时终于呼出。

叮叮……满苍夷脚下犹如蜻蜓点水一般踏在斗鹏和丘武的剑锋上，便如同完全不受力的轻风。不仅如此，她的身子更盘旋飞舞而起，形同一道弧影，根本就看不到真正的实地。

"满苍夷，你别走!"轩辕刚才一击击空，立刻回扑，如果满苍夷拿走了圣器金铃，只怕他这辈子都休想追到手。天下间几乎没有人在速度上能够与满苍夷相比拟。只是轩辕有些不明白，满苍夷怎会出现在这里？她不是已经到崆峒山找歧富去了吗？又为何突然出现在君子国？而且自满苍夷眼下的身法来看，比之数月前又精进了许多……当然，轩辕已经不管这许多，他要阻止满苍夷夺走圣器金铃，事实上，他根本就不知道满苍夷是不是又恢复了往日那种不正常的心理状态。

轩辕的速度不谓不快，但是满苍夷的速度更快。

满苍夷那飘然旋起的身子斜掠而过，竟可以在虚空中作横向移动。不仅如此，而且速度快得惊人，便是柳相生也禁不住为之震惊和骇异。

"小子，你的速度还差得远呢，回去好好练练吧!"满苍夷的身子斜掠上一棵大树，这才留下一串不屑的讥嘲之声。

轩辕追到那棵大树，满苍夷已经拿着金铃在八丈之外，依然犹如一阵轻风，一片虚影，转瞬即逝，虚空之中仍有满苍夷那尖厉的笑声在回荡。

轩辕不由得呆住了，愣愣地望着满苍夷消失的方向，竟不知道该做些什么。

柳杨并没有受伤，显然是满苍夷脚下留情，而满苍夷的目标只是圣器金铃，所以在一夺到圣器金铃之后便不再纠缠，立刻飘然而去。

丘武和斗鹏诸人也全都呆住了，他们从来都未曾想过世上竟会有这种可怕的身法，竟有如此快的速度，自对方的出现到对方的消失，这之间没有一刻的停留，满苍夷都是急速运动，使得外人根本就看不清她的面目，只觉得那是一团模糊的幻影，是一片虚无的空气，根本就不受力的影响……

轩辕脸色阴沉地转过身来，轻轻地叹了一口气，柳相生诸人似乎依然沉浸在刚才那短短一瞬的震骇之中。可以说，他们四人刚才连满苍夷的衣角都未曾沾到，甚至若非自声音中听出对方是个女人，还不知道对方是男是女，这的确是一种悲哀，也是一种无奈。

“她已经走远了。”轩辕无可奈何地道。

柳相生首先回过神来，望着自己肩头那一点点靴印，便像是烂出的一块疮斑。

柳杨胸部也有几个脚印，包括腕部也有一处红印，那是所受之力最为沉重的一处，正因为那一击，才使得柳杨无法握住圣器金铃。

斗鹏以一种极为疑惑的眼光望着轩辕，这件事情发生得似乎有些巧合，但他并不是就认定此事是轩辕所要的诡计，因为以满苍夷那犹如鬼魅般的攻击方式，再加上轩辕的武功，足以将他们在最短的时间里置于死地，他们甚至没有还手之力。因此，轩辕没有太大的必要布下这个局，但是他却不能不怀疑轩辕。当然，这只是因为无法找到泄出怨气的地方才生出这种感觉。

“你认识那个女人?”丘武心情大坏，语气也便有些不太自然了。

柳相生和柳杨也将目光投到轩辕的身上，因为轩辕刚才喊出了那女人的名字，而且那女人最后一句话似乎便是针对轩辕所说的。

“不错，我的确认识她，而且还曾与她交过三次手，也曾差点死在她的手中……”说到这里，轩辕深深地吸了口气，接道，“她便是神族逸电宗唯一存活的高手满苍夷!”

“神族逸电宗?”柳相生和柳杨同时惊呼道。

丘武和斗鹏似乎不明白两位长老为何会如此吃惊。

“我也不知道她怎会出现在这里，不过，如果她也插手这件事的话，只怕一切都会很难办了!”轩辕似在向柳相生说些什么，也像是自言自语。但柳相生和柳杨似乎并没有听到，只是望着满苍夷消失的方向发呆。

“两位长老也曾听说过神族逸电宗?”轩辕见柳杨和柳相生如此表情，不由问道。

“不错!”柳相生半晌才反应过来道。

“想不到逸电宗居然还会有人活着，竟也来搅这趟浑水，看来我们只好从长计议了。”柳杨叹了口气道。

轩辕也对柳杨的话感到莫名其妙，不过他却猜到柳相生此次前来君子国，定也是有着别的目的，否则的话，怎会有此语气，又何必从长计议?当然，轩辕并不想过问太多的事情。此刻，他倒要从长计议了，而且他觉得眼下的情况越来越有趣了，也越来越乱了。

“如果长老有什么用得着我轩辕的地方，便请吩咐一声好了。”轩辕坦然道。

柳相生望了轩辕一眼，半晌才苦笑道：“圣器已被那疯女人抢走，还有什么好说的?就算我们联手也不可能追得上她，天下间能够与逸电宗比速度的人的确太少了。”

“难道我们就不去想办法夺回圣器金铃吗?”丘武激动地问道。

“我们只能见机行事，你立刻给我去通知族长和斗长老，请求他们定夺!”柳杨向丘武吩咐道，他自然知道满苍夷的可怕，如果刚才满苍夷要杀他，他根本就不可能有机会再站在这里说话了。而神族逸电宗对于他这个年龄的人来说，并不是很陌生。

“轩辕……救……”

轩辕脸色大变，这是跂燕的声音，他想也不想便向声音传来之处奔去。

柳相生和柳杨自然也明白是发生了什么事情，全都收拾情绪，紧跟轩辕之后向声音传来之处奔去，毕竟此刻轩辕已经不能算是他们的敌人了。

跂燕所在之处已经不再有人影，只有一片狼藉的脚印。

青青的野草被踏得乱七八糟。

“燕……”轩辕一边高呼，一边四处掠动，柳相生诸人也四下分头寻找。

这里自然是没有打斗的痕迹，如果所来之人是高手的话，跂燕根本就没可能有任何的反击能力。

轩辕的速度极快，他绝不相信有人会在如此短的时间内劫走跂燕，更在他的眼皮底下溜走，除非是如满苍夷这般高手。

哧……弦响箭动，穿林破空，以一种莫可匹御的强劲直追轩辕的身侧。

轩辕吃了一惊，身子如铩羽之鸟疾坠而下，噗……咚……那支劲箭自轩辕的头顶掠过，竟射穿了一棵大树的树干，钉在与这棵大树同在一条直线上的另一棵树干上。

轩辕不仅仅是吃惊，更为之骇然，这是什么箭？这是何种力道？竟能以一箭贯射两棵树身，这几乎是神技。

轩辕身子刚落，便感到另一股锐风再次追袭而至。此刻他已经有备，身子贴地一滚，再次险险地避过一箭，但那支劲箭竟尽数没入了地面的泥草之下，再不见踪影。

轩辕身子再次弹起，不是向远方掠走，而是向那利箭射来之处狂扑。他不能让对方再有任何机会出箭，这个箭手太可怕了，任何人都很难在短时间内走出他箭矢的射程。而且如此强劲的力道，谁能抵抗？轩辕没有把握，也不想让自己处于一种完全挨打的局面，所以他不是选择逃避，而是选择面对。

跂燕的失踪，轩辕已经没有心思去考虑，他并不是不关心跂燕的安危，而是无法关心，今日的局面他并没有细想，其实也没有必要细想。

嗖……轩辕在虚空之中几个极为快速的轻旋，以无比潇洒利落而优雅的身法躲过第三支破空而至的劲箭。

这箭的速度快得让人无法想象，若非轩辕这数月来对神风诀的精奥深入地研习，只怕面对如此劲箭时一支也避不了。

事实本来就是如此，力量与速度是成正比的，弩箭犹是如此，力道越是霸烈，速度就更快得让人心惊。避开这三支劲箭，轩辕却没有一点轻松的感觉，他感觉自己似乎进入了一个浑浑噩噩的气场，每一寸肌肤都承受着来自各个不同方向的压力，那是一种霸烈得近乎有形的杀气。

轩辕落地，拔剑，但他却在刹那间凝定不动了。

轩辕不是不想动，而是不能动，不敢动，只是因为一支箭！

一支蕴含着天地霸杀之气的箭，也就是对方的第四支箭。

箭在弦上，将发未发。箭身乌黑，弦丝金黄，弓背晶莹，弓背延伸的两弯角呈碧绿之色，美是美极，也许，这不仅仅是一种美，更是一种诱惑——死亡的诱惑。

轩辕不敢动，不仅仅是因为箭头精确无比地对准了他，更是因为那无与伦比的霸杀之气紧紧地锁住了他的每一个方位，只要他稍有半点异动，保证立刻会被这蕴含毁灭力量的利箭爆成一蓬血雨，化为碎片，任他铁打的躯体也无济于事。

轩辕绝对不会怀疑这一箭的力量，在这片宽阔的气场中，他无法分清哪里是箭意所指，他看见了对手，一个面呈古铜色精瘦的中年男子。一身黑衣紧贴在铁一般的肌肉之上，将那彪悍的野性完全表露无遗。

其实，轩辕并不能肯定对方的年龄，他从未有像这一刻般如此迷茫，在对方的眼神之中，他似乎发现了千百年的沧桑，但在对方的脸上，却找不到岁月刻下的印痕。不过，这人给轩辕的直觉却是，至少已是四十多岁以上的中年人，或许更大，是一个老者。

轩辕并不能感受到对手生机的存在，但他却感觉到对手的箭似乎是带有生命的灵物，它已经包容了一切，包括那中年人的精、气、神，甚至生命和灵魂。

天、地、人、箭，在那一张具有死亡诱惑力的大弓为媒介之下，完美地结合为一个整体，而轩辕却是这个整体之中的异物，或叫另类，或叫累赘。因此，所有能够结合的力量全都锁定在轩辕的身上。

轩辕双手握剑，心中极力压下所有的惊骇和杂念。他知道，他所面对的已经不是箭，而是生与死，只要他有半刻的分神，必将会死无葬身之地。

这是渠瘦杀手，这是轩辕心中的感觉。因为这人的一切装扮与那已死的渠瘦人丝毫无异，有异的只是这人眸子里不再是那种昏暗的深沉，也没有那让人着魔的力量，只是多了使人根本就无法理解的沧桑。而且这人身上所散发出来的杀机也绝不是那八名杀手所能够相比的，至少，此刻轩辕根本就没有任何机会使出惊煞三击。

对方也绝不会给他任何机会，因为那箭手亦在寻找机会，对轩辕一击致命的机会。是以，他迟迟未曾松手，是因为他无法在轩辕那随意的架势之中找到任何的破绽。

不可否认，轩辕避过了前三支劲箭，对这箭手的压力极大，至少使得这箭手再也不能太过轻视轩辕。

事实上，这箭手在最初三箭之上的确对轩辕有些轻忽，但是这一刻他绝对不会再有丝毫的大意，如果他一击不成的话，所换来的将是轩辕最为沉重的攻击，而这个代价他绝对不想拥有。

对峙，相视的两人几乎已经完全忽略了时间和空间，五丈之距，却成一击致命之地，只是究竟是谁死？谁生？

没有人知道未知的结果，彼此就如此对峙着，轩辕甚至不明白在对峙什么，这便像是一个无声的闹市。虚空之中的空气也显得沉重起来，沉重闷湿，让人无法明了这究竟是在人世还是在另一个空间中。

时间似乎过得极快，轩辕也不知道过了多久，他的双眼只是紧紧地注视着那犹如生根于虚空之中一动不动的利箭，而对方也似乎只是在注视着轩辕的剑。

轩辕的剑同样是一动不动，但他却感到有些疲惫，有种心力交瘁之感。这是来自心头的虚弱，或许只是一种感觉，或许也是因为将精神和意念强行凝集于某一个顶点，神经在丝毫没有放松机会之下，使得身体的整个机体达到一种疲劳极限。

当然，轩辕并没有达到疲劳极限，但他却感到有些疲惫，却仍得打起所有精神去抗衡对方的压力。因为他知道，他的对手也同样感到了累，他看到了对方额角那晶莹的汗珠，细密的汗珠在阳光的照射下反射出一种油光。

的确，这不仅仅是一场武力的较量，更是一场耐力、意志和精神的较量，其中的凶险绝不是常人所能想象和理解的，这也是最为残酷的争斗。

那中年箭手的步子缓缓地移动起来，这似乎是唯一打破僵局的办法。

轩辕知道对方的箭就要射出了，因为对方不能不射，在精力与劲力的消耗下，对方已经知道了自己的劣势。

那箭手自然知道，自己无时无刻都要将弓弦拉满，这样才能够以最快的速度射出这一箭，而拉满弓弦所耗的力气绝对比轩辕仅是双手握剑要多得多。因此，如果长时间耗下去，他只可能早一步败下阵来。此刻他有些后悔与轩辕对峙了如此长的时间，如果一开始便射出此箭，也许效果会好得多。当然，这只能怪他错估了轩辕的功力和意志。

轩辕没有猜错，那箭手松弦之时，是在横移第三步之时。

箭出，所有的空间似乎在一刹那之间塌陷，包括那充斥于虚空中的杀气，全都被这一箭所吸敛。